One L

The Turbulent true story
of a first year at
Harvard Law School

哈佛新鲜人

我在
法学院的
故事

[美]史考特·杜罗 著　傅士哲 译
Scott Turow

法律出版社 LAW PRESS · CHINA

著作权合同登记号
图字：01-2010-5650

前　言

棒球界称为新人，军队中叫做菜鸟。进入许多行业，都要先经历一段类似的青涩期，懵懵懂懂地不断尝试学习。在这段期间，新手将因自己的无知无能受辱，但是为了达成既定目标，必须坚忍地寻求生存之道，在最短时间内通晓专业上的基本技巧。

对于想成为律师的人而言，初探究竟的试验期发生在法学院的第一年。律师之路荆棘密布：首先要想办法挤入法学院，在申请人数众多的情况下，这绝非易事；经过三年煎熬后，得先参加本州岛的律师资格考，如果通过，还要找得到工作，或者有能力开业；最后，为了保住饭碗，业务的质量必须维持。然而，以上种种，与法一年的风风雨雨相比，皆黯然失色。这一年当中，不仅外在压力繁重——困难的课程、做不完的功课、同僚间激烈的竞争——还要面对内在一连串防不胜防的重大转变。你将第一次学习如何分析案例、如何建构法律论证、如何厘清雷同概念的细微差异；然后，还得消化理解法律界特殊的专业术语，熟悉“禁止反言”（*estoppel*）、“返还原物”（*replevin*）等饶舌的字眼。据说，在这段期间，你必须学会思律师之所思，言律师之所言，产生一种职业上要求的眼界与内在习惯。也正因为如此，许多法一生惊觉自己起了剧烈的变化，在学校的训练下，被塑造成一个与入学时大不相同的人。有人不以为意，有人悔恨交加。

这本书，描述的是我在马萨诸塞州剑桥市哈佛法学院第一年的故事。身处美国最大、最老、最负盛名的哈佛，个人经验看似特殊时空下的产物，说穿了，与其他四万个分布于全国各地的法律新生大同小异。美国法学院第一年的情形，差别真的不大。过去一个世纪以来，课程安排几乎没有改变。差不多所有学校的法一生，都要学习公认的基本科目——合同法、侵权行为、财产法、刑法及民事诉讼。就连教书的方式，也如出一辙。学生从选定的几个案例中学习法律，推衍规则；课堂上，大多采取所谓的“苏格拉底教学法”，老师点名个别同学起来进行案例陈述，答复问题。这些年来，进入法学院的学生个个聪明伶俐、成就辉煌；为了争取学业上的荣誉，以及日后职业的飞黄腾达，彼此之间竞争激烈，对分数斤斤计较，紧张的气氛与不安的感觉普遍存在。不管是在哪里，法一经验既沉重又刺激，震撼的程度叫人耳晕目眩、心惊胆战。

写此书的用意，是希望把我跟同学之间共同经历的紧凑生活与内在变化完整地记录下来。从前的日记是个参考，如果段落中所呈现的想法与感觉重要而清楚，我就原封不动地移植过来。但是绝大部分，我以过来人的身份做了适度的修正与反省，毕竟在经验与知识不足的情况下，许多直觉的反应和想法，并不能准确地描述事实的发生，甚至没办法充分代表内心的感受。

这本书是从个人的观点看多元的经验，它的普遍性自然有所局限。并且，为了能在法一生活结束后极短的时间内完成，文字处理的疏失在所难免。毋庸置疑，十年后的今天，我会想写另一本书，强调不同的事件，表达不同的关心。不管是好是坏，一过完这段沉重刺激、动荡不安的日子，还来不及细心咀嚼，马上动笔尝试连贯性的整体报道。写作时，我秉持一个信念，法律和其他领域一样，从局内人的身上就可窥出大半；并且，第一次接触专业领域时所接受的训练方式，将深深地影响法律人的言行态度，及其制定、操演的法律。如果我的想法是正确的，法学院第一年的经验关系到每一个人，因为引导、规范整个社会的法律就是从这儿出来的。

结束之前，容我再补充说明。

本书并不是虚构的小说，所有描述的事情都真实地发生在我身上。但是，故事中与我交谈的人物，和现实世界中伴我度过第一年的教授、朋友并不相同。为了更妥切地表达一般性的经验，我将其人格特性做了大幅度的改变及综合整理。另一方面，周遭人物对我进行的观察记录毫不知情，为了避免侵犯其隐私，所有名字和其他背景资料都经过一番手脚。

最后，我得平心静气地说句老实话：身为哈佛法学院的学生，我与以荣焉。书中诸多文字，可以显现我感受到的骄傲；但是在此特别一提，主要避免读者因为字里行间的批评，而产生不必要的误会。自 1817 年创立以来，哈佛法学院的毕业生及其凭恃的学术资源，造就了美国法律的成长与发展，在学术与实务两界都有无远弗届的影响力。我很庆幸能成为这个优秀传统中的一分子。至于文中对法律和哈佛法学院的建言，希望能以更活泼、更人性化、更合乎公平正义的面貌出现，其实也绝非凭空掉下的个人假设；没有浸淫于法律世界，没有接收哈佛教育的洗礼，这些前进的观念不会平白生出来。批评中理性改革的信念，正是法学院一贯坚持的立场原则。

目　　录

会见敌人

9 月 3 日

（星期三）

……一个温暖亲切的好地方……我如此猜想。

9 月的第三天，550 个被称为“法一生”的我们，即将开启踏入法律界的大门。头三个日子，整个哈佛法学院（Harvard Law School, HLS）可说是属于新生的天下，一连串的迎新活动及学前教育排得满满的。接下来的周末，学长学姐们才会陆陆续续返校；然后，星期一就正式开学了。

所有一年级的新生在八月时都会收到学校寄来的小册子，上面通知我们，“法一生”注册时间：早上 10 点；地点：罗斯科 · 庞德行政大楼（Roscoe Pound Classroom and Administration Building）。① 一早，我从邻近的小镇阿灵顿（与爱妻寄居处）搭巴士，抵达学校所在的剑桥市。

---

① 罗斯科 · 庞德（1870 ~ 1964），美国 20 世纪著名法学家。1910 年开始在哈佛法学院任教，1916 年至 1936 年任哈佛法学院院长。

哈佛法学院对我而言并不全然陌生。暑假时,我就曾经找机会参观过;当时是一个刚毕业的好友戴维领我四处巡游的。HLS 总共有十五栋大楼,位于校园的最北边,紧邻着剑桥市交通最拥挤的马萨诸塞大道。建筑风格中庸,没有特定的形式与风貌。学生宿舍与交谊场所是一个个四四方方、淡黄色的功能性建筑,谈不上美不美。上课地点是在老奥斯汀楼(Austin Hall),①乌七抹黑的,看起来像是附有拱门的堡垒。院里最大的建筑是朗德尔大楼(Langdell Hall),②放眼望去,净是灰色的混凝土。当时,整个 HLS 建筑给我的印象就是结实、耐久,与拥有悠远传统的法学界相得益彰,我很荣幸自己即将成为其中一员。如今,从巴士下来,光荣的感觉不再,有的除了紧张还是紧张。

到了具有现代感的庞德大楼,一踏进大门,就有人递上厚厚一叠的注册数据。还来不及翻看,就被引领到走廊另一端的教室,那里是第二组同学的聚集处,大伙忙着填各式各样的卡片与表格。

每年哈佛法学院的新生都会被拆成四组,每组一百四十个同学,除了第二学期的一门选修课外,整年所有的课都是一齐上的。未来的一年,这一百四十个同学将成为同甘共苦的伙伴;另一方面,他们也将成为我竞争的对手。组里同学的关系,要不密切也难。对大部分的法一生而言,就算住在学校的宿舍,真正接触的对象,除了

① 美国最老的法学教育场所之一,1882 ~ 1884 年建成,罗马复兴式建筑。

② 哈佛法学院最大的建筑,1929 年完工,1997 年翻修。新古典主义式建筑。以哈佛法学院第一任院长(1870 ~ 1895)克里斯托弗 · 哥伦布 · 朗德尔命名。朗德尔大楼内坐落着世界最大的法律学术图书馆;楼内大厅内有一座美国最高法院大法官约瑟夫 · 斯托里的塑像,他曾是哈佛法学院教授。

一两个他组的同学或高年级的学长以外,都是自己组里的同学。有朋友形容,这就如同置身于一个小小的独立世界:宇宙的中心是掌管生杀大权的教授,一百四十个同学则环绕在侧,紧密地按着某种轨道互动运行。

对于组里同学的初步印象并不算好。大部分的人都各自坐在位置上,拼命填写个人的数据卡;有些也许在大学时代就已相识的同学,要不三五成群地站在一起聊天,要不隔老远地互打招呼。暗地里观察,同学大多比我想象得要年轻,有几个女生,几个黑人,男生则多半留着非常短的头发。

黑板上写着各种卡片、表格的名字,并交代缴交的顺序。负责收缴资料的注册人员,就等在教室后头。填妥后,我注意到坐在身旁的同学正小心翼翼地检查他的资料卡;有样学样,我也跟着做。抬起头来,发现他正注视着我。

"全部填妥了。"我开口说了一句。他点点头。然后我们握了握手,做了简短的自我介绍。这位仁兄的大名是哈尔·拉斯基,从俄亥俄州来的。他问我,认不认识组里的教授;我说,除了新生手册上印的教授名字外,一无所知。

"那么你呢?有没有听到什么消息?"

"不多,"他回答说:"只听说教合同法的佩里尼教授十分严格,还有教民事诉讼的莫里斯教授颇受欢迎。"

缴交数据卡后,所有同学还要在一本又厚又重的名册上签上自己的名字,交代年龄与学历。我悄悄瞄了一眼周遭同学的资料,发现有两个从牛津大学毕业,另外一个拥有博士学历,还有个名字签在我上方的女生,已经拿到令人称羡的医师学位了。

这不过是其中一页罢了,我告诉自己。

签完名后,一位女士把塑料制的学生证递给我,注册手续算是告一段落了。

走到外头,呼吸一下新鲜空气。此刻风和日丽,气温宜人。坐在庞德大楼旁的砖壁上缘,我对着自己说:总算来到这里了,享有盛名的哈佛法学院,校友遍布美国法界,包括好几个最高法院的大法官、参议员,还有一个总统。[①] 许许多多数不清的大人物,对我们的现代生活产生了重要的影响。

"绝对的第一志愿",一个朋友这样说 HLS。春天时,他就一直怂恿我来这儿。HLS 傲人的特点不胜枚举:它是美国历史上最悠久的法学院,注册的学生总数最多(总共 1800 名),超过 65 名的专任教授无论在量与质上都独占鳌头。在法学教育本身上,如果与耶鲁等竞争名校相比,HLS 课程的安排的确比较不具弹性,老师与学生人数的比例也略逊一筹;但无论如何,最近的一份调查显示,在大多数法学院长的眼中,哈佛教育还是排在第一位。

尽管哈佛光环如此耀眼,此刻的我并不真的满足。自我怀疑,对法一生而言,是个相当普遍的症状。我没有信心,自己的能力可不可与哈佛光荣的传统相配;我甚至没有把握,选择法律这条路正不正确。就个人而言,进来法学院的道路迂回曲折。26 岁的我,年纪大了许多;比起其他多数的法一生,我花了更长的时间才决定研

---

① 指美国第 19 任总统拉瑟福德 · 海斯(Rutherford B. Hayes)。2008 年当选的第 44 任美国总统巴拉克 · 奥巴马是第二位从哈佛法学院毕业的总统。

读法律。

斯坦福英文研究所毕业后，我留校任了三年的讲师。教授的课程是关于文学创作，平常课余也尽可能地写点东西。日子过得马马虎虎。但是，写作的过程当中遇到许多法律问题，渐渐地发觉自己对这玩意儿愈来愈感兴趣。它的迷人之处，是我从前无法想象的。大学时代，反战与民权运动正闹得不可开交，法律对我而言，不过是掌权者巩固自己优越地位的工具罢了。每当有朋友下定决心进入法学院，我都抱着嗤之以鼻的态度。五年后的今天，想法已经大大地转变，法律并不仅是特权阶级玩弄的把戏，它其实与我们一般人的日常生活息息相关。无论你是要结婚、租房子、还是买车，都离不开法律。其无远弗届的影响力，着实令人咋舌。并且，当初被我批判的朋友，现在都已经开始执业，他们对自己的工作相当满意，也成为我羡慕的对象。

1974 年春天，我参加了全国性的法学院入学测验（Law School Admissions Test，LSAT），①成绩相当不错，满分 800 分当中拿了 749 分，差不多排在最前面的 1%。尽管如此，我还是斟酌了许久；因为实在放不下教书与写作的生涯，再加上考后没多久，我就接获通知，被另一所大学聘为助理教授。逼不得已，得费神好好思量，未来一生的职业到底该如何规划。最后的结论是：如果对法律的浓厚兴趣不被满足，铁定后悔一辈子。

---

① LSAT 考试共有 5 个部分，考察阅读理解、逻辑推理及分析推理三方面的内容，每部分时间为 35 分钟，另加 30 分钟的写作。LSAT 考试每年举办 4 次，分别在 2 月、6 月、10 月及 12 月。中国大陆地区 6 月和 12 月在北京有固定考试。部分中国大陆地区考生会选择在 2 月、10 月时到香港参考。

于是接下来的秋天，我填妥申请数据，投递到遍布各地的法学院。当不止一所学校录取我时，又面临了另一个困难的选择。许多先前进哈佛的朋友警告我，HLS 规模庞大，课业繁重，有时会让人有透不过气的感觉；但是，它响亮的名声和丰富的资源，深深地吸引着我。况且，那些朋友进去时还是小毛头，一定比不上我现在的成熟稳重；再加上，60 年代的环境大不相同，①对法学院的期待与现在也许会有一大段距离。尽管如此，要做出决定还是很难。最后，与其说是深思熟虑的结果，不如说是向哈佛学历的金字招牌低头；另外还有个原因，我老婆安娜有志于中小学教师，而哈佛旁边的波士顿有相当丰渥的就业市场。

刚下决定不久，心里还是彷徨，担忧自己的选择是错误的。毕竟要放弃教书生涯，也不是说舍就能舍得的。一天，我把心中的犹疑倾诉给系上的好友听，他其实也认真考虑过要进法学院读书。

“如果我真决定进法学院，”他说，“原因只有一个，就是去见我的敌人。这是很重要的。而且，如果我决定去找敌人，我一定往哈佛去，那里铁定有敌人存在。”

我勉强笑了一笑，心头有些狐疑，“见敌人”到底是什么意思？怎么英文系的人，老爱用些看起来很有学问，但实在搞不清楚真正意涵的词汇？含糊归含糊，它的魔力倒不小，接连好几个星期，盘踞在我心中，挥之不去。总而言之，我对要进入法学院的感受就是：对

---

① 20 世纪 60 年代，美国社会发生了一场以青年为主体的抗议运动，运动波及社会政治、文化等各个领域，影响至今。这场运动与美国当时的黑人民权运动、学生运动、妇女解放运动互相交织，构成了冲击美国社会的巨大浪潮。

不确定性的担忧害怕，以及对迎接挑战、成功渡过难关、发掘新事物的期许。有了“会见敌人”这四个字的指引，不知不觉地激发出旺盛的战斗力，我愈来愈相信自己的选择是正确的。

此时此刻，坐在砖壁上缘，重新思量一遍，心中更加笃定。没错，会见自我的敌人是我想要的，只希望一切困难最后都能迎刃而解。

* * *

从注册数据袋中取出时刻表，知道下一步该往庞德大楼的三楼去。那里备有咖啡和茶点，一排排的展示桌后坐的是各社团组织的代表，对大批涌进的新生展开宣传攻势。安娜特别交代，要我加入已婚学生的组织。他们先前就已寄出传单，保证未来会办一系列针对夫妇设计的活动，以免学生配偶太过孤单。

结束后，我去了隔壁的哈克活动中心（Harkness Commons）。那里除了学生交谊厅、一间杂货店外，二楼还有个自助餐厅。现在正是午餐时刻，正打算去吃饭时，看见一个高高壮壮的金发男士，似乎是从前大学的朋友。试探性地叫了一声——果不其然，正是麦克·沃德。

“我不知道你在这儿。”我边说边热切地握着他的手。最后有他的消息是听说他跑去耶鲁念研究所。巧逢故人的感觉真好，尤其是在注册的第一天。

我们坐在一块共进午餐。他告诉我他是去年来到这的。学术界的就业环境不佳，让他望而却步，放弃了做历史学家的美梦，改吃法律这行饭。话虽如此,他很庆幸自己做了正确的选择。

其他高年级的学长学姐都还没有回到校园,麦克之所以会出现,是因为他加入了新生顾问委员会。这个顾问组织,由二三年级的老生组成,主要就是帮助新晋的菜鸟,度过艰困的第一年。他们的工作包括担任法律技巧课的助教。那是一门非正式的课,教导新生如何写状纸、如何帮人辩护。今天下午,就有第一次的聚会。另外,他们还负责办理明年春天所有法一生都会参加的"模拟法庭"(Moot Court)竞赛。

午餐用毕,麦克问我被分到哪一组。他知道是第二组后,眼睛瞪得大大地对我说:"天啊,导师是佩里尼。"

我点点头,回答:"是啊,听说不大好惹。"

"没错,我从前就是碰到他。很特别的老师。"

"到底怎样,难道会揍学生吗?"

"到时候你就知道了。"麦克露出诡异的笑容,然后若有所思地摇摇头说:"别担心,你会撑过去的。其实很多人都认为他很棒。"

我继续打探其他老师的消息。可惜,除了教民事诉讼的尼克·莫里斯,他也不清楚。据麦克表示,莫里斯年轻、思想前进,很受学生欢迎。

两点钟左右,我与麦克道别,赶着去上第一节的法律技巧课(Legal Methods)。这门课介绍性质浓厚,主要是用来补充正式课程的不足,为期10周(差不多比半个学期多一点点),上课的讲师并不是院里的专任教授。然而,接下来的三天,将以此为重心,希望能帮助我们在星期一正式上课之前做好应有的准备。

一般而言,法律技巧课采小班制,差不多25人一小组;但是今天例外，三个小组一块上，因此教室挤得满满的。一开始场面有点杂乱，同学们忙着相互自我介绍。旁边坐了个热情的家伙，频频找人握手寒暄，没一会儿就轮到我了。

“敝姓纳扎里欧，名叫特瑞。”他紧握着我的手说。二十来岁的小伙子，身材细长，皮肤粗粗的，但长得倒蛮帅的。他的言谈举止，让我想起年少时在芝加哥遇到的一些“小混混”，与 HLS 强烈的常春藤气息相比，显得有点不搭调。显然，他自己也有这种感觉。当我问起他的来历时，除了简单的伊丽莎白镇、纽泽西州、蒙特克莱尔大学外，他还加了一句：“老实说，我能进来这的唯一理由就是，我有波多黎各血统。”

“我说真的。我的信箱每天都有一大堆拉丁裔学生组织的宣传品。”

他是认真的，并且对于这样的现象似乎丝毫不以为意。神气活现的家伙，我小心翼翼地回以礼貌性的微笑。纳扎里欧看了看我，使了个眼神。还没来得及响应，前面的老师就叫大家安静下来。

“我叫克里斯·亨利。”他说。老师个子矮小，留着满嘴胡须，看起来大约三十出头。“欢迎来到哈佛法学院。今天的课十分简短，主要是作一下课程介绍，让你们有点基本概念。”

正式授课前，亨利简单地交代了自己的经历。他曾在华盛顿做了 7 年的律师；现在，正攻读法律研究所的高等学位。明年毕业后，很可能到另一所学校担任教授。接着，他引介了三位新生顾问委员会的成员，他们将分别成为三个小组的助教。负责我们这一小组的是彼得·基欧卡里斯，三年级生。很快地，亨利步入正题，讲解课程纲要。

“法律技巧这门课,”他说:“基本上是从‘做’中来学习。每个同学都把自己假想成律师,处理相同的个案。比如说,今天你所属的律师事务所,接到了一个案例,是关于公司裁员的问题,你该怎么着手进行?”

尽管一切都是虚构的,我们仍将按部就班,希望能从中体验律师实际遭遇的每一个环节。这其中,包括与客户会谈、提起诉讼、演练案情摘要等。当课程进入尾声时,我们将有机会观摩两个有经验的律师在虚拟的法庭上对簿公堂。亨利的谈话中,出现了几个我似懂非懂的专业名词,像是口供与质询(depositions and interrogatories)、简易判决(summary judgment)①等,看来这门课会挺有意思的。

最后,亨利发下第一件作业。一份由律所老板下达的材料,上面列出某个特别的“案例”要我们这些属下负责研读。所谓“案例”指的是,从前法官对某件诉讼的审判报告。判决书上包括案情的描述、相关法律议题的分析以及法官的裁决。报告中属于法官主观斟酌的部分,称之为“判决意见”(opinion);对法律生而言,案例与判决(cases and opinions)将成为学习的重心。几乎所有美国的法学院,都采用“案例教学法”,透过对判例的研读、分析与讨论来学习法律。大部分的案例,都是被告不服初判上诉到高等法院之后的判决;因为这些案子,多牵扯到法学上的定义问题,高等法院的裁量意见是让学生学习如何做精细推论的最好教材。

---

① 指当事人对案件的主要事实不存在真正的争议,或案件仅涉法律问题时,法院不经开庭审理而及早解决案件的一种方式。根据美国《联邦民事诉讼规则》,在诉讼开始20天后,如果表明当事人对案件的主要事实不存在真正的争议,认为自己在法律上应当胜诉的一方可随时申请法庭作出简易判决。

第一份教材是新罕布什尔州最高法院①的一个判例。亨利要求我们仔细研读,准备在下一堂课上讨论。看上去,工作量并不会很大。

解散之前,亨利不忘叮咛我们注册、迎新剩下的行程:下午院长要来演讲、另外还有一场各组分别举行的啤酒宴会;明天就更忙了,小组聚会、上课以及图书馆查询数据的训练。最后,亨利语重心长地加了几句话:

“希望在未来的一年,你们能为自己保留一点时间。”他说:“虽然日子一定很忙,但不要一股脑地全身心地都钻在法律上;这点很重要,偶尔离开一下课业,才不会变成没有方向的书呆子。放心,出去呼吸点不同的空气,回来功课还在那里,不会跑掉。”

我心想,这点倒不用担心,在加州的五年,我早练就一身忙里偷闲的功夫了。

亨利讲完话后,大伙到前头拿了指定作业,就不约而同往地下室走。据亨利表示,正式课程的先修作业已经公布在那儿了。

法学院从第一堂课起就正经八百的,不像从前大学时代的课都还有个轻松的“开场白”;显然这里的老师不用为了怕学生退选,先来一段偏离正题、伶牙俐齿的脱口秀。学校发下来的数据明白写着:“开学第一天就是正式上课,没有介绍性的引言。”并且,课前就有指定作业要读,同学得在礼拜一上课前做好充分准备。

---

① 美国的法院系统分为联邦和州两大系统。联邦系统和州系统都包括三级:联邦系统包括联邦地方法院、联邦上诉法院和美国联邦最高法院;州系统包括基层法院、州上诉法院和州最高法院。其管辖权错综复杂。

教刑法的曼教授只指定了一章阅读教材，但佩里尼教授就不同了，长篇大论地规定以下的功课：

“上星期一的课之前，要先读好指定教材——保德·瑞吉与佩里尼合编的《合同法案例选集》第1到43页；另外还有第46页的‘赫尔利诉艾丁·费尔德案’，①以及第50页的‘波基普西市采购服务股份公司诉波基普西市报社股份公司案（Poughkeepsie Buying Service, Inc. v. Poughkeepsie Newspaper Co.）。别忘了所有指定教材和补充教材都要带到课堂上来。并且，所有指定的功课都得**仔细精读**。”

这可不是好玩的。当我正抄写规定的作业时，旁边有个同学叹着气说，他稍微翻看了一下教材，不好读，至少得花上好几个小时。抬起头，再看看佩里吉的宣告，发现**仔细精读**几个大字下头，还特别画上了两条线。

回到楼上时，院长的讲演已经开始了。对新生的欢迎辞，不外乎是一些劝勉的话，以及一些蕴含大道理的小故事；但由院长一讲，倒也生龙活虎，有声有色。他提醒我们，几乎所有已执业的律师回想起来，都觉得法学院的第一年是法律生涯中最具挑战性的一年，我们一定得善用这一段时光。解散后，同学纷纷走上哈克活动中心后头的草坪，每一组各据一方，边喝酒边聊天。

---

① *Hurley v. Eddingfield*。美国1901年的判例。当时州法院作出完全否定积极救助责任的著名裁决：突发急病的男人派人去请家庭医生，送信人赶到诊所时恰逢其坐诊，告知其其他医生都没空且出钱请其出诊，却遭到无理拒绝，该男子不治而亡。法院认为医生的行为仅是“拒绝签订雇佣合同”，州政府颁发行医执照并不意味着强加治疗义务。

除了在走道上打打招呼，随便寒暄几句外，这是头一次大伙有机会认识彼此。组里的同学显然已经迫不及待了，热切地找人谈话，打探对方的背景，交换来到法学院的心得。我遇到的同学形形色色，有曾经担任国会助理的，有在纽约法律界工作数年的，有拿过全国空手道冠军的退役军人，当然还有一群大学时代就在哈佛念书的家伙。此外，那位我注册时就特别留意到的女医师，轻描淡写地告诉我，离开加州大学来到这攻读法律，“纯粹是为了好玩儿”。

组里同学在各行各业的成就，真叫人瞠目。差不多有 2/5 的人，大学毕业已超过一年；但很显然，没有人蹉跎岁月。不是拥有其他高等学历，就是已经事业有成。根据后来对同学的了解，组里有一位做投行的、一位建筑师、一位科学家、一位农场主、三位记者、三位社会工作者、几位生儿育女的妈妈、几位大学讲师、几位退伍军人，还有许多生意人和曾在政府服务过的高级公务员。直接从大学毕业进来的同学，也都非同小可。他们的在校成绩比我们这些在社会上混过的更加出色；年纪轻轻，多半是各顶尖大学名列前茅的佼佼者。

班上同学不仅学经历耀眼，与他们相处几个礼拜之后，就可以感受到一股说不上来的魔力。从前大学时代，不是没有与厉害人物接触过；但再怎么样，也不曾像现在这样，全然置身于一个人人光芒四射的团体。同学们个个能言善辩、活泼外向、亲切有礼又同时能把精力与才华表现地淋漓尽致。从前我曾被警告过，法学院的学生在功课的竞争上，心狠手辣、不通情面；不过此刻踏在哈克草坪上，酒酣耳热之际，倒觉得自己像是个幸运的航天员，即将与一群再优秀不过的同伴一道出发探险。

这种感觉其实并不夸张。要知道,HLS 筛选的过程可是严苛得很。近十年来,竞争法学院入学许可的情况尤其激烈。根据统计数据显示,从 1964 年以来,投考 LSAT 的人数已经上涨四倍;从 1971 年以来,实际申请法学院的人数,每年都成倍增加。

法学院炙手可热的盛况原因很多。第二次世界大战之后的婴儿潮、征兵的停止、大学教职市场的萧条导致其他研究所的乏人问津等,都是重要的因素。另外,越战、水门案件等国家大事,也让许多人感受到法律无远弗届的影响力。然而,申请人数骤然上升最主要的理由,或许应该是从前几乎被排除在外的女性、少数族群,随着大环境的改变,大批地涌入,接受法学教育。

法学院人数的增加,自然造成律师数量的暴涨。1974 年,刚毕业的新科律师高达三万名,比十年前的数字要多上三倍。然而很不幸,法界就业市场的空缺并没有大幅增加;根据劳工部的估算,同年大概只有一万六千五百个职位空缺给新出炉的律师。

僧多粥少的情况让知名法学院的入学竞争趋近白热化;因为只有从哈佛、耶鲁、密歇根、哥伦比亚、芝加哥、斯坦福、加州大学、宾州大学、弗吉尼亚等排名最前头的法学院毕业,才能确保工作饭碗。哈佛现在大概每年都有六千多个申请者奋力争夺区区的五百五十个入学机会;耶鲁、斯坦福的情况更糟,三千人申请,只录取一百六十五名。

学校通常根据两项指标来作筛选的依据:一是学生的大学成绩,二是 LSAT 的分数。这些标准其实是招人诟病的。由于每个学校评分的标准不一,许多知名的法学院不免有先入为主的观念,认为长春藤盟校打的分数比较可靠,这就让其他学校的毕业生吃亏不少。至于LSAT，虽然表面上看来是公平的，每个人都考一样的东西，但是它的准确性却令人怀疑。短短四个小时的测验，究竟能证明什么？一试定江山的规则，让许多充满抱负的年轻人，接到成绩单之后，不得不得放弃梦想、改变志向；要知道，如果成绩低于中位数的五百分，就很难挤进任何一所法学院。

负责入学许可的行政人员，为了加速审核作业，根本无视于其他可能的因素，只凭着上述两项标准便判定申请者是否为可造之材。现在，顶尖学校的平均入学成绩已经高到不可思议的地步。像哈佛、耶鲁、斯坦福、芝加哥等法学院的新生，大学成绩几乎都是A，而LSAT的平均分数则高达720分（排在全国考生的前2%）。

可想而知，我身旁的这些同学，账面成绩再差也差不到哪里去。他们一生恐怕都出尽风头，没受过什么打击，得天独厚地享尽成功的喜悦。我曾有个念头，期盼班上同学的成员结构呈现出宽广的多元性；可是放眼望去，有1/3的人来自长春藤盟校，再加上许许多多的权贵子弟，这些人原本就占尽优势，接下来从HLS毕业后，在社会上的优势又将增加不少。不可讳言地，我也是其中的既得利益者，受过完整教育，出身良好，如果原本的优势成为淘汰的理由，我恐怕会第一个被踢出门。不管如何，在这里的头几天，发现周遭同学个个非同小可，各方英雄好汉齐聚一堂，能成为其中的一员，除了有点惊悚之外，全是无比的骄傲。

1975年9月3日

(近午夜)

晚上拿起案例来读,蓦然发现没有想象中简单。

刚开始时,还想着既然法律技巧是门非正式的课,应该不至于太困难吧。"老板"发下来的材料上面写着:"律所"的"客户"杰克·卡兹,在一家生产雨衣的公司做主计员好几年了;几个月前,被刚继任父亲职位的公司总裁埃利特·葛鲁门解雇。原因起自于葛鲁门与卡兹对公司扩建计划有不同意见;当卡兹在董事会上传达反对声音之后,葛鲁门便下令要卡兹走路。

从材料上看来,卡兹似乎完全站不住脚,因为当初他并没有与公司签下任何保障性的合同,葛鲁门自然有权叫他滚蛋。可是,"老板"还是要我们这些"属下"好好研读发生在新罕布什尔州的"孟菊诉吉橡胶公司案"。① 此案中指出了一些关于雇主开除员工的限制。

仅仅四页长的案例,从9点钟开始一直到10点35分才看完一遍。眼睛都快看脱窗了,却仍搞不清一些词的意思。前前后后,把布莱克法律辞典(*Black's Law Dictionary*)翻了不下二十五次,对许多专有名词仍旧一团糨糊,整个案例像是天书一样,到最后连判决

---

① *Monge v. Beebe Rubber Co*。新罕布什尔州最高法院判决,受雇者因拒绝接受雇主性方面的示好之举而被开除构成因违反公共政策之不当解雇。

结果是什么都没看懂。

更糟的是,亨利还要求我们做案情摘要(case brief)——把相关的事实(facts)、争议点(issues)①以及法庭斟酌的推理过程与结果,做个简短的报告。早已听说过案情摘要的重要性;所有法一生都要借此过程熟悉各个案例,只是学生手册上把这玩意儿讲得太简单了。我根本搞不清楚怎样的报告才是好的案情摘要,甚至连怎么起头都不会。举例来说,到底什么叫做"事实"?案例中花了整页的篇幅巨细靡遗地叙述一名名叫欧加·孟菊的女员工因为不跟领班出去约会而被解雇。当然,我不可能再从头到尾把故事重述一遍。但是该怎么取舍呢?要精简到什么程度?比如说,要不要提及她工资的多少?还有,摘要的格式有没有特别的规定?该不该留意撰写的语气?法官未采纳的部分,是不是就不用管了?或许,这就是许多学生对"案例教学法"恨之入骨的原因吧?

受不了啦!二十分钟前,我终于举旗投降了。

我觉得头昏脑涨,心头又紧张又沮丧。一想到今后每天都得受这种折磨,我更加心浮气躁了。案例与法律,根本是分不开的。这点,是先前暑假时戴维苦口婆心,让我茅塞顿开的。我原本以为立法机关将一切法规制定好,法官只不过是根据法规加以诠释罢了。这种幼稚的想法,也不知是从高中时代种下的毒,还是从电视节目中胡乱学来的。

无论如何,事情没想象中的单纯。没错,如果立法机关已经把

---

① "Issue"是英美法上的一个特别重要的概念,指诉讼中双方当事人关于事实或法律的争议或问题。

法规定下来，法官当然要遵守；但是，大部分的情形，都是法官走在立法机关之前，自己形成法律的。先前的判例是很重要的。法官要斟酌案情，看看是否从前已经有过类似的案子，然后根据前例，作出最后的裁决。在法庭上，双方律师的主要工作，就是试图说服法官，此刻的案情与某个对己有利的判例最接近。

借由判例的累积形成法律的系统，称之为“普通法”（Common Law）。① 让我感到难为情的是，当初在申请学校时，我根本不知道有这回事。难怪 HLS 在学校简介的第 1 页中就开宗明义点出：法学院的训练，是培育“普通法系统”中的法律人。

今晚，我彻底被不成文法打败了。这绝对不会是仅有的一次；只是，此刻的我，心乱如麻，又焦虑又气馁。

不管它了，先去睡觉再说。

幸好，隔天早晨的法律技巧课，让我心安不少。二十五个学生的小组，加上亨利平易近人的授课方式，气氛轻松得很。首先，他把一份关于孟菊案的案件摘要样本发给同学；看了看，虽然我的草稿与它相差十万八千里，但至少从今以后，有个依据可循，不会再像无头苍蝇般蒙头乱撞。接着，亨利慢慢地解释个案的来龙去脉，前晚堆积的疑云总算逐渐散去。

照亨利的讲法，全美有 51 个独立的法院系统，除了联邦系统

---

① 指发轫于英格兰，由拥有高级裁判权的王室法院根据古老的地方性法规或是理性、自然公正、常理、公共政策等原则，通过“遵循先例”（*stare decisis*）的司法原则，在不同时期的判例基础上发展起来的、具备司法连贯性特征并在一定的司法共同体内普遍适用的各种原则、规则等的总称。

外,各州都有各自的规定。不过基本上并没有很大的差别,各系统都包括了三个层级。第一阶是初审法庭(trial courts),由法官或陪审团裁决争端;第二阶是上诉法庭(appeals court),在初审中的败诉者有权提出上诉,交由高等法官处理,如有不当之处,可以驳回初审的判决;第三阶是最高法庭(supreme court),重新审理上诉法庭中深富争议性的案子,通常要不就是案件争议点复杂,要不就是相关成文法条的意思模糊,存有疑义。

不管是在联邦系统还是州系统,几乎所有上诉法庭和最高法庭审理的案子,都会公布。可想而知,量是多么地大。亨利把常用的援引(citation)①的检索方法告诉我们,才知道将来如何去查形形色色集结成册的判例书。通过亨利的讲解,我已经能从昨晚的迷宫中走出来,实实在在地体会到状似混沌的案例中其实蕴含着清楚的规则与道理。

与个案辛苦奋战的经验把我从梦中敲醒,哈佛法一的种种,不再是茶余饭后的趣闻轶事,而是即将要亲身面对的现实。挫败与胆怯的深切感受,紧紧地围绕在心头。尽管努力尝试自娱自乐来松弛紧张的情绪,恐惧的愁云还是挥之不去。

1点钟,我们小组要与新生顾问委员会的彼得·基欧卡里斯碰头,听取他宝贵的意见。彼得试图中立地陈述每件事的优缺点;有着前晚惨痛的经验,我特别注意他发出的警告。比如说,班上同学人才济济,共同学习的加乘效果显而易见;但就另一方面来说,也造

① 指对法律权威如法院判决、宪法、制定法、专著等的引注。律师通常在口头及书面的法律辩论中援引判例或法律来确定或支持其观点或主张。在援引法院判例时,要写明该判例的名称及出处。在引用制定法时,同样要指明引用的制定法的检索途径。

成同侪之间很大的压力，无论是课堂的表现还是争取在法律期刊上发表作品，竞争都十分激烈。

对于任课老师，彼得也提出了一些正反两面的看法。大体而言，师资水平还算高标，不过有些教授并不好惹。最受欢迎的，恐怕非尼克·莫里斯莫属。

“他才三十一岁，很好相处，而且非常非常聪明。”据彼得透露，莫里斯23岁就从哈佛法学院毕业。在校期间，功课一直名列前茅，平均成绩创下菲利克斯·法兰克福特（Felix Frankfurter）①以来的新高点，并且还担任学生刊物《哈佛法律评论》（Harvard Law Review）②的主席。毕业后，在联邦最高法院的司法部工作一年，之后担任农业联合组织的法律顾问。“他学习能力之强，无人能比。”彼得最后加了一句。

至于教侵权行为的威廉·泽曼，彼得几乎一无所知，只听说他是离职许久的返聘教授。教刑法的伯特兰·曼，彼得曾修过他一门课，反应平平。曼是从前纽约州南区检察官，博学多闻，只可惜上起课来不清不楚。

最要小心的是佩里尼教授。

“牛是牛，”彼得说：“但非常难搞定。我在法一的时候，他第一

---

① 20世纪最有影响力的法学家之一。1939年至1962年任美国联邦最高法院大法官。

② 由哈佛法学院高年级学生主编的法学期刊。1887年由哈佛法学院一位名叫J. McKelvey的3年级学生发起，《评论》创刊号的编辑前言声称：“本刊由哈佛法学院学生在学年内按月出版，其宗旨是推进法律教育，并希望对法律职业有所裨益。”110年过去了，前言只是变动了几个字：“本刊由哈佛法学院学生每年出版8期。”

次点到的同学恰巧是全国辩论比赛冠军得主，没想到，佩里尼才听不到四十秒钟，就叫他闭嘴坐下。”

基欧卡里斯再三叮咛，上他的课之前，一定要有万全的准备。精读个案，字字句句都要斟酌；如果觉得不对劲，就干脆别去上课，要不然，被佩里尼当众羞辱的难堪滋味，保你此生难忘。

接着，到图书馆听取关于检索的演讲报告。同样地，听到的消息有好有坏。馆员迅速地介绍了一些重要书籍的所在，并告诉我们什么时候以及为什么会用到它们。其中包括州法律、结集成册的案例书、学术论文、百科全书、期刊、参考书目等等。如果你知道如何善用图书馆，各式各样的法律难题大多能得到解决；但是另一方面检索的技巧，不是像今天这样四处走走、听取简报之后就能具备。一定要亲身经历，跟馆员交换意见，碰碰钉子，尝试再尝试不可。

这并没有吓倒我。既然已经来到这儿了，我就决定要努力去做。几天下来，知道前面的路并不好走，但旺盛的战斗力驱使我勇往直前。视线所及，尽是艰难的挑战；不过伴随着艰难的，却是享不尽的资源。探险吧！再大的险阻，都是为了更丰硕的成果。

接下来的周末，我拼命苦读，不愿意再经历前晚的那种无知困惑。先把合同法与刑法案例的大纲整理好，然后翻出佩里尼交代下来的两份个案，反复咀嚼。我花了很大的心思做案情摘要，字斟句酌，左思右想，不愿意遗漏任何一个方面。为了应付被抽点的可能，面对镜子自我练习是免不了的。裁决意见中出现的词汇，我每个都查过字典，清清楚楚地牢记它们的定义。

佩里尼，放马过来吧，我已经做好万全的准备。

自我沉浸的同时，一个敌人已经在不知不觉中俨然成形了。

九、十月
如何爱上法律

1975 年 9 月 8 日

(星期一)

在动身上学之前,草草记录一笔。

今天是开学的第一天。从现在起,正式地迈入法学院的生活。处处可见陆续返校的学长学姐,各组的课程也将逐渐展开。这学期的课包括合同法、民事诉讼、刑法以及侵权行为。后两门要上一个学期的课,在 1 月时进行考试;合同与民讼,要上一整年。到了第二学期,除了这两门课外,还有财产法和一门选修课。

已有所闻,今天的刑法与合同法,将和先前“见习”的法律技巧课大不相同。法学院的标准课程,都以分析性为主,不仅仅是指导你应该如何如何。当然,正式课程是要打成绩的,并且上课的老师都是教授级的;学生就是每一组的一百四十个,不会像技巧课那样再拆成好几个小组。最令人担忧的,是授课都采用苏格拉底式的问答法。

这种对话式的授课法，早在申请学校时就听说过。抱着既期待又好奇的心，想早点一探究竟。

先前戴维带着我参观校园时，曾把同学对苏格拉底教学法的普遍反应言简意赅地描述过。当时，他一栋一栋地介绍建筑，除了名字之外，还告诉我许多相关的事件。走到朗德尔大楼前，他步上阶梯，指着几根花岗圆柱，它们与屋顶交接处，刻着几个名字。

“这就是朗德尔大楼，”他说：“哈佛法学院最大的建筑。除了四间大教室外，高层楼都是法学院的图书馆，藏书量全世界首区一指。”

“此建筑是为了纪念克里斯多弗·哥伦布·朗德尔，19 世纪末的法学院院长。使他声名远播的成就，就是发明了苏格拉底式的问答教学法。”

戴维缓缓地把手放下，望了望大楼，然后郑重地说了一句：“愿他永不得超生！”

苏格拉底法在哈佛法一的课程，密集地被采用，把 HLS 与其他法学院的差异清晰地凸显了出来。根据我教书的经验，要把超过三十个学生的课用讨论的方式进行，根本不可能成功；大班唯一的选择，就是讲演式的教学。但现在，HLS 的苏格拉底主义，竟然要引导一百四十个同学进行对话式讨论。

大体而言，苏格拉底法的过程如下：教授出奇不意地抽点一名同学，比方说叫做琼斯，通常会叫他开讲当天的案例，把相关事项做案例摘要；然后，充当苏格拉底的教授会针对摘要穷追猛打，不停地提出问题，迫使琼斯把观点阐述得更清楚。比方琼斯说，案例中的法官发现合法的合同已遭侵害，他就必须把哪个条款以及为何违反规定交代得明明白白。随着讨论的进展,问题会愈来愈细。如果琼斯无法作答,教授就会让其他人发表意见;虽然此刻仍有可能随机点名,但多半都会开放给同学,谁抢先举手,谁就取得发言权。被点到的同学,或与教授进行另一波你来我往的问答,或仅仅针对琼斯答不出来的问题发表意见,然后让教授继续质问琼斯。

然而,每个教授实际演练此套教学法的方式各不相同,说上述过程是标准版本其实并不恰当。有些教授从来不叫学生开讲案例,直接就进入细节问题的讨论。有些教授拷问同学的时间不长,一个人大约只有30秒钟;但也有些教授,一旦点到某个倒霉鬼,整堂课都会对他穷追不舍。当然,有些老师比较仁慈,习惯于一问一答,不会再针对同学答案的瑕疵,进一步追问;不过那毕竟只是少数,大部分的老师都以同学的回答为本,稍稍做个说明,然后就再丢下一系列可怕的问题。

不管细节如何,对于苏格拉底教学法的实施,怨声载道。像拉尔夫·纳德尔,就称这种教学法为“只有一个人能玩的游戏”;而一代接着一代无以数计的学生,频频对朗德尔院长发出恶毒的诅咒。法律技巧课的彼得学长也曾警告过,在众目睽睽之下,尤其在一百四十个你想留下好印象的同侪面前力图表现的压力实在不好受。

无视学生的苦痛与抗争,教授们个个乐此不疲;即使在法学教育其他话题上展现出自由、激进风格的教授也不例外,纷纷为苏格拉底法辩护。他们认为,透过苏氏教学法,同学可以熟悉法律界的术语,养成抽丝剥茧、追根究底的好习惯,而这对于律师而言,是个很重要的分析模式。

至于我,只担心在公众面前曝光的感受。无论是好是坏,苏格拉底法最起码应许可被问者保持沉默,否则将与公众行为的潜在规范相抵触。一般而言,当参与者多到一定程度时,每个人都似乎扮演着特定的角色——说话者侃侃而谈,听众则乖乖地在下头接收讯息,被动、无我且充满距离感。然而,在苏氏教学法之下,原本是安全的个人空间,随时都有被窥探侵犯的危险。

或许,紧张与担忧会让我上课更专心;但过度的刺激,也不免教人心生怨愤。刑法第一堂课,9 点刚过,我就赶到教室找座位。大部分的法学院,座位都是事先分配好的,哈佛也不例外;每门课的座位都不同,由电脑随机分配。老师手上有份教室简图,按照座位号码认人;有些教授还会把新生手册上的学生照片剪下,贴在座位图上。如此一来,教授很快就能记住同学的名字,也可以避免一些心存侥幸的人,一窝蜂地往后排挤。

当然,排座位的制度对苏格拉底法是必需的。教授依据座位图,可任意点名学生发言,避免等待自愿发言者的尴尬。我可以理解这种安排的种种理由,但当事情不尽人意时,嘲讽与批评是免不了的。9 点 10 分,二十六岁的我,按照规矩把上课的书包放在指定的座位,然后脑子就开始浮现出被点名发言的可怕景象;更糟的是,景象中还出现我答不出来的窘态。虽然真正发生的几率不大,但想起来,依旧教人毛骨悚然。一个不小心,就会成为流传千古的笑柄:"记得杜罗吗?那家伙,被曼教授点到后,僵在那儿一句话也说不出来。"此刻的我,坐在位置上,忐忑不安。

结果,也许是我太多虑了。曼教授在课堂一开始,并没有点任何人发言,只是做了一些概略性的介绍。我想大家都在心里说谢天谢地吧。

9 点 12 分，教室前面的曼喃喃自语道：“我想，是开始上课的时候了。”然后看看天花板，慢慢地打开话匣子。曼差不多六十岁，满头银发，西装毕挺，看起来相当谨言慎行；但是面无表情，没什么笑容。说话时，在讲台上踱着步。

在发觉他实在不是个好老师之前，我的心神早就飞到九霄云外去了。这一点也不意外；根据彼得的说法，老师的安排不是随便的；为了让各组师资力量总体能够平衡，分配给每一组的教授势必有好有坏。和其他学术机构一样，教书本身的能力，毕竟不是 HLS 筛选教授的主要标准。

大体而言，能够进哈佛法学院的教授，在法律界都是响叮当的人物。几天下来，我发现同学们对老师卓越的智识能力与显赫的经历都佩服得五体投地。他们大部分也出身于法学院，无论是从哪儿毕业的，成绩个个都是名列前茅，在《法律评论》多占有一席之地。曾在法院担任法律书记的一抓一把，有的还是联邦最高法院的成员呢。他们毕业之后几乎都曾在法律界执业，成就非凡；许多教授中途被政府挖角，入阁担任助理、秘书、总统顾问或其他高级官员。不过在学术界，最主要还是要看研究能力，出版作品的量与质一直是各大名校选择师资的主要考虑。就像伯特兰·曼，教书平平，但出版了一系列针对无受害者型犯罪（卖淫、吸毒、赌博等）的研究报告，颇受好评。我想，他对法律界的贡献就在这里吧。

谈起曼的教书技巧，实在不敢领教。他几乎总在自言自语。当然喽，三不五时，他也会抬起头来，看看我们，确定还有人在听讲；然后嘛，回过头去，看看天花板，继续讲他的大道理。如果有什么评论性的话，要么无关紧要，要么天马行空、没什么关联。

“当然，每堂上课前，你们都要好好地准备。”他突然停下来，插了这么一句。“真正、充分地准备——就好像……你们要来与我单独讨论功课。这点很重要，不过……当然……”曼低头查看了一下教室的音响设备，继续支支吾吾地说：“当然……如果你真的没做准备，还是来上课吧，不要害怕。点到你时，就告诉我‘没准备好’。一两天后，我会再给你一次机会。所以别担心，没什么大不了的。”

看着教授来回踱步，摇头晃脑地不知所云，真是难熬。终于，他开始进入正题，谈到这门功课：与其他课相比，刑法在许多方面是很特别的。它与其他课程不同，讲述政府与公民个体之间的关系，并且是唯一一门法规与案例并重①的课程。我们将花很大一部分时间研读《美国标准刑法典》（Model Penal Code）。那是由一群美国法学所（American Law Institute）的学者在60年代撰写完成的，之后许多州都依此为法，加以采用。

下课后，遇见特瑞·纳扎里欧。他问我对曼的看法，我回答，不能指望每门课都精彩。

“不过想想他对同学上课不准备的宽容，”特瑞说：“至少并不难搞定吧？”

我点了点头。

下一堂是鲁道夫·佩里尼的合同法，距离上课时间还有半小时，特瑞想要趁此空当儿买本书，我自告奋勇地陪他去。虽然上星期已经把所有教科书都买齐了，但我很想跟特瑞去瞧瞧著名的“省

---

① 和我们国内的法学教育不同，英美的法律教育主要是围绕案例展开，因为其为案例法体系。

钱法律书店”,①那里是法学院旧书的交易天堂。

经过几次交谈,对特瑞的了解愈来愈深。他进入法学院的历程与一般同学大不相同。虽然年纪与我相仿(他今年25岁),但他去年6月才从大学毕业。照特瑞的说法,读完高中以后,他就游手好闲,是个十足的浪荡子;不过到了二十几岁,遇到了好对象,结了婚,借钱开了家音响店,白天工作,晚间则去大学修课。接着,生意愈来愈好,妻子也顺利生了一对双胞胎男孩。他乘胜追击,开了第二家店,雇人分别看管这两家生意,自己则脱产专心念书,成绩斐然。去年12月,一家大型连锁商出高价买下了他的音响店。

“开价之高,可以让我们不愁吃不愁穿地过个三四年。”他说:“拿这笔钱要干什么用呢?去欧洲游玩,还是搬到加州享受阳光海滩?这些我们都想过——只是,唉!没办法,我太喜欢待在学校了。于是,我决定放弃一切,继续深造。一般研究所,不列入考虑范围,因为出路不好;我可不想研究所毕业后,还回到老本行开音响店。于是,法学院成为我的目标。然后嘛,既然LSAT的成绩超高,就申请哈佛看看,不论别人怎么想,我不觉得自己比别人差。结果,居然中奖了!我的父母、老婆丹娜的父母都不敢相信,觉得中间一定有问题,要不然哈佛怎么会让我进去呢。”

特瑞边笑边讲自己的故事。在我眼里,他坚韧,独立而自负,乐观进取,又有城市人特有的敏捷反应,颇令人欣赏。

我们到达时,“省钱法律书店”被挤得水泄不通。书店在奥斯汀大楼的一间小办公室里,由一名法学院学生的太太经营;现在二三

① 这是虚构的。

年级的学长学姐刚回到学校，纷纷赶来抢购便宜的旧书。面对人潮，我决定就在外头等着算了。

教科书对学生而言，是生活的一大重心，或许我多少该谈谈它。大体而言，法学院的书籍分为三大类。第一类是案例集，通常一册都是上千页的，而学校上课的指定材料，就是从那里面选出的。案例多经过筛选，根据相关性把重要的部分挑出来编排整理。第二类是学术教材，实打实的“辅导书”，由知名的学者专家撰写，分析著名案例，推引相关法条，并对各领域的发展做描述性的介绍。虽说是辅导书，教授通常不鼓励一年级新生阅读，一来怕初学者被教科书牵着走，丧失了自己判断与推理的能力；二来怕同学对上课不再感兴趣，因为教授分析个案的模式，与书里面大同小异。第三类则是所谓的“课外参考书”，从学术观点来看似乎不入流。内容完全是针对教材与案例的消化整理，把重点标示出来，让同学容易准备，完全是功利性的。最有名的，恐怕是一系列的“吉尔伯特法学摘要”（Gilbert Law Summaries）。尽管已经在同学之间广泛流传了好几届，许多教授仍然宣称从未听过“吉尔伯特”四个字。最先听说这档事时，我总抱疑惑的态度，为什么同学不自个儿准备、自个儿分析思索，而要借助这类参考书？挪用别人的观点，难道不算是一种抄袭吗？

不管是上述哪一类书籍，法学用书的共通点可用一个词来形容——又厚又贵。为了能把厚厚一叠书背在身上，我投资购买了一个超容量的登山包。至于价钱嘛，新书大约在16到25美元之间；商家也知道，这些教科书对学生而言是必备的，所以售价拼命往上定。要指望老师们鼓动书商自动调低价格是不可能的，尤其是，大部分的指定教材都是任课老师或编或写的。我一年级所有的课,除了一门之外,用的案例选集,都是出于 HLS 的教授之手。想减少购书花费,唯一的途径就是到"省钱法律书店"来寻旧书。

特瑞出来,手里抱着一本厚厚的绿皮书,对着我问:"这本你有吗?"

看了看书名,是一本合同法的辅导书,就像我们的案例选集一样,作者是格里高利·伯德里奇和鲁道夫·佩里尼。

"有两个朋友告诉我,整门课的精髓全在这儿。"特瑞这样说。

"咦,佩里尼也写入门教科书呀?"我摸着书皮,问了一声。

"也写入门教科书?拜托啊,他在这行可是不折不扣的权威。这不是普通的教科书,这是必读的经典之作。"

"可是,教授不是告诉我们,暂时先别读那些课外指导书?"

"哎呀,说一套,大伙做的是另外一套。至少,我听到的是这么一回事。"

我把书还给他,心里开始打起鼓来,到底怎样才是对的?我理应对教授有信心才是;但,因为一个差错,功课落在别人之后,我又不甘心。

"再看看吧。"我对特瑞说。

"随便你啰。"他这样回答。

"我想先瞧瞧佩里尼是何方神圣再说。"

特瑞点点头,然后我们一起往奥斯汀大楼的教室去;在那儿,答案马上就会揭晓了。

大部分法学院教室的格局都差不多,座位分为左右两区,桌椅半圆形地从讲台往后方扩散,有点像古时候的露天剧场。在庞德大楼(先前遇到曼教授的地方),教室改建过,比较精巧;奥斯汀大楼的教室则大而破旧,黄橡木制的桌椅由前往后、从下而上一层层地排列。最高一级高出讲台地面恐怕有四十英呎。窗边托着又长又重的布帘,墙上挂着几个头戴假发、身穿法袍英国法官的肖像。整个设计严肃得很,加上先前所闻佩里尼教训学生的故事,更让人不敢掉以轻心。周遭不时传来同学低声的谈话,有人紧张兮兮地喃喃自语:"拜托,佩里尼,千万别点我。"

我走到座位旁,跟两边的同学打了声招呼。其中一个做过海军,从俄亥俄州来的;另一个名叫唐恩,年纪轻轻,刚从德州大学毕业。我们窃窃私语,互相交换关于佩里尼的情报。据唐恩说,佩里尼也是德州人,从德州大学法学院毕业后,在 HLS 授课已达二十年之久。教书生涯曾因被尼克松总统招去当顾问中断过。

现在 10 点出头,已经过了上课时间好几分钟了。同学差不多都到齐了,在各自的座位上等着。唐恩问我,知不知道佩里尼长什么样子?

我摇摇头回答:"完全没概念。"

海军出身的葛利格插上一句:"来了,亲眼瞧瞧吧。"

佩里尼正从后方一阶一阶缓缓地往下走。头抬得高高的,脸上没什么表情;整个样子比我想象得要温和许多。身高六呎,有点肥胖,长相并不算很端正。他手里拿着本书,腋窝下夹着座位表。

"这里是法一第二组的合同法,"他说:"有没有走错教室的啊?"接着笑了笑,继续他的开场白:"在讨论指定的案例之前,先交代几点注意事项。首先,课程规定必须说明白,免得将来搞不清楚。"

他刻意地放慢语调,几乎每个词都加了重音。一听,就知道是南方腔。

佩里尼举起手上的书。

“本课的指定教材是《合同法案例选集》，由保德瑞吉和……”佩里尼顿了顿，感受了一下教室的沉寂“……等人所编。”他闭上嘴，又露出微笑。许多同学也暗地里嗤嗤地笑。“当然，我希望你们买的都是新书。”佩里尼终于笑出声来。

“我们基本上会按照书的进度，一件一件案例处理。”他继续说：“有时，或许会跳过一两个案子；我事先会告诉你们，或把消息贴在布告栏上。每天都要读个案，至少要超前三个案子。”

前排座位与讲桌之间，有块窄小的区域，佩里尼把手背在背后，开始在那里缓缓地踱步。当往我这一区移动时，他眼神锐利地注视着周遭的同学。看起来，佩里尼年逾五十，皮肤黝黑，头已半秃，剩下的几撮黑发梳理得整整齐齐。从眼角与嘴边，能清楚地透露出他严酷的性格。

“这门课处理的全是关于义务、买卖合同、商业往来以及保证的法规。”佩里尼说：“这恐怕将是整年度最困难的一门功课。合同法在学术界一般被认为是复杂性最高的领域；本世纪以来最伟大的法学评论家多半是合同法出身的，比如威利斯顿、[1]科宾、[2]富勒、[3]

---

① Samuel Williston，1861～1963，美国合同法专家、律师，哈佛大学法学教授。

② A. L. Corbin，1874～1957，20世纪美国最伟大的合同法学家，曾任耶鲁大学法学教授及美国法学会合同法特别顾问。他于20世纪完成了合同法经典巨著《科宾论合同》(共8卷)。

③ Lon. L. Fuller，1902 ～1978，美国著名法学家，二战后新自然法学派主要代表之一。曾长期任哈佛大学法理学教授。

卢埃林、[1]保德瑞吉，还有……”他停顿了一下，做了个手势，然后又轻轻地说了声：“……等等”严肃的面容，此刻总算露出比较灿烂的微笑；大部分的同学，也跟着笑出声来，甚至还传来零星的掌声。稍微平息后，佩里尼继续踱步。

“别组的同学或许会认为下学期的财产法才是最困难的；但你们不同，因为你们的合同法由是我来教，而我……”他抬起头说：“真的不好对付。”

“我会要求你们每堂课都到，而且要按照分配好的座位坐。别跑去后头的‘旁听席’，那是留给想要来感受一下恐怖气氛的外来客坐的。”许多同学又忍不住迸出笑声。

“不仅人要到，而且要有准备地到。我要再三强调，每节课都得下工夫好好准备。我们这堂课，没有‘换人答’这种事情，也不容许‘没准备’这类字眼。当然，每个人偶尔都会碰到私事缠身的时候，所以百分之百万全的准备是不可能的。如果真有那种情况，我要求你们在上课两小时前，写好书面声明，交给我的秘书。地点在教职员办公大楼2楼281室。”

我赶忙一字不漏地把所有规定抄在笔记本上：不得缺席；不能“换人答”，不能“没准备”；遇特殊情况，书面报告两小时前送到办公大楼281室。

天啊！心头不禁害怕地叫出声来。

果不其然，佩里尼叫我们除了指定的案例教材外别去碰其他

---

① Karl N. Llewellyn，1893～1962，美国现实主义法学的代表之一，曾任耶鲁、芝加哥、哥伦比亚大学法学教授并担任美国《统一商法典》总起草人。

书,包括那本我们或许已有所闻的某“辅导书”。“放心吧,忙都忙死了,哪有暇顾及其他。”这点倒是言之不假。接着,他把课程作了更仔细的介绍,只是冷酷的威吓口吻没变。认清现实吧,不管从前是从哪儿混来的,到了哈佛法学院,一切都不会太容易。

有时,我会怀疑佩里尼严峻的态度只是装出来的,用不着太认真。他伴随言语的手势以及适时的笑容,彷佛都设计过了。不过如果确是演戏,也实在太逼真了,没有丝毫破绽。当他说到停顿处,抬起头来,铁石般的扑克脸,着实教人胆寒。

佩里尼一点一点介绍课程的主题,包括:要约(offer)、承诺、(acceptance)、[①]合同解释……这么多内容,我心想,一个小时很快就过去了,应该和曼的课一样安全,没有人会被点到。然而出人意料,10分钟过后,佩里尼竟然走回讲桌,看了看座位表。

“我们还是进入今天的正题吧。”说完,拿起铅笔往座位表上一指。短小的铅笔,活像一把刺人的匕首。拜托,千万别是我!

“卡尔林先生!”佩里尼大声叫了个名字。

说时迟,那时快,砰然传出一声巨响。五六个座位之隔的一个家伙,正慌忙地抱住一摞书,其中几本已经掉在地上。不用说,那铁定是饱受惊吓的卡尔林。那个戴着黑框眼镜大块头,正脸色苍白、笨手笨脚地捡地上的书。对于他,我个人无限同情,庆幸自己逃过一劫之余也不由生出些微的罪恶感。

---

① 要约和承诺是英美合同法上的最基础的一对概念。要约是某人在将来实施或不实施某一特定行为的意思表示,是一种缔结合同的允诺。承诺是对他人要约表示同意的意思表示。

"卡尔林先生，"佩里尼向前一步，说："怎么样，给我们说一下赫尔利诉艾丁·费尔德案吧。"

卡尔林手中的笔记本已经摊开，声音颤抖地开始说话。

"原告的……无遗嘱处分(intestate)……"

"什么，那是什么意思？"佩里尼在教室的另一端大吼一声，然后神情激昂地走到卡尔林面前。"无—遗嘱—处分？"他说："无—遗嘱—处分，那究竟是什么东西？跟我们的胃肠有关，是不是？我们这堂课，难道是解剖课吗？"佩里尼的语调有点神经质，夸张的口吻引来一阵哄堂大笑。

站在五六呎外的卡尔林望着教授，战战兢兢地回答："不是。"

"我想也不是。"佩里尼点点头说。"那么，如果把'无'字去掉(从 intestate 变成 testate)，又是什么意思？从我们的胃……"佩里尼顺势举起手来，边指边问："又变成什么了呢？"不用说，又是一阵爆笑。

"我想，"卡尔林依旧怯生生地说："那就表示他留有遗嘱吧。"

"喔，我明白了，加了个'无'字，就表示他没有留下遗嘱。"佩里尼摆摆头，再问："卡尔林先生，那么你讲的'他'指的是谁呢？"

卡尔林哑口无言，如坐针毡。随后，好多手兴奋地举到了半空中，佩里尼点了两三个同学，答案都不一样。有的说是赫尔利，有的说是艾丁费尔德，有的说是原告。最后，有个家伙回答，个案中并没有提。

"没错，案例根本没提是谁！"佩里尼咆哮地说："案例从头到尾都没有提！你们要读清楚案例，听到没有？小心翼翼、仔仔细细地读！"他边说边指，一个字一个字强调地说。愤怒的眼神从教室中央转回卡尔林。继续问:“我们有没有必要介意这个‘他’指的是谁?”

“介意?”卡尔林一脸疑惑。

“就是说,这个‘他’对于个案的结果有没有差别?”

“我想,应该没有吧。”

“为什么?”

“因为‘他’已经死了。”

“‘他’已经死了!”佩里尼吼了一声。“这可真是出人意料的答案。不过,卡尔林先生,我还有个疑问,如果他已经死了,还能提什么诉讼?”

卡尔林仍然紧绷着脸,但是似乎魂魄又聚集回来了。

“我想,是他的管理人提起的诉讼。”

“喔,管理人。”佩里尼继续:“怎样的管理人呢?我们学校办公大楼里面的那种职员吗?”

就这样你来我往地持续了好几分钟。佩里尼丢出一系列的问题,比手画脚地穷追猛打,卡尔林则尽可能地做妥善的回答。过了中午,佩里尼终于宣布暂停,明天继续,然后夹带座位表走出教室,留下议论纷纷的同学。

整个景象着实吓人;卡尔林还没回过神来,就见一群人涌到他面前,向他道贺。平心而论,他的表现的确不错,连佩里尼都有点惊讶,中间曾经问他,怎么有办法把每个词的定义记得如此详尽。要是我,绝对做不到。想到此,不免有点沮丧。准备了老半天,竟然搞不清楚是谁在告谁?“无遗嘱处分”一词,我是听过,但去了个“无”字,恐怕就反应不过来了;更何况在众目睽睽的沉重压力之下,怎么可能好好回答呢?我的信心跌落谷底,根本不敢想,什么时候就要轮到我跟佩里尼对话了。

原本就够害怕了，但整个教室的气氛与同学的反应，更让我迷惘。佩里尼夸张的教学方式，的确激起同学的活力和参与感；但是，也用不着如此嬉笑别人呀。尽管不是真的在嘲笑卡尔林，也该礼貌地留点情面嘛。还有，一旦卡尔林卡壳停住，同学们的手就好像脱缰野马似地，纷纷高高举起。为什么大家都如此期待发言？初次听闻苏格拉底教学法时，我一直很怀疑，同学们真的会迫不及待地纠正彼此的错误吗？然而在这种气氛下，要不是心中过于胆怯，我恐怕也是将手高举在空中的其中一个。这到底是怎么一回事？或许，我不该如此疑惑。答案恐怕很简单，就是佩里尼的魅力。不管赞不赞同他的唬人方式和戏剧化的表演，佩里尼的教学的确不同凡响，彻底掌握着整个上课的进程，紧紧抓住了同学们的注意力，并且无论是下评论也好，提问题也好，都清楚而直接，没有拐弯抹角的废话。一言以蔽之，佩里尼绝非浪得虚名。

走出教室时，卡尔林周遭仍围绕着一群祝贺的同学，虽然我拍了拍他的背，想同他打声招呼，可根本没机会讲到话。恰巧，看见先前已认识的凯伦桑德格，她的身边站了一位男生，于是就上前询问他们的看法。

“卡尔林一定是什么法学专家，”凯伦说：“不然也是受过什么特殊的训练。”

“没错，他的表现真好。”我附和地说。

“应该的，”那位男士插嘴：“听说，他暑假时就已经把整本佩里尼的辅导书通读过了。”

我愣了。我简直不敢相信，希望他是开玩笑的。

“真的,我没骗你,卡尔林自己亲口说的。”

“是的,我也听见了。”凯伦向我确认。

此时,特瑞跑来打招呼,我让他们把这档事重述一遍。

“听到没有,暑假哦。”我不厌其烦地又强调了一遍。

特瑞看了看我,严肃地说:“先前就警告过你了吧。”然后摇摇头。

“来这混的,是没有真正打算浑水摸鱼的。”

我们四个,边说笑边离开。吃完午饭,我老大不甘地回到“省钱法律书店”。也不知道该高兴还是悲哀,我终于掏了钱,买下那本佩里尼的入门大全。

* * *

为什么我要那么在乎?我在担心什么?管他什么佩里尼?把他当作是个爱要威风的纸老虎不就得了?有什么好害怕的?究竟是什么原因呢?恐怕你得用点想象力了,这是我唯一可说的。

无论是26岁也好,22岁也罢,承受的风险都一样,没什么差别。或许你是放弃了大好工作才来到这儿的,或许成为律师是你一生的梦想。不管怎样,我想你从前在学校的表现一定很好,所作所为也大抵没什么差错。你知道,仅有得天独厚的幸运儿,才能挤进哈佛。然而,现在却得花上好几个小时,只读差不多半页的案例。起初眼睛看过的有大半都不甚了了;然后逐页来来回回地钻研,画图表,写摘要,到最后觉得自己准备得再充分不过了。然后,兴冲冲地去上大师的课,却发现另一个同学比自己准备得还要充分。他能用清楚、精准的语句，说出独到的见解；更糟的是，脑子装满了各个专业词汇与概念，自己无论如何都比不上。

是啊，过去我也曾风光过，借着追忆当年勇，或许能稍稍疗伤止痛，恢复一点信心。但是，当教授在一百四十个同学面前考问你时，回答“我从前是书卷奖得主”毕竟不合适。

萦绕在心头的尽是焦虑、急躁及严重的不确定感；我相信，在头几个星期里，大部分的新生都有类似的感受。有时，甚至发现上了老半天的课，还不明白自己究竟是哪里不明白。看着自己的同学对答如流，真不知道该如何是好；或许他们都是天才吧，相较之下，我恐怕是最愚笨的。

该去哪里找救兵呢？有谁能指点迷津呢？如果，披着狼皮的佩里尼是带领我步入法律殿堂的人，我可一点也不能松懈。步步为营、面面俱到是不二法门；要不然，一个失神，怎么死的都不知道。

为了彻底搞清法律条文，任何一个点都不可轻忽。此刻，我苦练吸星大法。虽然很想苦读那本新买的辅导书，但实在没啥机会，因为它并不比个案好读。尽管如此，装饰在书桌上，随时可查，还是让我安心不少。严禁剽窃、学术良心、独立思考等冠冕堂皇的金科玉律，已不在考虑之列；怎样能够搞懂案例的真义，才是当务之急。

狗急会跳墙，没多久，一些奇举纷纷出笼。记得在某本学生手册上看过，最好用多颜色的笔抄写课堂笔记。最先还嗤之以鼻，不以为然；但才过了一天，看到自己的笔记散乱不清，毫无章法可言，就赶紧跑到哈佛广场，斥巨资购入了五颜六色、深浅不一的圆珠笔。案情摘要用黑色，上课笔记用蓝色；特殊的法律条文用红笔，不甚明了的地方用绿笔。每种颜色各买两只，别在背包的外口袋上，像一个装得满满的箭筒。纳扎里欧笑我是“彩虹侠”,其他同学也常向我投以奇怪的眼光,但是我都不以为意。渐渐地,笔记整理得愈来愈好,虽然很可能只是因为对法律的熟悉度增加了的关系,我还是不愿意割舍那堆彩虹色笔,随时携带在身,红黑蓝绿四色并用。

回头想想,当时最让我头痛的是,书上写的、老师讲的每个字都认识,但合起来就是看不明白。加州的律师朋友曾经警告我,法学教育在许多方面就跟学习一门外语一样;亲身体验之后,才发现他所言不虚啊。一开始,还不熟悉法言法语的我,就被强迫用它去阅读、思索,一天 16 个小时,不停不歇。当然,法言法语和英语不是全无关联,说是第二语言或许太过夸张,不过起码像是种特殊的方言。除了夹杂了成百上千的法语与拉丁词汇,英文本身的语句也都重新定义,不容许日常用法的含糊。比如说,“judgment”一词,在日常生活中可以有很多的意思:“你对他的‘**看法**’如何?”“我觉得他的‘**品味**’不错。”“‘**末日审判**’日来临时,他应该没什么问题。”等等。不过,在法律上就只有一个意思——“法院的判决”。

除了旧词新用之外,书面论证也有很大的学问。随着个案的累积,我渐渐发现无论是法官或律师,说话时都不喜欢以一般人自居,所以发语词很少会是“我……”怎样怎样,使用的语言也大半不是简单的陈述句。他们希望自己的话带有法律的权威,而不仅是个人意见的抒发。为了避免平民化,增加专家的说服力,放眼望去,尽是“何以”、“至此”等文诌诌的词汇,以及委婉含蓄的长句子。

我们读到的民事诉讼第一个案例,贝萨克斯诉德莫西斯案(Batsakis v. Demotsis)中有这样的话:

“据答辩第二段所言,于原告书面文件之审议当中,发现足有

1975 美元的债务无力支付，而被告之抗辩确认了上述审议中之违约债务，至此被告须偿还原告 25 美元……”

要搞懂这类天书，实在不容易，得花上好长好长的一段时间。上学之前，打死也不会相信，读几篇案例要花多长时间；现在却发现，即使是刚开始的案例，不过都两三页长，为了整理案情摘要、查询字典，也叫人忙得一点喘息的时间都没有。无论清晨还是夜晚，只要不是上课时间，就得苦读；周末也不例外。

就算如此勤奋，我还是没把握能跟得上进度。星期二晚上是一大挑战，因为接下来的星期三、星期四课都排得满满的。上午会遇到的威廉·泽曼与曼教授，早就把指定作业洋洋洒洒地贴在公布栏上；而合同法与刑法的作业，也只多不少。此外，法律技巧课的亨利，凑热闹地把一叠案例丢下，要我们在一个礼拜之内，交出 8 页的报告。这么多的作业，怎么做得完呢？此刻，安娜早已呼呼大睡，而我还苦哈哈地挑灯夜战，准备明天的侵权行为课。

无论如何，这是我的选择，这是我所爱的。

“学习如何爱上法律”是流传已久的一句戏言，讽刺性地描述了法一新生所受的教育，语气显露出些强迫的味道。或许与事实相去不远，但对于我而言，一切都是心甘情愿的。紧张、困惑、劳累与害怕，这种种感受，苦归苦，却也有一股说不上来的吸引力。来到法学院的一大希望，就是能借着法律知识的增长，对日常生活的琐碎事务有全新的观点；这个希望，很快就得到了满足。比如说，合同法的头两个案例“赫尔利诉艾丁·费尔德”案、“波基普西市采购服务股份公司”案，牵扯到的都是私人自由与公共义务之间的冲突。佩里尼要我们思索的问题是：对于像艾丁费尔德那样拒绝治疗某种病患的医生,社会是否有责任采取强迫性的手段?如果医生有治疗病患的公共义务,波克基普吉报社能否拒绝刊登波克基普吉收购公司的广告?这两者之间的差别在哪里?社会到底能不能干预私人的商业行为?还是应该完全放任,让所有公民爱怎么做就怎么做?

我并不是认为,这类关注比起其他问题(像是:人类什么时候登陆月球、怎样建造出更进步的内燃机或是如何能够更有效地运送物资到俄马哈市等)来得伟大;只是从很早以前开始,我就在想这些问题,而现在能有机会做系统性的深入探讨,自然感到兴奋。坐在课堂上听讲,与同侪好友讨论功课,再加上苦读个案与相关数据,我总觉得距离疑难杂症的解决愈来愈近。

* * *

星期三,第一次上威廉·泽曼与莫里斯的课。由于之前佩里尼的合同法拖得很晚才下课,等我们匆匆忙忙赶到侵权行为法的教室时,泽曼教授已经站在讲台上等候了。他个子小小的,身穿黑色西装,太阳穴旁长了许多明显的黑痣,头发留得很长,可以稍稍遮掩中间秃去的部分;放眼望去,有点像是年轻的艾德莱·史帝文森①。

根据小道消息,泽曼十几年前曾在哈佛待过,后来转到英国某大学任教;虽然说已经回来美国执业好些年,言行举止仍然充满了英式风味。他的性格不是很主动,说话轻声细语,慢条斯理;除非偶

① Adlai Stevenson,1900 ~ 1965,担任过伊利诺伊州州长,曾两次参加美国总统竞选。后担任美国驻联合国大使。

尔要写黑板，都站在讲桌后头，一动也不动。

泽曼做了很简短的课程介绍，但没有提及任何上课规则、教科书、指定功课等。含混的介绍中，只说明了这门课是法学概念与法律条文并重。接着，便点名后排的一名同学讲解第一件案例。

“侵权”本身就多少隐含了“过错”的意味，为了弥减公民因他人过失而受到的伤害，法律提供了一些补偿的规定。因此，受害者（原告）可以提出诉讼，要求加害者（被告）负担金钱上的赔偿。我们研读的个案形形色色，包括船难、殴打、医疗过失、劣质商品等，几乎涵盖了所有人与人之间可能的加害行为；有些伤害古怪得很，完全超出想象的范围。看过这些案例之后，不免感叹父母的教训是对的，一切还是小心为妙。

这门课的一大难题是，如何在理论上清楚地定义出公民之间的基本义务。对于别人的权益，到底该如何小心维护才是？从第一件个案起，泽曼就慎重提醒我们，定义问题是如何复杂难解。案例中，一名老妇的坐椅被一个5岁男童拉开，因而摔在地上，弄伤了脊骨；老妇提出诉讼，要求赔偿。案子的关键点落在，恶作剧的男童是否蓄意要伤害老妇？法官最后的裁决是肯定的。

“‘蓄意伤害’（intent to harm）究竟是什么意思呢？”泽曼对开讲案例的同学提出这样的疑问。“这跟故意（delibrately）开车撞伤仇家的行为相同吗？”

同学的回答是，不同。

“或许吧，”泽曼继续追问：“但是到底有什么不同？法庭裁决的根据在哪里？怎样的心理状态足够让男童被判定是蓄意的暴行？如果他还不能明辨是非，我们怎能加以责难？他难道真存有伤害别人的心吗？难道不是仅仅没注意(not pay attention)吗？"

泽曼质疑的态度温和谨慎，不会给人以强烈的压迫感；但是最后，种种问题仍然不得解答。其实不仅是第一天，接下来好几堂课，一连串的问题都无法取得确切的答案。什么叫做"过失"(negligence)？怎样的行为，会被判定是"过失"？怎样的伤害，可以寻求合理的补偿？为什么在某种情况之下，你开车撞伤路人，不用负担半毛钱的责任；然而，仅仅因为卖一个烤面包机给别人，发生意外，就得赔偿所有的损失？

课堂上空时时笼罩着一团迷雾。好不容易一个疑问看似解决了，泽曼马上丢下另外一个。他常常想象一些假设性的状况来考问同学；而那些假想情境大多稀奇古怪，徒增我们的疑惑。如果一名侏儒挥拳攻击拳王阿里，算不算蓄意伤害？如果厂商拒绝花二十万建造水坝，来防止可能造成的十万元财物损失，算不算一种过失？

当疑惑累积到最高点时，班上往往一片寂静，此刻就是泽曼跳到另一个主题的时候。他从来不给我们答案，实际上，连小小的暗示都没有。他穿着黑色西装站在讲台上，不管我们懂不懂，只管一股脑地拼命丢下问题；除了问题还是问题。随着困惑的增加，同学对老师的不满也与日俱增。没有人能了解泽曼的用意到底在哪里。难道是我们太笨了吗？还是问题太愚蠢了？我们究竟该从这门课学到些什么？一堂接着一堂，深深困扰我们的不确定性丝毫没有改变，难道泽曼是有意来折磨同学的吗？

星期五时，不安与焦虑已经转换成浓厚的怨气。尽管大家都同意，教授其实是很有耐心的，问问题时从来不会给人难堪，不会指名道姓地指责谁说的不对，也很少出其不意地点名同学回答难题；但是，不讲答案的方式，让许多同学无法忍受，纷纷抱怨几堂课下来丝毫没有收获。凯伦桑德格（佩里尼第一节课后，与我有短暂交谈的金发女子）就是其中的一个；据她表示，星期四课后回到家，她沮丧了很久，最后还难过地泣不成声。或许特瑞的简短评论，道出了绝大多数同学的心声。

“泽曼根本不是教书的料，”特瑞说：“难怪学校从前要解聘他十二年。”

莫里斯教授就完全不同，一开始便广受学生的欢迎。打从他踏进教室的第一步，同学就立刻感受到了他的非凡魅力。

“我叫尼克·莫里斯，很高兴来到这里，与你们一同讨论民事诉讼上的问题。”他的开场白，包括了简短的自我介绍，单单这点就与其他教授大有差别。或许自我介绍对莫里斯是必要的，因为显然班上还有人不相信台上站的，正是这堂课的教授。据我所知，他从前在达特茅斯学院读书时，担当“长青藤联足球队”的后卫，现在站在眼前的他，黑黑壮壮的，依旧保持年轻球员矫健的模样；蓝色牛仔裤与红色休闲衫的穿着，加上深色长发，的确和一般教授大不相同。他身子半靠在讲桌上，亲切地与学生对谈，就好像个神气活现的运动员频频找机会跟拉拉队员闲聊一般。

正式上课时，他还是保持轻松的态度，手插在口袋，边踱步边说话。毋庸置疑地，整个课堂气氛十分融洽，老师与学生的距离也不会拉得那么远。尼克很年轻，才 31 岁，甚至比组里一些同学还小；穿着的方式跟我们大同小异，言谈中也不时夹杂我们这一代熟悉的俚语。除了外表的言行举止之外，莫里斯的内在观念显然与 HLS 的主流思维格格不入，彷佛是学校系统的圈外人；这对刚进法学院的我们而言,又增加许多了对话的空间。三不五时可以听到他毫不保留地批判法学院及整个法学教育。

“等你们毕业之后,掌控的权力恐怕是现在无法想象的。”莫里斯侃侃而谈:“在法律界,要糟蹋别人生命的机会多得不胜枚举。别以为这很好玩;大部分的教授不喜欢谈论律师拥有的破坏力,但这是将来你们踏入实务界必然面对的问题。我希望能有机会多与你们聊聊这方面的事;当然,也谈谈律师能做的好事,虽然那是比较难达成的。”

至于课程进展的方式,莫里斯也有“反传统”的做法。据他表示,按照座位表抽点学生,才能让同学都有均等的机会发言;但是,如果被点到的同学因任何理由不愿发言,尽可大胆地说不,没必要勉强。

“我绝对不会强迫你说话。如果没有话说,不用花心思设想各种理由搪塞。”莫里斯唯一的要求是,当同学还在发言时,其他人不要抢着举手。

莫里斯一般被认为是属于理论派的人物,教书抽象而不着边际。民事诉讼处理的是一整套有别于刑事系统的法律规章;记得注册时,彼得学长告诫我们,莫里斯倾向于用哲学的思维切入,探讨条文规范的后设问题。但是,至少头几堂课还看不出来。他很体贴地顾虑到我们对法律语言的不熟悉,为了免除同学更深的疑惑与挫败感,整个讨论是自由不拘的。虽然案例重点仍在民事诉讼上头,然而任何疑难杂症,随时都可以提出。不难想象,许多被佩里尼吓得不敢显露自己无知的同学,纷纷趁此机会,问起关于合同法的问题。

组里同学对莫里斯的方式大都表示肯定与感激。“我真是爱上他了，”凯伦·桑德格兴奋地说：“他实在是太棒了！”在紧凑的课程当中，总算有一门课让人比较安心。对于刚进法学院的新生而言，头一个礼拜是最难熬的。虽然我的情绪一直很高亢，许多同学却显得垂头丧气。沉重的功课压力、持续的焦虑不安，真会叫人心神耗竭。整个星期，不断传来有人失眠、胃痛、病倒、痛哭、酗酒、过度饮食、过量吸烟的消息。我的高度兴奋，并不值得沾沾自喜，恐怕只是衰颓的另一个不祥的极端。此刻，同学们都站在一块儿，互相倾诉各自的苦恼，彼此寻求适当的慰藉。

同舟共济的感觉持续了好几个礼拜。这点固然不错，但渐渐地，随着课程难度的增加，大家发现除了功课，实在无暇顾及其他；于是所有的谈话内容，尽是法律。不再有人会问我从哪来的，英格兰有哪些吸引人的地方。校园仿佛是独立而密闭的法律世界，关切的话题只有一个。对于法律，同学愈来愈健谈，也愈来愈多人喜欢在日常言辞当中卖弄新学的专业术语。刚开始的确不大习惯在走廊上听到：“去质询(quaere)一下，那个立场是否站得住脚？”或是：“让我给你一个正式的警告(caveat)。”不仅用词如此，整个口吻与腔调都刻意装得一板一眼；奇怪归奇怪，大家似乎乐此不疲。

结果，反倒是尼克·莫里斯对我们的术语调侃了一番。一天，在民事诉讼的课堂上，老师问了个问题，一名女同学回答：“法庭在该事项上对此人无管辖权。”

“我并不确定你的意思到底是什么。”莫里斯笑着说：“不过，我很高兴你用这样的方式说话。毕竟，要先学会如何呱呱叫，才能成为名副其实的鸭子啊。”

1975 年 9 月 14 日

（星期日）

工作，工作，马不停蹄地工作。

整个周末都耗在法律技巧课的作业上。要赶紧完成，才能应付周间密集的功课。

不行，我快崩溃了。怎么一点喘息的机会都没有？精神上，从来不曾如此疲惫过。每天紧张兮兮的，全神贯注地应付书本与教授，就连跟同学的交谈都无法放松。到了周末，情况并没有好转；满脑子尽是功课，就连睡觉时也无法安心。仿佛锁在一间小房间，四周墙上写满了“法律”两个大字。

没错，我喜欢这样，我真的喜欢。但无论如何勉励自己，情绪上的波动还是无法避免。读书当中，感觉好像爬得愈来愈高，欣喜地享受知识与人际网络带来的宽广视野与权力。可是，一想到明天要再见到佩里尼，心情马上跌入谷底。忐忑不安地拿起合同法的书，害怕着明天万一被点到名，该怎么办？匆匆忙忙地花了 45 分钟研读个案，演练可能要讲的话。

匆忙而辛苦地工作，根本无暇作深刻的反省。感觉好像在雕琢精致的象牙手工艺品，眼睛所见尽是细微的小环节，对整个真实的模样却不清楚。或许手中雕琢的正是自己的生命吧，盲目地奋战，疲惫不堪，但究竟完成之后的结果如何，却浑然不知。

也许,渐渐上轨道之后,日子会好过一些。昨晚去参加法学院已婚学生联谊会的迎新餐宴,整晚的话题都环绕在法一学生刚开始的困境上。一个二年级的学长,语重心长地说:"这一辈子最难熬的日子,就是刚进法学院的头一个礼拜。"

座位旁的女同学立刻感慨地说:"阿门!"

是呀,阿门!

* * *

星期一时,奥布瑞·德瑞克在走廊上叫住我,问我有没有兴趣参加读书小组。迎新周活动中就遇到过奥布瑞,年近三十,与我念过同一所学校。虽然他早了四届,我们还是有些共同的朋友的,并且交谈起来相当投缘。他一副城里人的样子,深色头发,长得一表人才;他谈吐斯文,并带有浓厚的文化气息,使奥布瑞在60年代的疯狂学潮当中,独树一格。

"现在还没正式成立,"奥布瑞对我解释读书会的进展:"只是三五个人凑在一块,随便讨论讨论。"

读书小组是新生学习过程中的另一个重心。通常由四到八人组成,定期聚会,讨论功课上的难题。进行方式并没有一定的规则,有的小组天马行空地交换意见,有的小组针对指定作业重点讨论,有的则分工整理课程摘要,以便考试共同准备之用。大部分的老师都鼓励学生组读书会。毕竟上课时间有限,不能让每个同学畅所欲言;多了个读书会的渠道,更密集地讨论法律问题,对学习帮助很大。除了教育上的功能之外,读书小组还兼备集体治疗的效果,借着互动的过程,彼此倾诉内心的困惑,对未来的不确定感会大大地削减。读书会的成员,是你充分信赖的对象,任何的问题,都可以拿到这儿讨论。

互助学习这玩意儿,对于自信满满的我,是想都没想过的;至于读书会,没来法学院之前,也觉得多此一举。现在的我,成熟稳重,不需要小组的帮忙;况且,向来就是自个儿做自个儿的,早已习惯了。但是从第二周起,眼见读书小组如雨后春笋般迅速蔓延,再加上学长麦克·沃德和彼得基欧卡里斯都极力鼓吹,我也开始心动,于是对奥布瑞的提议大表欢迎。只是有两点需要沟通一下:第一,先前特瑞就有提到跟我讨论功课的事,因此希望让他也加入。第二,我不想增加整理功课的负担,因此不赞成许多读书会轮流指派成员摘要报告的作风。

奥布瑞点头同意,于是午餐时,我们两人、特瑞以及其他七八个还不熟识的同学聚在一块商量。大家似乎都语有保留,毕竟才开学第二周,要承诺长时间的付出,多少会有所顾忌。不管如何,读书会是成立了。安排的聚会时间当中,有一场是排在佩里尼课前一小时,成员都显得颇为紧张,因为佩里尼至今仍保持紧迫逼人的质问态度,没有同学不担忧的。

第二天首次在佩里尼课前聚会,竟然涌进一大批人,想必是成员招朋引伴的结果。长桌旁坐满了十五六人,奥布瑞大感头痛;而我则对同学只想讨论合同、专心应付佩里尼的态度,深不以为然。

没多久,我们俩就找了些人脱队,另起炉灶。星期四下午,小组聚在哈克活动中心的交谊厅,讨论曼指定的刑法作业。成员除了奥布瑞、特瑞和我之外,还有三名男生。凯尔·席克刚从哈佛大学毕业，瘦瘦高高的，一头卷曲的金发。他是奥布瑞引介进来的，我先前并不认识。他一本正经，讲话有点逢迎拍马，不过幽默感十足，反应敏捷，暑假在爱荷华州的律所工读过，对民事诉讼方面的常识丰富。桑迪·斯坦，前不久从麻省理工学院拿到工程学位，留着一嘴大胡子，作风慢条斯理，讲起话来平平板板，丝毫没有阴阳顿挫，但是直接爽快，绝不拐弯抹角。才短短几天，就已成为课堂发言的热门人物；对他而言，恐怕再小的问题都有思索分析的空间。桑迪究竟是怎么进来小组的，我根本搞不清楚；不过见识过他精密推理的技巧，没有人不伸出双手欢迎的。

最后一个是史蒂芬·里托维兹，当天下午我才临时邀他参加的。他个子矮矮壮壮，合同法课就坐在我后头。我一直都想找机会多认识他一些，因为感觉上，我们似乎有很多的共通点。史蒂芬拥有社会学的博士学位，跟我一样在大学教过好几年的书。他成长的芝加哥市我和安娜都待过。

曼交代下来的案例，是关于一名强奸犯，以酒醉为其行为的辩护。我们的工作就是要搞清楚这样的辩护，在《标准刑法典》之下是否有效。法典的规定错综复杂，得花好几个小时反复仔细地阅读，试图从外表矛盾的冲突中寻得平衡解决之道。困难的作业，却让小组讨论发挥极大的功效。很难想象，在时间精简的原则下还能保持深入的高质量对话；不仅有充分的机会自己分析问题，又可以从别人处得到不同的见解，以及批判性的善意响应。纯智力上的交流与论战，真是一种令人精神振奋的愉快经验。

除了奥布瑞太过礼貌，不好意思提高嗓音或插话，其他每个人都进入了备战状态，随时攻击对方的弱点，然后滔滔不绝地阐述自己的论点,直到有人中途打断为止。

聚会结束后,每个人都显得心满意足,马上拍桌定案,正式成立读书小组,并安排往后固定的讨论时刻。比较年轻的凯尔与桑迪先走一步,剩下来的四个“老头儿”还意犹未尽地继续闲聊瞎掰。我们各自谈论如何放弃原有工作来到法学院的心路历程。

“唉,”特瑞说:“有时候就是不服老,频频告诉自己,不要就这样定下来了,还有很多新鲜的事物值得一试。”

听了,心有戚戚焉。

奥布瑞和史蒂芬的情况则大不相同,各自有比较具体的理由进入法学院。对史蒂芬而言,法学院的学历可以帮助他找到稳定的教职。虽然已经拥有博士学位,但是社会学这个领域在学术市场并不吃香,除非有特别的专长,要拿到终身聘并不容易。

至于奥布瑞,故事就精彩得多。1969 年他完成哈佛商学院的学业后投入进口市场,混了一阵子之后,在洛杉矶开了一间画廊,专门展示并出售东亚的艺术作品。四年下来,一直弄到身无分文的破产地步,才把画廊结束。现在嘛,苦哈哈地来到这儿寻觅另一片天地。话虽如此,奥布瑞讲起来眉飞色舞,看不出有一丁点儿感伤的味道。据他表示,60 年代中期,法学院学风保守,大多数人都还穿西装打领带上课。当然,现在就不同了。无论如何,奥布瑞已经受不了商场上大起大落的风险,决定找份铁饭碗,领取固定的丰厚收入,过着舒舒服服的好日子。

那晚回到家,觉得十分充实。从前刚开学时,还有点怨叹,不能住在学校宿舍,与同学的距离会愈拉愈远;但现在有个读书会,定期地与他人互动,孤立无援之感顿消。事实上,小组几乎每天都有聚会。周三早晨上课前讨论佩里尼的合同法;星期四和星期五下午则用较长的时间讨论刑法、民事诉讼或侵权行为。

更令人开心的是,我和奥布瑞、史蒂芬和特瑞马上就成为要好的朋友。常常在一块儿吃午饭、打球、聊天、共度周末。我们彼此推心置腹,无所不谈。这一年,我的世界跟这三个好友将密不可分。

* * *

第二周之后,我开始尝试在课堂上发言。

决定开口说话的动机并不简单。其中一个理由是,实践从前对自己的承诺。记得还在考虑要不要申请法学院时,跑去旁听了几门法律课程。课堂中,我对学生消极冷漠的态度,很不喜欢。有一节课,感受尤其深刻。那是高年级证据法的课程,当天教授正讲解律师与委托人之间的特权,问了个连我这个门外汉都多少能回答的简单问题。结果,居然只有两三只小猫举手回应。教室沉默的气氛,究竟是因为事不关己的疏离感,还是惊吓胆怯的畏惧感?无论如何,我下定决心,绝不让这种现象发生在自己身上。

然而,三思而后言从来不是我的本性。尤其在紧张的时候,我经常不经大脑地胡言乱语。课堂之外,一旦找到听众,就会像公交车上的醉汉,噼里啪啦说个没完;在课堂上也好不到哪里去,一旦话匣子开了,就会滔滔不绝地胡吹乱盖,要停也难。开学迄今,让我如此克制自己的最主要原因就是怕讲错话,丢人现眼。

星期二佩里尼的课堂上,我终于不管三七二十一,勇敢地站出来了。当天讨论的是著名的哈德利诉巴克森德尔案,[①]着重讨论原告对违约者要求赔偿的上限。佩里尼问我们,怎样的原则是哈德利案应该忽略的,并且透露答案非常简单。同学热烈地做答,从"求胜"到"取得意义"各种想法层出不穷,但似乎都切不中核心。佩里尼频频摇头,边叹气边说:"不!""绝对不是!""怎么可能?""根本说不通!"

他好不容易才看见我高举的手,让我回答。

"惩罚。"我战战兢兢地说出心中的答案。

佩里尼走上前来,又问:"为什么?"

"这条原则运行的精神并不是要惩罚违约方。"

"惩不惩罚又有什么差别?"

"这表示赔偿不是用来震慑违约者。"

"那赔偿是为了什么?"

"只是为了弥补原告的损失。"

"完全正确!"佩里尼终于停止追问。"合同法中的赔偿,完全是针对损失而来。你们别把刑法或侵权行为课中学得的惩罚性正义搬到这里"。

说完,佩里尼转身往讲台走去。我深深地吁了一口气,心里充

---

① *Hadley v. Baxendale*. 1854 年英国财政法院的一个著名判例。此案例确定了损害赔偿的"可预见性规则":原告的磨坊因一根机轴断裂而停工,原告委托被告将断轴运往格林威治换一根新机轴。原告的雇员告知被告,磨坊已停工,必须将断轴立即送去,并问何时可收到新机轴。但被告疏忽延误了运送时间。原告起诉要求被告承担停工期间的利润损失。法院认为停工利润损失是被告不可预见的,因此不支持原告赔偿停工利润的诉讼请求。

满了骄傲。一整天都有同学跑来恭贺我的表现。其中凯尔最夸张，说我能透视佩里尼的脑袋，知道他究竟在想什么。

尽管第一次的尝试成功，对于往后是否要积极主动的发言我却举棋不定。想想看，佩里尼质问同学的态度如此吓人，而我又容易紧张，何苦折磨自己。况且，现在一种诡谲的气氛已经逐渐形成，课堂上的发言不再那么单纯。

从第二周起，同学们开始对某些人的攻击性言论与强烈的竞争态度不满。对于我们这一代而言，平等主义是至高无上的伦理准则，任何想要压低别人抬高自己的行为，都被视作是不道德的。再加上，组里同学原本都有高人一等的辉煌历史，每个人的才干与天分都不容小觑，如果不刻意压制内在的企图心，恐怕到头来落得的仅是失望与挫败感。毕竟学期末，教授会对每个同学进行评鉴，打下成绩。头几个礼拜中，大家似乎平起平坐，表现不分轩轾，而多数同学也希望维持这种假象。如果每个人真的都没有差别，你就不会像从前一样，总是个中翘楚，当然也就不会有可能被别的同学比下去。在这种情况下，最安全的做法就是大家都不争出头，不求表现，彼此半斤八两，相安无事。

记得在第二周末了，在跟组里同学海伦·基尔希纳聊天时，她向我表达了对法学院的厌恶。

问起为什么，她的回答是："这里的人攻击性太强了。"

我知道海伦从前是普林斯顿的高才生，于是问她是不是自己也有很强的攻击性。

"没错，"她说："但是我尽量不显露出来。"

隐而不显成为班上的主流态度。许多人打从一开始就非常收敛，几乎不发一言。我好几次在私下场合与组里同学交谈时才惊讶地发现眼前如此活泼外向的竟然与课堂中闷不吭声的是同一个人。

另外一种控制求胜心的方式，就是拒绝承认。很多同学挂在嘴边的尽是如何不在乎成绩、如何不关心老师或同学的看法（我恐怕就是其中一个）。这些人，大多和海伦一样，喜欢把自己感受到的竞争压力归咎于别人。

但是无论怎么说，班上几乎所有同学都是好强的竞争能手。这种本性，是让我们能够聚在哈佛法学院而不是其他次等学校的主要原因。并且，事实上我们在这儿受的训练，也是在为将来竞争性超强的行业做准备；走进法庭，一旦陪审团或法官宣告判决后，赢家与输家马上揭晓。对大多数同学而言，达尔文式的竞争环境，造就了我们的成功与喜悦；争强斗胜的性格，不是说改就改得了的。

诡异的气氛随时可见。走廊边、餐桌上、体育馆内，各种非正式的聊天场合，你会发现自己成为被注意的目标。别人用某种角度把你放大来看，你也免不了如法炮制。更别说在课堂上，老师一个问题一丢出，一百四十个同学都在准备，人盯人的注视对方，不管承不承认，求胜的竞争本能马上被激发出来。

应付之道，除了自欺欺人的一味否认外，就是把努力把真才实料搬出来，用好表现赢得光荣的名声。但是，唯一有权力肯定同学表现的就是教授，难怪每堂课结束时，都有一大批人（往往是同一批人）挤到讲台前，争着与老师讨论功课。当然，最容易赢得老师青睐、留下好印象的，还是在课堂中回答出很难的问题。渐渐地你会发现，有一小组的人特别积极，几乎每堂课都抢着发言，希望展现出比其他同学更高的智识，以及随时能与教授对话的胆识。

克雷莉莎·摩根斯坦就是其中的一个。这个二十出头的小女孩刚结束一段不幸福的婚姻，她身材高挑，外表出众，穿着时髦，非常引人注目。每次找到机会发言，都是高分贝的长篇大论，神情激动地像是参加辩论比赛。瓦利·卡尔林，或许受到第一节课被佩里尼抽点而表现优异的鼓舞，接着好几堂课都连续听到他的声音；另外像我所在的读书小组中的工程师桑迪·斯坦，也是个辩论高手。再过几个星期，更多的发言常客将陆续出笼。比较夸张的是，一些从州立大学出身的家伙，或许早习惯于大班的课，已经钻研出在人群夹缝中的成功之道，即使没被教授点到，也会迫不及待地吼出心中满意的答案。

在课堂中汲汲求表现的同学，虽然名目上常受到其他人的赞扬与钦羡，私底下却是许多人怨恨、轻鄙的对象。

“我真是受不了克雷莉莎。”一天，我从别人那听到这样的评语。“无法想象，我还得忍她一整年。你瞧瞧那个声调与模样，不知道的人还以为自己在听歌剧呢。”

史蒂芬也转述给我类似的话：“课堂外的克雷莉莎蛮好相处的，但是一进入教室，她就是我们梦魇的开始。”

爱说话的家伙愈来愈惹人厌。他们总被视作是以自我为中心、争名夺利的爱现鬼。

感受到这种气氛，我实在很矛盾，是否该乘胜追击，继续在佩里尼的课崭露头角。踊跃发言的好处显而易见。法二、法三的学长学姐早已警告过我，如果不想被点到，最好多举手。况且，在这么大的班级上课，要时常开口说话，才有参与感。但是，跟别人争着发言，只为赢得老师注目，实在太幼稚、太小家子气了。再加上，现在同学对好言者的敌意与日俱增，搞不好落得众叛亲离的下场，牺牲也未免太大了。如果常常发言,但讲出的话平庸陈腐、了无新意,或是更糟的,错误频频、漏洞百出,哪还有脸见人。

现在,我常对那些好言者的讲话内容感到不耐烦;想想,要是别人也如此看我,怎么办?种种担忧让我十分犹豫;尽管如此,我还是又试着发了几次言。虽然没像克雷莉莎、瓦利、桑迪等人那么夸张,偶尔也有小声批评我的声音。这个进退两难的困境,一直伴随着我。究竟是要开口还是闭嘴?究竟我心里的答案是对还是错?每节上课,一旦脑子出现了想法,同样的困扰就产生了,一直到我或别人把类似的想法说出,才稍微告一段落。

这种迷惑似乎只是鸡毛蒜皮的小事,不过我还是忍不住跟奥布瑞提了一提。到目前为止,他发言的频率和我是差不多的。

"每五堂课发言两次。"奥布瑞马上给了我明确的答案。据他透露,这是考虑各种心理状况与情绪反应之后,精心计算出来的公式。

很难想象奥布瑞是认真的,但他煞有其事地频频点头,我还笑着嘲弄了他几句。结果没想到,从此以后,我竟然也跟着按照公式,计算起自己的发言次数来。

1975 年 9 月 22 日

(星期三)

曼与泽曼教授上课的情况,原本就很糟糕了,如今还每况愈下。直到上个礼拜,我还能勉强忍受曼的课,并对课程进展保持一定的期盼。然而,今天却恍然大悟,原来我对刑法课的兴趣,其实来自一些曼根本不想多谈的主题。

现在他依旧在教室前头走来走去,自言自语。零星发表一些评论,根本搞不清楚他在说些什么;即使偶尔听懂了,我也对他保守拘泥的思维方式不能接受。有时,你会发现曼的想法其实博大精深,只是他总喜欢像社会学家一样,把各种问题分门别类,套在既定的范畴上来分析。这几天我们一直在讨论丧失正常智能的犯罪行为,比如说因为吸毒、酗酒犯罪或精神病人和未成年人犯罪,刑法上该如何惩治?曼的答案是:一定要经过法定的听证程序后才能裁决。话是不错,不过如果是明明知道自己在做什么的假精神罪犯呢?我们该如何在信守公平原则的情况下,有效地防范他们呢?这类问题,曼总避而不谈。或许以后会讨论到吧,但为什么不是现在呢?此刻正是深入探讨理论问题的好时机呀。

至于泽曼教授,就更不用提了。我跟其他百分之九十九的同学一样,完全不知其所云。迷惑之余,对他只有愤懑。今天也不知道什么原因,该上的课突然取消,到了教室才被通知。消息传来,班上欢声雷动。

上礼拜的课是个最糟的例子。我们连什么是“意图”(intent)都还没搞清,就要讨论什么是“故意侵权行为”(intentional torts)。讨论选用的案例是关于一件伤害案。案例本身其实非常简单,却被泽曼弄得一团迷雾。一个人用枪抵住“被害人”的后背;却并未射击,“被害人”也不知道自己有生命的危险。法庭判决不构成伤害罪,因为并没有人受伤。

大家都觉得判决是有道理的。可是,泽曼却丢下一连串莫名其妙的问题。

要是“被害人”是面对持枪者呢？要是枪已经上了膛呢？或是没有上膛呢？要是真枪没有射击，但是却用事先录好的爆裂声来吓唬受害者呢？要是持枪者对着天空射击呢？要是枪意外走火呢？要是持枪者有意开枪呢？

没有人真的尝试去思考这些问题，有的只是一脸的疑惑与不满。这回，泽曼倒是有所反应了。

第二天早晨进教室时，发现黑板上写着几个大字：“蓄意伤人：有意图地进行攻击或造成可预知伤害的行为。”面对同学，泽曼忍住内心的不悦，脸上笑着说：“我把定义写在黑板上，是因为感受到了教室的紧张气氛。但是你们要知道，有很多东西这个定义根本没有说清楚。”

不管定义的实用性如何，每个同学都还是小心翼翼地把它抄在笔记上。就算泽曼的这个举动真让同学比较安心，其实也没持续多久。

“现在，让我们再来动动脑，回到昨天的讨论。”他说：“如果持枪者有意吓唬受害者，把枪对空发射，结果刚好飞来一只鸭子，不幸中弹，落下来打到受害者，这样算不算构成伤害呢？想一想吧。”

接下来连着好几天，我们都在讨论那只死鸭子。

当然，老师还是没有给我们答案！又是个无解的“难题”！

但是说奇怪也奇怪，居然还有人欣赏泽曼的作风。星期五时，我遇到莱纳·海克尔，一个先前去英国剑桥念哲学的家伙，就对泽曼赞不绝口。

不过那毕竟是少数。许多人已经开始放弃案例，自个儿找教科书来读。最受欢迎的辅导书，是威廉·普罗瑟①教授的《侵权法手

---

① William Lloyd Prosser，1898～1972，美国著名侵权法学家。

册》,新生几乎人手一册。我也有一本,只是到现在还没考虑去读它,或许再过一个礼拜,想法就会改变了。

1975 年 9 月 23 日
(星期四)

法律技巧课的亨利非常欣赏我写的摘要。听了很振奋人心,不过这也是理所当然的,毕竟我担任写作指导已经有三年之久,要是被批评成文句不通,就该上吊了。

杰克·卡兹的解雇故事,现在进行到了另一个阶段。亨利再把律所"老板"交代的工作发下来,要我们负责研读卡兹提供的信件,虽然不是正式的合同,却说明了雇主葛鲁门的承诺。看来,距正式上"法庭"的时间已经不远了。

1975 年 9 月 25 日
(星期六)

学生生活依旧平板单调,白天上课,晚间研读个案,日复一日,无大改变。并且,睡眠永远不足。周间,唯一能见到安娜的,只有晚餐时刻。至于周末,我努力腾出时间,和老婆去看看电影,听听音乐,吃吃馆子;但即使如此,我确信自己也不是共度休闲时光的好伴侣,因为老惦记着功课,常常心不在焉。现在,最能让我提起精神的,就是法律问题;不过可想而知,对此安娜绝对不感兴趣,尤其见我整个礼拜都神游于法律世界之后。就算她偶尔愿意倾听,我也不知道该如何把复杂的专业用语转换成日常用语,能让她与我分享其中的精妙之处。尽管我讲得眉飞色舞,安娜还是意兴阑珊,觉得无聊透顶;为了能够产生对话,我也尝试转换话题,但都撑不了多久,就又回到我目前的"专业"上来。

过了几个礼拜之后,我渐渐了解到,二三年级的学长、学姐所面对的世界与新生大不相同。他们没有必修课程,学业负担也轻松许多。于是多出来的时间,可以参与一些与法律相关的课外活动。他们的主要精力已经不是放在学校,而是暑期工读,以及毕业后找工作上面。这些,都是法一生暂时搁置的问题。

然而,高年级生真正特别的地方,是他们已经安全度过初学者的混沌期。注定要成为律师的他们,没有迷惘,不再迟疑,朝着预定目标稳健地前进。几乎所有新生,都会找学长、学姐请教,当然我也不例外。

麦克·沃德是我的智囊后盾;但我更常咨询的,还是新生委员会的助教彼得基欧卡里斯。彼得是个很热心、很称职的向导,带领我们熟悉法学院的特殊文化。一开始,我就被彼得的热忱所吸引,他不像一般学长,总喜欢嘲讽学校或者法律这一行;对他而言,法律是需要认真探索的,HLS是值得善用的好地方。

记得9月中期,我提起法一新生是如何用功地读书,功课负担是如何沉重,同侪之间的竞争是如何激烈,他告诉我:“这正是哈佛法学院可爱的地方。人们来到这里,是因为他们认为这里最好,也因此要求自己表现出最好的一面。这才是真正检验成就的标准,卓越的证明。”

多熟悉的话呀。“卓越的证明”不正是克莱斯勒的广告吗?刚开始时,我还听听就算,没当一回事;但是愈到后来愈能理解其中的道理。从同学的态度以及自己身上,我渐渐发觉每个人的自我要求的确比一般标准来得严苛。就如同彼得所言,哈佛法学院的声名会逼促同学们充分发挥潜能,完成真正让自己骄傲的事情。这股动力,绝对是正面的。积极进取的精神,在彼得的言辞当中表露无遗。法律是神圣伟大的事业,千万不可掉以轻心。每当法律技巧课小组聚会时,他都不忘强调“成就”与“卓越”,而最常提及的相关话题,就是《哈佛法律评论》。

对彼得而言,《法律评论》是哈佛独特精神的代表。很早就听他解释过为何不是其中的一分子;这是他介绍自己的第一件事,语气充满了悔意与惋惜。彼得又钦羡又伤悲的面容,令我印象深刻。

《哈佛法律评论》神秘的魔力就连完全不明就里的我,也时时刻刻可以感受得到。课上,老师时不时就会提及;学生报纸几乎每个礼拜都有法评的相关报道。在我还没进法学院之前,就有朋友半开玩笑地鼓励我:“放心吧,你一定能成为《法律评论》的一员。”即使其他学校的新生,也似乎听过这玩意儿。到了 9 月末,我们渐渐了解到,哈佛法评是高年级生的专利,法一生没有置喙的余地。

一天特瑞和我在哈克活动中心碰到彼得,忍不住问他《法律评论》究竟是啥。

他用奇怪的眼神看着我说:“一本杂志,法学期刊。”

哦,原来如此。《法律评论》是种学术性刊物,几乎每个学校都有,文章不外乎是为法律难题提供解答,或是为某个法学领域开创新的方向。作者大多是自己学校的教授,内容绝对不能是空谈的学术垃圾。它的权威性很高,无论律师或法官都常引以为本,作为辩护或裁量意见的参考。在这一行,精确性是很重要的,所以出版法律刊物的一大挑战就是不厌其烦地检查错误,校对注释与索引。此等琐碎烦人的工作,教授能避就避,难怪法律评论的成员都是法学院的学生。

大概了解情况后,我还是很好奇实际运作的细节。

“要怎样才能进得去呢?”找到位置坐下后,我继续发问。“只有二三年级的同学才有资格吗?”

“是的,”彼得回答:“并且要看你一年级的成绩。”每年暑假,法一各组大概会挑出五到六名成绩最好的同学加入。另外到了秋天,会举办二年级生的法学论文竞赛,得胜者才有资格加入。“现在差不多就是比赛时间,”他说:“竞争可是激烈得很。大约 90 名参赛者,仅录取 10 到 12 名。有些学校,像耶鲁,完全靠论文比赛决定成员;不过哈佛,成绩考量占大半。”

“进去之后,”我问:“除了校对稿件之外,还做些什么?”

“写书摘。”

特瑞问是怎样的书摘。

“类似于教授文章的简本。”彼得说:“进去后,你就像资历浅的助理教授,帮助权威教授整理文章,撰写摘要。每篇文章都要细读,都要消化。”

“要花很多时间吧?”我问。

彼得笑了笑,回答:“一个礼拜大概四五十个小时吧。”

“再加上上课时间,还得了?”

“是啊,如果他们还有余力去上课的话。”

哇,简直比一年级生还要辛苦!彼得同意地表示:“他们如果有一个星期假日不用钻研法律,就值得放鞭炮庆祝。”

“这么辛苦,到底为了什么?”特瑞问:“有什么好处呢?”

彼得耸耸肩,不置可否地说:“建立人脉?打好与教授的关系?其实,一旦成为《法律评论》的一员,很多事都变得格外顺利。”

“比如说?”

“寻找教职。”彼得继续回答:“许多知名的大学征求师资时,会看你学生时代的经历,没有在《法律评论》待过的,很难得到青睐。另外,对他们而言,最高法院的书记员也是理想的出路。”

法院的书记员就像是法官的研究助理,帮忙整理资料、撰写裁决书。刚毕业的法学院学生,都喜欢担任这类职务一两年,当然,如果能进入联邦最高法院再好不过了。尽管如此吸引人,我还是有点畏缩,毕竟法律评论的工作压力太烦重。

“我不明了,为什么大家把它视为什么神圣伟大的事。”

“这是一份光荣。”彼得说:“哈佛法学院是个精英聚集的地方,凡事讲究荣誉。如果能进入《法律评论》,代表的就是精华中的精华。要知道,《哈佛法律评论》是历史最悠久的学院刊物,风评足可媲美最高法院的法律评论。一旦成为其中的一分子,荣耀将伴随你一生。”

“从前你想过要进去吗?”特瑞问。

彼得神色落寞地点了好几个头。

“当然想。”他说:“一年级的时候就想要参加,只是成绩不够;后来去参加论文竞赛,但铩羽而归。看着几个三年级生因为二年级的成绩突出,最终挤进去了,实在是眼红。是啊,我想加入,想死了!放心吧,你们到时候也会想的,这里没有人例外。”

彼得语气哽咽,愁云满面。就这个情形看来,我显然对 HLS 还有不甚了解的地方。或许追求卓越的动力很强了吧,或许斯坦福的朋友所说的“自我的敌人”就在眼前吧,但是目前我实在无法感受,有的只是困惑与害怕,希望自己不要掉入危险的漩涡。

我摇摇头,表示不能理解。特瑞也有同样的反应。

彼得对我们两个说:“等着吧,以后你们就知道了。”

1975 年 10 月 1 日

(星期三)

现在课程进入另一个阶段,概念性的挑战愈来愈重。头三个星期,教授把基本架构勾划出来,强调必要的原理、原则;下一步,则是把种种材料联结成一个整体。各个法规不再只是约略介绍,而是要细心专研,妥善地运用在特定的领域。在民事诉讼上,我们研读关于管辖权的个案,探讨法庭何时何地对谁有司法审判权。在侵权行为上,继续钻研蓄意的违法行为(如殴打、伤害、非法拘禁等),以及合理的辩护借口(双方同意、正当防卫等)。

随着课程的进展，传统法学院的教育特点逐渐显现出来。和其他知名学校一样，哈佛是所谓的"联邦性法学院"。也就是说，探讨的问题与法条不局限于某个特定的州。案例的来源遍布全国各地；所以重点是在综合性的法理，以及美国普通法规下一般的思维方法与策略。刚开始时有点不能适应，但日复一日地研读个案，愈来愈能领会其中的奥秘。

举例来说，现在合同法课在讨论合同解释的问题。法官怎样来解释合同上的语句？是按照立约者还是受约者的角度去理解？还是综合两种立场，思索一般正常人会怎样理性地去看待？或者是，仅依据字面上的意思作解释？

好几堂课下来，佩里尼都是用固定的形式引导主题。首先，指派一个同学陈述案件事实，然后要求同学说明影响裁决的关键点。记得有个案例是关于地上租赁的问题，于是争议点落在合同上"房产"一词上，其指的仅是地上的房屋，还是包括房下的土地？等这个问题解决后，佩里尼会要同学从裁决的结果，思考法官是依何种角度看事情的，用怎样的标准来解释合同中的语句？并且，这个标准跟其他案例有什么不同？经过比较，在貌似冲突的解释背后，能否找到普遍的一致性原则？而这个一致性的原则，又如何在不同情况下做不同的运用？另外，解释标准在书面合同与口头承诺之间，应有怎样的差别？佩里尼最后还会问一些深入的"政策问题"。比如说，对于合同解释，法官究竟可以被赋予多大的自由裁量权（discretion）？弹性空间太大，私人合同就没什么效果了，干脆都交由法官决定算了；反之，空间太小，一切按照白纸黑字，很多违约诈欺的案例就都无法成立。

并不是每个教授都按照佩里尼的形式，一节课一个案例，循序渐进地探索问题。像莫里斯，常常一节课好几个案件，浅显地比较分析。泽曼则总是把案例讲完后，天马行空地假想各种情境，借着问题的提出，看看事实的细微改变如何影响普遍原则的运用。至于曼，通常以讲演为主，讨论为辅。不管如何，比较与区别是精研法律的基本方法。拿刑法来说，我们现在正陷在《标准刑法典》的泥沼当中，痛苦挣扎于各个法规条例之间。曼每天都要我们比较法典的原则与个别案例，并且还要学习区分联邦法与州法的不同。

这种福尔摩斯式抽丝剥茧的解码过程，描述起来比实际操作要容易得多。形形色色的案例与法规，碰在一块儿，什么可能性都有；要能顺利解套，真得费尽工夫。今天，泽曼交代的作业，是比较两个表面事实相同，判决结果却不同的互殴案例。一起成立伤害罪；而另一起却不能成立，理由是双方互有过错。同学们仔细地试着比较两者的差异：一个是用酒瓶当武器，另一个则是用小刀；一个发生在白天，另一个则发生在夜晚。搞了半天才发现，最重要的差别是，两件案子发生在不同的州，因此有不同的裁决（这个结论，我是从普罗瑟那本教科书中学来的，泽曼还是跟以往一样，不给答案）。通常，比较与区分的重点并不在如此琐碎的地方，有些细微的差异巧妙得多，经过反复思索，会渐渐寻得规则。由小而大，再由大而小，来来回回不停地观察揣测，得以学习律师分析问题的方式与过程。

当诉讼法的课进入到管辖权时，尼克·莫里斯下了一段重要的评语：

“从现在起，你们所受的法学教育，不再只是熟悉法律语言，而是要开始真正地学习理解法律规则。很快,你们会发现精通法规之后,很多利益会伴随而来。可是千万别忘记,审慎的道德思索与反省仍是必要的。要知道,法律是不同价值系统竞争后的产物。一个法规,即反映了一种价值,而这个价值是需要经过道德检验的;学习法律规则,并不代表就要接受背后隐含的价值观。”

尼克的话在同学间引起了不小的震撼。午餐时,我与吉娜·斯宾塞聊起这个话题。吉娜是个难缠的厉害角色,刚毕业于巴纳德大学,[①]言行举止充满了纽约大都会的战斗气息。此刻,受到尼克的影响,语调却显得有些哀怨。

“他们企图把我改造成另外一个人。”吉娜指的是法学院教授。

我告诉她,这就是教育的功能啊。她立刻反驳,指责我沉溺于其中而不自知。

“他们想要塑造的,是我不希望变成的样子呀。”她说:“难道你没有被洗脑的感觉吗?”

我不确定自己的感觉。但是从吉娜言语当中,我发现有股危机感正逐渐在同学之间形成。明显的问题,就是像尼克指出的,同学感觉到自己被强迫接受并不认同的社会规范与价值体系。拿合同法的例子来说,佩里尼就是标准的自由市场的拥护者,强烈反对政府用法规来干预经济。他用众多不成文的合同法则,来印证自由市场的假设;当问起对自由市场有何质疑时,同学惧于佩里尼的严峻面容,无人敢挑战。

---

① Barnard College,创立于1889年,美国顶尖女子大学。

另外,还有个更细微的难题,在于法学思维的习惯。我们从课堂中学习分析与辩论的方式。通过与教授对话,得知自己思考上的漏洞以及言语上的缺失,进而调整法庭论证的态度,寻得最具说服力的策略。当然,论辩上的基本原则,就是推理清楚、合乎逻辑。一切讲求证据,没有什么是被视作理所当然的,再强的直觉都无济于事。所有教授都不厌其烦地强调,感性诉求对法官而言,丝毫不管用。尼克·莫里斯就常说同学的回答是“感情用事”;佩里尼不止一次在有些同学试图用构想的、没有明文规定的“原则”进行争辩时,匆匆打发了他们,敷衍了事。

一天,课上佩里尼问了个基本问题:为什么交易与立约权是所有成年公民都享有的,而不是只留给特定的对象?

一个同学以耳熟能详的金科玉律回答:人人生而平等。

“哦,是吗?”佩里尼问:“维亚先生,人是你创造的吗?还是,你做过问卷调查?”

“这是我坚定不移的信念。”维亚回答。

“好一个冠冕堂皇的理由。”佩里尼继续问道:“你要怎么证明呢,维亚先生?”

事事要求检验与佐证,并不容易。许多内心深处的本能信念根本是分析不来的,有些甚至是相互冲突的。比如说,我相信财富应该广泛地分配给大众才合理,但是我也同时相信,私有财产权是神圣不可侵犯的基本权力;从个案的讨论当中,却常发现这两个原则纠葛不清,难以平衡。

然而,经过密集的训练之后,同学调和与辩护自我立场的技巧很快就有了长足的进步。第四周时,曼教授在课堂上带动大家讨论如何规范娼妓的问题,我注意到同学就事论理的态度与从前大不相同。娼妓区暴力倾向与犯罪行为的统计数据现在成为辩论的焦点;理性挂帅,一切取决于证据,情绪性的字眼愈来愈少。

这种转变,却令吉娜感到不安。“曼是不是在乎我对娼妓的感受,并不重要。”她说:“但是,我对这个议题是怎么思考的,绝对和我的感受密切相关。先有所感,后有所思,对我而言是天经地义的事情。自以为理性可以超越感性的人,不是我想做的。出于感受的见解,也可以是好的。”

有类似反应的不仅吉娜一人。接二连三,陆续听到相同的论调(其中不乏出自于我敬重的朋友):担忧自己被学校教育限制住,压抑情感,被改造成冷冰冰的纯理性动物。所言所思,虽然合乎高度抽象的理性标准,却与感性经验无涉,距离从前丰富旺盛的生命愈来愈远。

有这些抱怨的,大多是刚从大学毕业的年轻人。仔细想想,或许像我这样亲身经历了 60 年代、结了婚、工作过的人,其实已经实践过一套原则,所以不担心课堂所学会把原来的自我消蚀殆尽。当然,这不代表同学的疑虑是多余或不真实的,借着倾听他们的心声,更可以让我意识到学校教育对我可能的影响。

安娜开始埋怨我把教授质问学生的态度搬回了家,吵架时,总像咄咄逼人的律师一样,挑其语病,攻其弱点。学校的影响不仅如此,看事情的方式与习惯都已改变。在课堂上,我们学习如何抽丝剥茧,循序渐进地分析问题。结构性的思维,是佩里尼教导我们的基本技巧,从细微处着手,归纳整理,再进而广泛推衍到其他层面。严密的架构与逻辑,在法学论辩中确实有效,但我怀疑其是否能适用于生活中别的事务上。其实这还不打紧,最叫人不舒服的是法律思维的根本。

和吉娜的聊天当中,我有感而发,冒出了一句:“龌龊的法律思维!”之后,愈想愈觉得有道理。律师看问题、想事情的基本态度,就是怀疑与不信任。反复检验别人的话,希望从中找出什么漏洞或挑出什么端倪。为了厘清可能暗藏的玄机,再简单的话语也变得不再单纯。

一方面,你不轻易相信任何事情;但是另一方面,为了维持理论的完整,以及逻辑上的一致性,你又会强迫自己接受一些可笑的东西,像是:公司是个“法人”,或者公寓租户租的是土地而不是房屋等等。

从法律观点显现出来的世界与一般人眼中的世界是不相吻合的。置身于现实的我,在游走法律的过程当中,该如何自我调适,避免“法律世界”干扰到“个人世界”,是当务之急;只是究竟应当如何下手,还不清楚。

“每次刑法课讨论时,”吉娜表示:“我都好想站起来说,其实最重要的是同情心。不过,曼教授会有什么反应?要不礼貌性地点点头,说两句很好很好;要不盯着天花板,当作没听到。难道,我的想法真的错了吗?”

不管是吉娜的想法,还是她预期曼的反应,我都赞同。

“这正是问题所在。”我说。这个问题,至今还没有人提供适当的解决之道。

1975年10月7日

(星期二)

佩里尼的课依旧是最大的挑战。随着课程的进展,其他教授都已经放松许多。无论是侵权行为、民事诉讼或刑法课,被点名的同学不用再陈述个案细节,只需回答一两个问题,就开放给其他同学讨论。虽然没有人喜欢被点到,但现在如果不想说话或准备不周,尼克、泽曼或曼教授,都会放你一马。

然而,合同法就不同了,被点到的同学一定得作答,并且陈述案例仍然是必需的。虽然有时佩里尼会拉开主题,可是峰回路转之后,还是会回到开讲的同学,用一贯冷峻的态度,丢下一连串难缠的问题;所以一旦被点到,整个小时都不好受。为了应付佩里尼的考验,读书小组在课前积极地准备,模拟各种可能的情况,以防成员不幸中奖,成为被审问的主角。激烈的争执时时可见:"这个合同因有错误而无效。""不,不,错误是单方的。""不,本质上,双方互有错误。"

当然,被点名不全然是坏事。在这难得的机会,如果好好表现,对成绩大有帮助。众所周知,佩里尼在开讲同学的名字下面,都会标上大大的记号。

每逢合同法的课,一股紧张的气氛就会自然形成,大家都密切关注今天的"幸运儿"是谁,并且好奇佩里尼会用怎样的方式来"教导”他。或许,这也是课堂上笑声不断的原因吧。另一方面,公平一点来说,佩里尼凶是凶,幽默感倒是十足。说话妙语横生,也开得起玩笑。

星期一,他阐述某个论点许久之后,突然问起:“昨天有没有人去看刚上映的午夜场电影?”

教室里立刻传来一片苦涩的嬉笑声。这个时候,忙都忙死了,哪还有时间看电视、看电影的。

后头一个同学猛不期然地大喊:“这也是指定作业吗?”

不用说,这是本年度最大的笑话,佩里尼也跟我们一同笑了起来。

故事还有后续。今天课堂上,讨论发生在肯塔基州的旧案子“布恩诉库伊”。被点到的哈维尔,人缘极佳,可是却倒了大霉,只得痛苦地跟佩里尼周旋。看来,他丝毫没有准备,只能支支吾吾地照本宣科;讲来讲去,勉强蹦出一句:双方的口头承诺已经为时1年。

“噢,整个案例就在讲这一丁点儿东西吗?”佩里尼面有愠色地说。

天啊,这等于是在问他有没有读案例嘛。佩里尼真的生气了!事实上,案例后头的判决意见有提到,口头合同超过1年以上的无效。大家不禁为他捏了把冷汗,因为传言佩里尼教训偷懒学生的方式是很可怕的。

只见教室另一端的哈维尔,拼命地翻查案例书,作临死一搏。最后,他抬起头来,语气柔弱地说:“可是,我真的去看了那个午夜场电影。”

全场哄堂大笑,没有人不东倒西歪的,紧张的气氛顿时解消。

佩里尼也微微地笑了一笑，等大家情绪平息后，辛辣地回了一句：

“是啊，哈维尔先生，绝对看得出来。”

* * *

10月初开始，每天都见到高年级生穿戴整齐地来学校。走廊间，学长个个西装笔挺，学姊则洋装、高跟鞋着身。

现在正是哈佛法学院的面试季。为期两月，全国各地差不多八百间律所或政府机构，都会派代表来学校招募人才。三年级生寻觅的是长期饭碗，等暑假通过律师资格考试后，就会正式上班。他们大部分的出路，是去城市的大型律所当受聘律师。至于二年级生，找的则是暑期工读机会，多半也是去大的私人公司做法务。

表面上来说，面试季的到来，与法一生无涉。学校为了“鼓励”同学不在第一年的暑假就去工读，负责安排面试及职业谘商的庞德就业辅导室不为新生提供任何服务。经验告诉我们，新生在经过一年困苦煎熬之后，最好利用暑假多休息，才能走得更好、更长远。当然，另一方面，雇主也大多不喜欢用法律技巧尚生嫩的一年级生。

话虽如此，许多同学还是排除万难，和高年级生一同参加校内的面试，并在暑假顺利找到工作。不过包括我在内大部分的法一生，都离就业辅导室远远的，对于应征过程的细节不甚明了。

虽然没吃过猪肉，毕竟看到过猪跑。借着观摩学长、学姐的求职经过，对未来的前景大致有了个底。别看还有三年才毕业，决定前途的第一轮面试，在一年后的今天就会展开。届时，该如何淘金，就各凭本事了。传统上，二年级暑假找到的工读，像是正式就业之前的实习;大部分哈佛法学院的学生先前在哪实习,之后就在那取得长期饭票。所以说,再过一年,安娜和我心里就会有个谱,未来将在何处落脚,以及我会去做哪个领域的律师。

抱着先赌为快的心情,在这面试旺季,我四处向学长、学姐打探相关讯息。消息显示,芝加哥、克里夫兰、匹兹堡、纽约等地,工作机会较多,而旧金山、波士顿、西雅图的前景,较不乐观。从学长、学姐的口中知道,他们其实很不喜欢求职的过程。尽管哈佛学生的就业情况良好,面试的痛苦与压力还是很大。在短短20分钟内,你要面面俱到地做好自我宣传,并且要随时准备承受希望落空的心理打击。另外还有一种压力,是更不为人所知的。我大学时代的朋友麦克·沃德,就对我抱怨过面试时剑拔弩张的紧张气氛。

"你知道吗?"一天午餐时,他说:"每家公司都有得炫耀,也都有得挑剔。你选了其中一家,就失去了另外一家'更好的'。如果挑到的不是'更好的',就好像白白浪费了哈佛为你搭建出来的优势。"

我问麦克,到底怎样的工作是"更好的"。

他耸耸肩,无奈地回答:"有名气的大公司,薪水较高;政府机构,权力则大得多。到底哪个较好,很难说。唯一可确定的是,'更好的'工作,是留给成绩好的人的。"

作为局外人,反复听到最明确的讯息就是,成绩非常重要。原本还以为,拚命争取好成绩的唯一犒赏,仅是进入《法律评论》的光荣资格。现在却发现,原来成绩就像是教授贴在学生身上的标签,告诉你将来在法律世界能有多大的成就。

"有些公司,只聘请成绩全A的毕业生;有些公司,只聘得到成绩A-的学生;由上而下,如此类推。"麦克说:"当然,并不是所有公司都这样;但不可否认的是,成绩还是举足轻重的。”

成绩挂帅的情况下,被排挤的懊恼感觉油然而生。有的人,嗟叹无法得到自己想要的工作;另一批人,则为市场中没有自己应得的工作机会,大叹不平。

来哈佛招募人才的,多半是大型的私人律所。律所里的律师,共同承责任,分享客户与收益,就像许多医疗诊所一样。规模大小不一,从二人到上百人都有(最大型的多散布在纽约、华盛顿、芝加哥、洛杉矶等地);形式不是合伙制,就是聘任制。哈佛出现的所,很多都是超大型的,接洽的客户个个是有钱的豪门巨富,愿意负担超高的法律咨询费。一旦进去,将是每小时 60 美元到 100 美元的身价,有时甚至会突破 200 美元。

大所的好处不仅如此,对刚从学校毕业的新晋律师而言,大所的训练比较完整;再加上咨询费无上限,审视案件的质量可以维持在专业的高标准之上。遇到的问题,多半是大企业的合同交涉、合并或借贷、安全业务、税捐缴纳等,非常具有挑战性。

但是天下没有白吃的午餐。新晋的聘任律师,希望成为律所合伙人,通常需要苦上 4 到 8 年。既要尽快熟悉法律业务,又要随时以好表现吸引资深律师的注意,工作压力十分繁重。许多律所的律师朋友告诉我,一个礼拜起码要做到 60 到 80 个小时。并且要知道,公司与顾客结账的方式,是以 15 分钟有时甚至以 6 分钟为单位,因此工作时间是不可能偷懒的。

不愿进大所的理由,对麦克·沃德等人而言,倒不是沉重的业务,而是因为道德价值或政治信仰的不契合。60 年代活跃分子出身的麦克,原本就反对大型企业对社会的不当影响力,如今若要成为助长其气焰的一分子，自然感到不舒服。

“很多教授劝我，别管什么政治，进所里接受训练就好。”麦克说：“但是，想想看，你如何能在白天帮美国钢铁公司逃脱环境污染的指控；而晚上回到家，翻阅环保团体的书报，然后说服自己不过是个需要饭碗的平凡人？”

不同于大律师事务所（同学戏称为“法团”）的选择，也各有其弊。进入政府机关，升迁的机会有限，能爬上高位者，多半是政治上的酬庸。至于所谓“白武士”的工作，以维护公共利益为主，像是去美国公民自由联盟（American Civil Liberties Union，ACLU）、全美有色人种促进会（National Association for the Advancement of Colored People，NAACP）或其他非营利性的消费、环保组织等，刚毕业的学生很难被录用。想要自己开业，成立小型律师事务所，也不那么容易。最大的挑战是，凭一己之力，如何与70人的团队竞争。以上种种，吸引力再强，有一点绝对比不上大所，那就是现实的收入问题。

事务所的利润确实优厚得多，而且打从一开始就如此。拿麦克来说，他暑假头六个星期，在印第安保留区的法律援助工作室服务，周薪80美元；后六个星期，在芝加哥的一家律所工读，周薪高达320美元。在面谈过程中，金钱是免不了的诱因。与从前做老师的薪水相较，律师的进账实在骇人。在斯坦福的英文系，广受敬重的正教授，经过一生的努力教学研究，年薪不过22,000美元；但那只不过是哈佛毕业生进入纽约律师事务所的起薪。更别说接下来调薪的飞快速度，尤其是升到合伙人的之后。据法学院报纸对校友的调查报告显示，现在当律师的平均年收入是70,000美元。

对于居高不下的天文数字，我这个穷书生的态度是有点羞惭的。然而,不是每个人都有相同的看法。一天,奥布瑞、史蒂芬和我遇见彼得,他刚面试完,正兴致勃勃地准备描述经过。他最想去的地方是薪水特高的纽约。问起是否会对极端优厚的收入感到不安,彼得的答复是不。

“这是我应得的。”他说:“在学校待这么久,练得一身技巧,又有人愿意出高价雇用我,哪里不对了?我不是去偷去抢,而是辛苦赚来的。或许,法律对我有足够的吸引力,即使他们不付我那么多钱,我还是会拼死拼活地工作;但是能多一些收入,我一点也不介意。坦白说,我是知道如何用钱的人;赚够之后,我可是要好好享受。”

组里的同学,大多没有仔细想过去律所大捞一票的事情。金钱与执业,不是现在关切的问题。当然也有例外,有些人很早就抱定以赚钱为目标。像杰克威斯,问起为何选择哈佛法学院,他毫不讳言:“我来这儿,就是为了钱。”不过,虽然金钱的诱惑就在前方守候,法一生埋头苦读的案例书中,倒闻不出一点铜臭味。面试季中,一项问卷调查显示,一年级生对未来的期望不高,预估毕业后的起薪是13,000美元,而12后的收入是28,000美元。许多人的志向是大型律师事务所,但是有高达80%的同学,希望做点别的事,像是非营利事业、政治事务、平民律师等。有趣的是,在不愿去大所的同学当中,有25%的人认为自己终究会卷进去。

实际一点来看,我们大部分的出路就是如此。有3/4的毕业生,都会待在私人事务所一段时间。整个情势就是往这个方向走。许多同学一进来,便热衷于商业法;其他的,经过学校训练,也对这个领域愈来愈感到兴趣。并且,有相当多的同学,觉得律师的责任就是帮客户打官司,只要有钱,服务随叫随到,对自己或对客户道德上的检验与反省,不是分内的工作。对于这样的同学,金钱、权力、训练、专业质量等加在一块,大所便成为不可避免的去处。

在旁观摩的我,深深感觉,即使逃离不了这股漩涡,恐怕也非得经过一段长时间的挣扎。和麦克·沃德一样,我也曾积极参与过政治运动——公民权、反战以及1972年麦考文的总统竞选活动。从前的政治信念,现在仍伴随着我;去大所执业,等于是去拥抱我所反对的不当权力。

与彼得谈过之后,史蒂芬信誓旦旦地告诉我,他绝对不去大所,而要回到学术单位奋斗。至于拥有企管硕士学历的奥布瑞,相信就算在商界也可以维持良好的品格,于是嘲笑史蒂芬是躲在象牙塔内的懦夫;史蒂芬则不甘示弱地反讽奥布瑞,是占尽便宜的大肥猫。他们问我的意向,我回答即使真去大法团,也将是非常为难的选择。

“但是谁知道呢?”我说:“现在愈来愈多事情是不确定的。”

后来再仔细想想自己说的话,觉得真是如此。随着闹哄哄的面试季,展望未来,我实在不知道,一两年后面对诱惑时,我能不能甘心放弃大所的优厚条件,坚持自己想走的路。想着想着,突然惊觉,怎么这么早就受到引诱,就产生怀疑?不愉快的感觉,顿时涌上心头。

1975年10月9日

(星期四)

又是个忙碌的一周,在法律技巧课上,我们必须为杰克卡兹“提出诉讼”每个人都得草拟一份状子；到了下星期，还必须代表另一方，为葛鲁门准备答辩状。老天才知道，我要如何挤出时间来做它。

时间永远都不够用，一整个星期的睡眠时间，都在五六个小时。案件本身已经不再是问题，只要集中精神读过一遍，重点都能掌握得住。但是随着技巧的逐渐累积，要求愈来愈高，新的负担也就产生。教授们发下的作业愈来愈多，困难度也与日剧增。案例书写得愈来愈简洁，一些关键点都被编辑省略掉。前几天，合同法的一件最夸张，读了老半天，还搞不清楚究竟谁是原告。

在煎熬之下，我的状况还算好，或者该说是很好。对法律，我依旧保持着强烈的兴奋感；并且，渐渐地已经掌握了学习的模式，手边的检索不再是一连串深奥难解的理论。在这里，有一些永久不变的矛盾存在——例如：法律对公民而言，有绝对的权威，尽管时时刻刻不停地被修改，每个人还是得乖乖地服从。同时，我也看到许多哲学上的两难困境，其中一点是尼克常常提到的：法规的制定，一方面要具备普遍性，能适用于广泛的个案当中；另一方面，又须具备相当的弹性，能够适度调整，应用于个案的特殊情况；该如何在真实性与有效性之间寻得恰当的平衡点，又不致沦为平乏单调的宣言（像是：“杀人者死”等）？

这些难题，在脑海始终挥之不去；虽然有时候，会有过度思索的疑虑，有导致精神分裂的危险。前几天，在餐厅里叫了个汉堡，大脑中突然闪过一个问题，买卖双方是否已经达成了协议？如果我此刻反悔，把汉堡退回，要负担怎样的损失？餐厅可以拿回所有标定的价格，还是仅仅汉堡本身的合理成本？

许多同学并未像我一样沉醉于法律世界。虽然大部分同学可能还兴致勃勃，但是起码有 1/3 的人，显然不能享受其中的乐趣。凯伦桑德格依旧每日以泪洗面；不确定的恐惧感，对很多人而言还是家常便饭。一些同学觉得学校无聊透顶，另一些同学对于竞争的激烈气氛仍然无法消受。我想，或许同学们应该更诚实、更宽容地看待自己。这里的确鲜有人愿意不经心地混日子；但在各自努力的情况之下，彼此排挤强出头的现象毕竟难免。

不管原因何在，我相信同学抱怨时是发自内心的。虽然已经不只一人对我诉苦，说过去一个月，是他一生中最痛苦的日子；可是同样环境下，我却想说，这段密集的奋斗经验，是我人生当中最美好的时光。

* * *

哥伦布纪念日的周末，安娜和我伙同另一对夫妻，戴维与琳恩，到纽约州北部的一个湖边度假，在那里戴维的家人拥有一间小木屋。我们除了受邀共赏湖光秋色外，也顺便让自己放松一下。这可是进入法学院六个礼拜以来的第一次休假。

开车出发时，我和司机戴维坐在前座，谈的还是法律。抵达小木屋时，太阳已下山，因此要到隔天早晨，才能见到他们极力推荐的美丽山丘。原本以为只有什么宏伟壮观的景物，才能带引我离开法律的魔境；然而没想到，这个小小的休憩地，也充分达到了效果。我们漫步于山间小径，悠闲地钓鱼，在火堆旁小酌、聊天，其乐无穷。有时进城到处走走，有时远观小山遍野的秋色。

几个星期来，第一次有机会心无旁骛地与老婆好好相处。对安娜而言，这一个半月也不好过。她在剑桥北方郊区，找到一份美术教师的工作。虽然工作环境很好，体力上的负担却蛮重的，经常弄得她精疲力竭。一个星期要教七百个小朋友，还必须把教材从一间教室搬到另一间。而我，在她极需人在旁加油打气、帮忙适应新环境的时刻，却一点也派不上用场。我很少在家，就算在，也是紧张兮兮地拼命啃书。面对这种情况，安娜还时时保有宽容的幽默感。她对我说，这一年使用的是五年来美满婚姻的“积蓄”，其中包括爱情、关怀与谅解。姑且不论她的容忍度，我知道这一点也不好玩。她经常是孤单而且疲惫的；此外，还有一大堆家事等着要做。

趁此脑袋不受法律煎熬的时机，能在一起共享欢乐是很重要的。

“你看起来很轻松。”星期天早晨，安娜告诉我：“很久没看见你这个样子了。”

没错，精神松弛的情况之下，身体也觉得舒畅许多。充足的睡眠，胃不再紧张地收缩，脉搏跳动减缓，不再不自觉地冒汗。此刻，深深感受到先前承受的压力何其之大。在这里，我变成另外一个人，与六个礼拜之前相同的人。我能开始想想其他的事。不再斤斤计较遣词造句的精确性，也不会老是分析一句话，试图找出其背后隐藏的意图。在阅读书报的同时，我也能欣赏这片美丽的山麓，或观察一只忙碌的蜜蜂，在传递花粉时飞过我的头顶。

“我想，有人把我的脑袋瓜偷走了吧。”我这样告诉安娜。

很晚才与戴维夫妇共进早餐。餐后，悠闲地翻看星期天的报纸。下午，我们四人一起去爬木屋后的小山。戴维与我越过一棵小树，之后的路没有着手支撑的地方，脚穿拖鞋的安娜和琳恩，便留在后头信步闲逛,然后走回木屋。我和戴维则迈步前进,直上山脊。

山顶上,可以俯视整个溪谷:湖水静静地躺在浮云之下,颜色深灰地仿若石板岩;倾斜的山坡上,则挥洒着千万种神奇的原始色调。我们俩都没有出声,安静地注视着这一片自然。脑子又闪过这几个星期的苦日子。强烈的自我要求,成功、卓越与完美——这算不算也是种疯狂?我到底怎么了?老天,我究竟对自己做了什么?

忍不住问了问戴维,从前法学院第一年的心理状况如何。

“回头想想,”他一本正经地说:“那时的我,是疯了吧。”

“我现在恐怕也是一样。”我说。

“唉呀!别担心了,终究会过去的。”他继续回答:“而且,没有人看得出来的,在法学院里,大家都一样。”戴维刻意压低嗓音,以长者的姿态拍拍我的肩,沉稳地说:“你将会学着爱上法律的。”

十、十一月
耻辱

1975 年 10 月 18 日

(星期六)

我在法学院现在堂堂迈入第二个阶段。头几个星期里对缤纷而繁复的法律世界感到的新奇感及对才气焕发的同侪所抱持的惊叹之情如今都已冷却不少。法学院的阴暗面逐渐显露出来。倒不是说学校变得枯燥无味,而应该说,一种中庸的平衡之道取代了原有的狂热。对我而言,这其实是好事一桩。

和其他大团体一样,组里的关系变成公式化,不再有新鲜感。一同上课,逐渐看出彼此的无知与弱点,不必要的敬畏情结逐渐消失。温和谦卑的气氛成为课堂的主流。看待对方,不再像是进入展览会场,好奇地打量未知产品,也不会再被表面光彩夺目的假象所迷惑。如果有进一步的交往,都是私底下进行的;没有过度渲染的感觉,一切爱恨情仇都在正常范围之内。臭味相投的人聚在一块,产生友谊,也传出几件罗曼史。我和史蒂芬里托维兹愈来愈熟,白天就常在一起聊天,下课后一同走到哈佛广场搭车回家,晚上甚至还像高中生一样时常通电话。我很欣赏他的智慧;再加上,过去背景雷同,对许多事情的反应都差不多。

功课依然繁重,无论数量或难度都只增不减。法律技巧课的作业仍在持续,很快,我们就要面对一大挑战:为杰克卡兹的案子草拟案情摘要,提出简易判决的动议。至于正式的课程,我则开始心生不满,只对一门课没有怨言;出乎意料地,竟然是侵权行为。最近两三个礼拜以来,我对威廉泽曼和他的授课内容愈来愈喜欢。浓厚兴趣的催发,是在讲述"同意"(consent)这个概念的时候。个案讨论的关键是,被告坚称自己没错,因为造成伤害的行为是原告事先同意的。当时,同学对这堂课的疑惑已经累积到了无可就药的地步,有些人干脆放弃了。坐在我旁边的女同学时不时拿起报纸来看;另一边的一个男同学,有事没事就胡言乱语来自娱自乐:"走呀,怎么不走了?"他边俯视讲桌后头一动也不动的泽曼,边轻声地说:"快点走啊!"

我也没有好到哪里去;对于泽曼这个人,以及他丢出的死问题、假设状况,始终感到困惑无解:如果殴打的定义是攻击性的身体碰触,那么在不被允许的情况下,亲吻女子,算不算一种殴打?在桥墩快要倒塌之际,把一个人推下桥,算不算一种殴打?如果对方同意,殴打是不是就不成立?

我心里头咕哝着:有完没完啊!这些问题是没有答案的,永远都不会有答案。

呆坐在那儿,重复心里头想的话:没有答案,永远不会有答案。突然惊觉,这不就是泽曼,还有其他一些教授,不断阐述的重要讯息吗？法规公布后，理论上的争辩是无休无止的。如果钻研侵权行为，用一套专门惩治故意犯罪者的系统，足以应付蓄意开车撞人的行为，但是该如何看待意外的车祸呢？甲故意开枪吓乙，却碰巧打中空中的飞鸭，掉下来弄伤乙，我们应该如何判定甲的行为呢？到底在什么情况下，你可以说没有人犯错，受害者只是倒霉而已？

领悟到并不是因为自己智识的不足而想不清解答，心中便豁然开朗了，泽曼的课顿时变得很有意思。现在他对我而言，就像是个制造观念的魔术师；他提的怪问题，仿佛是金匠的锤子，把眼前的法律概念，打造成精致耀眼的珠宝。

并不是所有的人都认同我的新发现；像左右两旁的同学，就依然无聊地翻阅书报，或口中念念有词。特瑞也是怨声连连，上星期他才告诉我："那个死家伙，又在神游了，我真是受不了。"但是，我相信愈来愈多人可以体会到这门课的真义。兴奋度与日俱增，现在我几乎无法安坐于位。于是，现在倒数第二排的座位上，呈现出一幅有趣的画面：一名女生在看报纸，一名男生满嘴胡言乱语，而我则精神亢奋地动来动去。

其他课就没那么幸运了。曼的刑法简直糟透了。他平铺直叙地讲解个案，每节课都在做案例与法典的比较，烦得不能再烦了。除了对教书技巧有意见外，我的抱怨有时来自教授本人。像看待同学一样，现在教授的神秘面纱也已经褪去，不再保有因为距离感而造成的尊贵形象，个人的好恶开始投射在教授身上。拿佩里尼来说，他上课的风采依旧，引领学生思索问题的技巧独到，是我见过口才最佳的老师。合同法的三大基本概念——要约、承诺、对价(consideration),[①]这构成一项有约束力的合同的三个必备要件,搅和在一起并不好懂,但是在佩里尼精辟的解说之下,整个系统显得清清楚楚。话虽如此,我对佩里尼导引下的教室气氛却愈来愈不能接受。

"星期一、星期二、星期三早晨都有合同法的课,坐在公交车上,一想到这个就觉得想呕吐。"上星期,史蒂芬在电话中埋怨地说:"我也不知道为什么,佩里尼的课教我浑身难受。每次过了星期三,我都大大地松一口气。"

类似的话,也可以从其他人那里听到。最让我受不了的是,佩里尼似乎对造成同学们精神上的折磨非但毫不在乎,甚至自得其乐。

就连原本颇受欢迎的尼克·莫里斯,也渐渐显露出了不讨人喜欢的地方。他教书的态度亲切随和,但是有时候让人觉得,其温柔之处并非出于对同学的关心,而是纡尊降贵式地故作姿态。课上继续讨论管辖权的问题,只是现在情况越来越复杂,不再像从前那样的简单标准了——人在哪里就归当地的法院管辖;许多细微的因素需要考虑,才能决定司法权的归属。有时候,尼克为了解释复杂的过程,故意制造问题来困惑同学,然后才用先进者的语调,凸显我们相对的无知与弱智。我真怀疑,出身于足球队员、竞争性格强烈的尼克,是否把教书当作是战场,而他则是这个场子里永远的赢家。

---

① 对价是英美合同法上的重要概念,是有效合同存在并对双方当事人有法律约束力的基本且必需的要素。

抱怨归抱怨，我还是觉得学校生活意趣横生，许多东西值得学习。诚如前头所言，如今的我，只是不再对哈佛法学院寄予过度美好的想象，正反两面都认清之后，才能以更健康的态度面对。接下来的几个礼拜，就是要好好学习如何适应逐渐升起的失望感觉。

我迟早要把紧绷的情绪放松下来。头六个星期，我就像是在天空过度翱翔的猎鹰，头晕眼花，认不清方向。上回哥伦布纪念日的休假让我了解到，无休无止的飞行是何等疯狂与危险。我不能再无限度地鞭策自己，该停的时候就得停。休假完的星期二，回到教室那种一切讲求精准的紧张气氛、咬文嚼字地专注思索，没多久就心生厌烦。

10月中旬户外的景象开始变化，人的心情也随之转变。灰暗的天空、四处觅食的松鼠……寒冷的冬天就快来临了。此刻，回想起休假日在小山丘上对自己讲的话，或许警觉得太晚了吧。现在的我，疲惫不堪。所有精力与热情几乎都已耗尽，没有一丝余焰得以燃烧。心力交瘁，还得面对同样的课业压力，郁卒感油然而生。

更糟的是，从前压抑住的一些情感，此刻也不知不觉地跑了出来。在头几个星期内，兴致勃勃、情绪高昂，许多已经被发现了的问题都被搁在一边，没去搭理；像是：汲汲争取成就的后遗症、吉娜提出的教育改造个人的危险以及在面试季中感受到的自我怀疑等。这种种困苦并没有因为压抑而消失，现在反倒伴随着新问题，连手对我产生影响。并且，法学院的神秘光芒已逐渐黯淡。对我或其他同学而言，智识的增长毋庸置疑，可是过程中振奋人心的新奇感早就开始分解溶化。

总归一句话，我的期盼已经不同了；但是翻开日记，上头还是坚定不移地写着:我必须"适应逐渐升起的失望感觉"。几个大字背后,其实隐含着不可控制的痛切之情;接下来的几个礼拜,这种感觉将只增不减。

激情过后的失落感,似乎弥漫在各个同学身上。郁郁寡欢的神情随处可见。面对公式化的作息与接二连三的作业,少数人依旧无怨无悔地勇往直前;不过最普遍的反应是,对学校及其要求生出强烈的抗拒感。当然,抗拒归抗拒,不会真的轻言放弃。中途辍学者是有,不过大多发生在开学头几个礼拜。每一年,哈佛法学院休学的比例大约是2%到3%。离校的原因很多:婚姻、疾病、志趣不合等;但不管属于哪一类,休学后再回来的仍大有人在。

我们第二组倒是个个都撑住了。或许,每个人想当律师的志向已经稳固,或许每个人对10月中的低潮期已经作好心理准备。大部分同学都多少认识几个哈佛毕业的朋友,对其中的困苦与灰暗面已略有所闻,但还是勇往直前地来到这里;在有所预期的情况之下,就不致惊惶地不知所措。

无论郁闷从何而来,许多同学逐渐显出不合作的态度。虽然上课出席是强制性的,但现在开始每节都有人逃课,最严重的是曼的课,缺席率高达15%到20%。唯一例外是佩里尼的合同法,因为他执行出席政策是非常严厉的。不过来归来,有些同学干脆坐到最后头去,一副事不关己的态度。

特瑞就是其中一员。时而逃课,时而躲到教室最后排。

"我受够了。"他说:"那些家伙老是教训人,要求我们该如何思考才对。我才不管呢,我要按照自己的方式去做。"

同学态度明显的转变,可从侵权行为的课上看得出来。10月中的一天，泽曼教授正讲述“折抵”（conversion）的概念，一种对窃盗行为的救济方法。如果窃贼把你的车偷去开，即使刑事上裁决仅是出于好玩并无据为己有之意，但仍然可以“折抵”提出民事诉讼。泽曼将这种侵权的救济方式称为“司法强制性质的买卖”，这意味着，窃贼可以继续保留车，但是你可以得到车款。这个选择是有价值的，在窃贼在驾车途中损毁了你的车的情况下这是很有价值的一项救济方式。不过同学们常常忽略掉这一点。

就在此刻，教室中央突然传来一句带有挑衅意味的问题：“你是从哪儿搬出的这一套?”

泽曼对同学的态度向来客气，但那句话的口吻确实太不敬了；于是他没好气地回答：“先生，有空的话，稍微翻一下案例吧。”

尖酸刻薄的话，惹得一些人笑了出来；但是没过多久，一阵嘘声从四周响起。对讲者言论不苟报以嘘声，是哈佛大学由来已久的传统。每年法学院，受到哈佛大学本部毕业同学的影响，也都感染上这个习性，我们第二组也不例外。只是从前嘘声都是针对同学政治上过度保守的发言，老师一向幸免于难。不过自从那天泽曼受到嘘声的洗礼之后，同学开始如法炮制地用在教授身上，尤其当教授不理会学生或用严词厉语指责同学时。老师们的反应，通常不是紧皱眉头，就是和缓地加以解释。

同学不甘示弱的态度越来越强烈。学期刚开始时，同学就算有不痛快的感觉，大多也是先自我谴责，认为是自己无知无能。可是现在不同了，怪自己不如先怪学校，或怪教育。苏格拉底教学法，是不公平也不人道的。课堂所学的，过于偏重技术面，而不关切律师的社会责任与道德义务。整个 HLS 的气氛过于死板，像是制造法律机器人的工厂。

最激烈的批评，多半来自于哈佛法律协会（Harvard Law Guild）的成员。哈法公会是一个学生组织，以改革法学院教育组织与形式为宗旨。年初时就已成立，组里有多位同学参加。像读书会中的凯尔，从前常抱怨同学太富攻击性的海伦，都是其中的一分子。刚开始时，他们比较收敛，至多互吐苦水，没什么太大的动作；但到了学期中，同学不满的情绪愈来愈高，他们讲起话来也大声了许多。挑战教授已成家常便饭，而曼是最明显的箭靶子，因为他对刑罚、保释改革、白领犯罪等议题的政治立场极为保守。

公会成员中，话最多的是韦德·斯庄克，从阿拉巴马州来的狂热分子。外表看来一点也不激进，头发短短的，穿着体面，言行彬彬有礼，态度端正严谨，整个气质充满了南方旧式贵族的味道。不过一旦批判起法学院的作风，言辞犀利，咄咄逼人，丝毫不留情面。

第一次与韦德交谈，是在9月末。每星期四和星期五，侵权行为与民事诉讼分别在朗德尔大楼的同一间教室上课；两节之间，大约有半个钟头的休息时间。那天侵权行为课上完以后，坐在附近的一名男生问起我，把书留在教室安不安全。我回答应该很安全，这里不像有贼的样子。

恰巧站在一旁的韦德听了，立刻反问："是吗？真的没有贼吗？你为什么如此肯定？我看这里一半以上都是贼，只是不自知罢了。三年后的今天，他们进入大律所，收取高额律师费，跟去偷去抢有什么差别？况且，偷窃的例子现在就有。前不久，一个教授的皮箱，在办公室里被人撬开。"

我不确定韦德的话是否认真，但我试着回答：学校这么大，总有少数害群之马。至于将来,的确会有好人不幸沦落到恶名昭彰的坏公司。

“你该不会真的认为,这里每个人都是坏蛋吧?”我问。

“你说对了,”韦德回答:“这里大多数人都不是好东西。”

许多同学以其人之道还治其人之身,对韦德抱持同样刻薄的态度。10月中时,有一小撮人,每当韦德一开口,就发出哧哧地嘻笑声。大家都知道,他又要讲一遍同样的马克思理论,然后批评课上学习的学理是如何维护上层阶级的利益。一天,在韦德不甚理性的批判之后,有个家伙满不高兴地走到他跟前,对着穿戴奢侈的韦德频频点头,刻意模仿他的声调说:“革命完成后,每个人都有伊夫圣罗兰的衣服穿。”

所有公会的成员,包括徒具热情、不动脑子的韦德,逐渐吸引了我的注意力。不过,我的态度是有所保留的。他们多是有钱人的子弟,出身于哈佛、耶鲁、公园大道、比佛利山庄,却常以贫困阶级代言人的姿态教训你。话虽如此,他们积极直率的个性,还是值得欣赏;并且日子一久,愈来愈觉得他们所言,并非全然无的放矢。

1975 年 10 月 21 日

(星期二)

很为难的一天。午餐时发生了一件令人苦恼的事。

好一阵子以来,我一直以为读书会的成员间有股凝聚力,小组讨论的确对学习有很大的帮助。平常聊天时，我觉得其他成员也有相同的感受。又到了聚会的时候，大伙都凑到了一块儿，看能不能在短时间内浏览问题，共同找出答案。会面的时间是中午12点，除了史蒂芬有一个午餐约会外，都到齐了。

突然之间，许多成员对读书会发出了不满的意见：太松散，没组织，没向心力，讨论漫无方向，有人发言太强势（这一点是奥布瑞提的，我想他说的就是我），以及太多人了。

最后一项是凯尔提出的，而且反复嘟囔这一点。

“我们的人太多了，使得讨论很没有效率，根本无法专注于任何一个重点。”最后凯尔盖棺定论：“我们必须缩减人数至四人，最多五人。”

说穿了，就是要将某些人扫地出门。这个意见让我很不舒服。就在我反驳凯尔的同时，桑迪·斯坦突然用一种带着负罪感的口吻小声说：“你们不会只因为我参加了两个读书小组，就要把我赶走吧？”

两个小组？大家异口同声地发出不可置信的疑问。桑迪很快承认他同时是另一个读书会的成员，而那个小组讨论的方式，主要以整理课程大纲、准备复习笔记为主。据桑迪表示，他之所以加入这一组，是因为我们组偏重于一些观念上的探讨，而另一组却没有。

“嘿！”特瑞说：“我们可不想要这样摇摆不定的，爱来不来的绝对不允许，必须要全心投入才行。”

可是，桑迪拒绝接受暗示。他坐在那里，摸着嘴上乱七八糟的胡子，试图提出两全其美的方案：有他参加的时候，我们可以做思想的交流；至于他不能出席时，我们则可复习功课。最后，他甚至表示愿意影印另一组的讨论内容给我们。

那绝不是个好方法。凯尔直截了当地强调:“有人一定要离开,一定得走。”

我告诉桑迪,他必须自己做决定。老实说,我并不赞成他突然被踢出去。就算他想留下来,其实也没有什么关系。不过我也提醒他,另一组的人如果知道了,可能也会重新考虑他的资格;因为就我所知,几乎所有的读书会都有排他性。

桑迪不同意我的说法,但表示会尊重大家的决定。小组的核心人物奥布瑞摇了摇头;打一开始,他就希望成立一个小型的读书会。

大伙都表示了遗憾,桑迪收拾起书本,怏怏离去。其他人则坐下来,规划将来的活动。这个事件,一整天都困扰着我。对于桑迪的愚钝,我是既同情又生气;但对无情地驱逐他,又让人觉得很羞耻。如果他自认可以同时应付两个读书会,我们又何必干涉?小组成员的反应,叫我不快。凯尔是那么冷酷,奥布瑞则过于现实,特瑞自始至终对桑迪脚踏两条船十分不满,明显是要他走人,而我却没有强力主张桑迪有留下来的权利。

晚上电话中,我把这件事告诉了史蒂芬,他也非常生气。

“该死的凯尔。”他说。

我必须承认,今天下午大家只有失没有得。渐渐地,我了解到或许这就是所谓的会见自我敌人吧。

* * *

“是的,杜罗先生?”曼教授低头看了看点名表,确定没有念错我的名字。

现在是10月的第四个礼拜，我们讨论的是犯罪未遂——有意图或是被诱使，但未完成的罪行。案例的主角是一个醉酒在酒吧内捣乱的人。他拿出了枪，威胁其他客人，最后用枪指着酒保的头，并且扣了扳机，可是枪卡住了，没有发射。曼问这种行为在《标准刑法典》中属于什么罪？同学们翻过刑法典后，纷纷提出了不同的看法：伤害罪、谋杀未遂等。曼问可不可以算过失杀人未遂？我知道这个答案，并且自认为是很聪明的答案，因此赶忙举起手来。

“不可能是过失杀人未遂，”我说：“成立未遂必须是有意图的，然而过失杀人则是一种非故意的行为。”

身旁的同学个个都在微笑，我甚至听到有人发出赞叹：“哇！”没错吧，多棒的论点啊！

曼看看天花板，低下头来，很客气地对我说：“你有没有感受到背后风的嘘声？”

我顿时愣住了。

“我猜，是来自你们刚才打开的天窗吧。”他说。在我如同泄了气的皮球一般坐回椅子上时，曼开始解释：有意图的谋杀未遂，在某些足以减轻罪刑的情况下，如在酒醉或精神错乱的情况下，依法典可以归类于过失杀人未遂。

我犯了个错误，虽然谈不上是今年最大的失误，但还是觉得非常不好意思——说得更严重些，根本是丢脸极了。最近这种事在我身上发生了好几次——举手发言时不想清楚，随口说出不恰当，或是完全不正确的话。课堂上犯错总教人懊恼，更别说是经常性的。

“我是不是太差劲了？”有一天，史蒂芬在民事诉讼课堂上回答出错后，焦虑地问我。“一整年来，我都没觉得这么难受过。”吉娜为了一些错误，忧心烦恼了好几个小时。

时间一天天过去，课堂表现变得越来越重要。现在，大家经常评论同学在上课时发言的情况，尤其是那些被点到名的人。“杰克今天表现得很好。”“是啊！不过当佩里尼在那个问题上对他穷追猛打时，真是替他难受。还是麦特妮比较厉害，讲话面面俱到，真是聪明十足的家伙。”

同学们对上课时发生的事如此在意，原因相当复杂。表面上看来，不外乎是同侪间相互竞争的心理。不过也有些外在环境的因素加强了这种趋势。两个月来，我们几乎每天都做相同的事，听相同的教授讲课，读一样的书，做一样的探索。课堂之余，缺乏属于个人的发展管道。在制式的团体生活当中，大家面容齐一，没有人是特别的。唯一能凸显自己的方式，就是借由课堂表现，被众人冠上优秀、聪颖、反应敏捷、法律高手等字眼。在这种情况下，确认自我与争取成绩的动机，融合为一。

如此一来，也引发出其他的问题。当同学愈希望有好的表现，便愈能看清表面下的事实：没有一个确定的指标可以告诉你自己到底学了多少，学得多好。尽管我们勤勉奋斗了好几个月，谁也不知道是否能顺利通过任何一科。当然，纯粹从几率来看，不过关的担忧是多余的。哈佛法学院很少给 F 的成绩。四十年以前，有 1/3 的新生会被 down 掉；但是现今，几乎没有人会因为成绩的原因离校。不过再怎么说，课程内容如此困难，又没有绝对不会失败的保证，一切还是小心为妙。殷殷企盼成功的心态，加上对自己所处状态的不确定性，两面极端的幻想交替出现：一会儿梦到足以光耀门楣的超级表现,一会儿被沦落街头的残酷景象吓醒。

害怕失败的病症,一直要到1月,期末考之后才会结束。一试定江山的政策,让同学们早早就开始心惊胆跳。有些紧张大师,甚至从10月中起便马不停蹄地汲汲准备考试。其他人则四处找寻蛛丝马迹,想打探出成功与失败的相关影响因素。入学测验(LSAT)高的同学,会时常跑去调查课业成绩与LSAT分数的关联性。还有一种说法,像我这种年纪稍长、又结过婚的人,通常会在班上名列前茅。为了心安,我不断用此坊间传言来麻醉自己。

无论各家说法如何,最被信赖的指标,还是课堂上的表现。一百四十个同学共聚一堂,面对教授,思考同样的问题,谁能率先讲出大道理,谁就最有机会在考场上获得光荣的胜利。愈相信这种想法,力求表现的压力就愈大,许多不成文的规定也逐渐被打破,比如像是发表意见不得引用课外参考书籍等。有一天,合同法课讨论的个案内容是:一个宾州男子,在南北战争时自愿从军;离家前,允诺妻子每个月会寄回20元的生活费,但后来却爽约了。其妻不甘,上法庭告丈夫违约,结果败诉。佩里尼用这件案例告诉我们,法院对家庭成员之间的承诺,与商业上的约定并不等同视之。这个主题,以后还会经常回过来讨论,但是桑迪似乎等不及了,发表远远超越在前头的高论。

"我对这件案例有个蛮不错的观点。"他说:"既然丈夫在部队服役,他应领取内战津贴;而如果他已不幸战死,遗孀应该是得到过一些钱的。所以我去了趟怀德纳图书馆(Widener Memorial Library,哈佛图书馆主馆),查了领取美国内战津贴的名单,我很确定,从1877年起,本案中的狄什太太在丈夫死后,每个月都领到了8美元的津贴。”

同学们对于桑迪的历史性解答，觉得又好气又好笑，纷纷报以嘘声。佩里尼原本就不喜欢我们在现阶段找课外书来读，如今正好逮到教训的机会，讥讽地说：桑迪真是教人失望，怎么不跑到哈利斯堡的军墓区，看看逖胥太太的冤魂是否还在那里？

尽管桑迪的努力闹出笑话，公开引用课外书籍的行径不再是禁忌。许多人开始承认常常翻查佩里尼写的辅导书，并且发现佩里尼上课时的评论，往往从中原封不动地搬出。为了求好表现，入门参考书对很多同学而言已经成为必读的功课。更有人神经兮兮地跑去图书馆，读《法律评论》里的文章、法约条款以及案例书中提及的参考个案。

“我真不明白，那些家伙究竟想要证明些什么？”东尼道尔在图书馆里对我说。他向来在馆内的学术论文区读书，最近发现第二组的同学，一窝蜂地挤到这儿检索。“教授们又不是白痴，如果老是偷取别人的观点，怎么可能不被发现呢。等着瞧吧，那些人不会因此得到好成绩的。”

不是每个人都和东尼一样乐观。许多人感受到同侪的压力，纷纷找参考书籍来读，生怕功课落于人后。传说，有同学夸张到一天泡法律的时间长达20个小时，一星期140个小时；每天图书馆一开门，就赶忙报到。也有同学整晚关在宿舍里读书，除了半小时的用餐时间，都在整理课堂笔记，周末时还花工夫打字，把它弄得整整齐齐。吓人的故事让我们知道做“好学生”的标准已经不同；但不是每个人都能如此拼老命，于是前后差距逐渐形成。

课堂中最能看得出差别，以往人人才赋平等的假象却除后，高下立见分晓。法律怪才的传闻一直都有,他们怎么考永远都是A+。许多教授据说学生时代就是如此,我们基于好奇心,拼命打探第二组中是否有类似的人物。最近几周,似乎开始有几个厉害角色,频频发言;他们不像克雷莉莎、瓦利·卡尔林等人,徒为发言而发言,品质不一。这些人从来不会成为笑柄,天赋异禀,随时可以洞悉问题的核心,发表高明的见解。其他同学自叹弗如,以既崇拜又妒羡的口吻称之为"大明星"。

像奈德·科尔利就是一个明星级的人物。他瘦瘦高高的,讲话时带有浓厚的缅因腔,反应非常敏锐,对合同法很有兴趣,深得佩里尼的欣赏。一天,佩里尼问了个问题,同学都答不出来,教授左看右看,最后指着奈德,叫他起来作答。结果,他精彩的见解,叫我们都傻了眼;老师频频点头,再度印证了他聪明绝顶的才华。

奈德超人一等的表现,时时可见。每当他的名字一被点到,很多同学脸色就都怪怪的,不如人的屈辱感表现得很明显。忌妒心强的人,就会说奈德其实一点也不厉害,他只不过是学术上的纸老虎,借着翻读课外论文资料来膨胀自己。想来也真羞耻,每回听到这种说法,我竟然也不知反省地跟着起劲。仿佛说出正确答案的人,都是招摇撞骗的坏东西。

等我找到机会认识奈德之后,发现他真是个机智幽默、多才多艺的家伙。不仅懂得音乐、戏剧、政治,还在学生组织办的免费大学里,教人家做中国菜。他在合同法课的杰出表现绝非虚胖,而是天赋与浓厚兴趣所造就的。

当然,也有一两个所谓的"明星"的确招人诟病。像哈里·霍斯柴尔德,小小个子,头发半秃,讲起话来自以为是,态度非常傲慢。

每次一开口，就把我们当作是受二等教育的次级生，只有他才是高尚的精英分子。发表高论的同时，还随着重音摇头晃脑，仿佛管弦乐团的指挥一样。虽然到第二学期时收敛不少，但在10月末时，他是班上最不招人待见的家伙。差不多同一时间，我跟他有过私底下的接触，于是对他也有自己的评价。

10月的最后一个礼拜，我们正研究非法侵入(trespass)的法规。泽曼在课堂上举了一个假设的例子，引发了激烈的讨论：两条紧邻的铁路，分属不同人所有。其中一条铁路的所有者为了排放废水需要接条管子伸到外头的荒地，但水管势必经过另外一条铁路。在这种情况下，算是非法侵入吗？45分钟的争辩中，同学阵营分明：强烈主张财产权的，认为未经铁路主人许可的水管，应该被强制拆除；另外一派，则从社会整体性的考虑出发，认为这类小小的侵犯，是必要而且应该被允许的。课堂结束前，泽曼告诉同学，类似的案例曾经发生在爱荷华州。

“最后谁赢了？”同学好奇地问。

泽曼一如往例地不给答案，只把案例出处写在黑板上。

读书会结束后，奥布瑞和我到图书馆找这份案例，结果发现不在书架上。环视左右，见到哈里·霍斯柴尔德，心生狐疑地走近他的座位旁，果不其然，案例书正合着躺在案头上。

不消说，当组里140个同学都在找这本书的紧要关头，读完不放回书架的行径，实在太自私了。憋住心中的怒火，我走上前去，表示需要借用这份报告一两分钟。他挥挥手背，叫我们自己拿去。

奥布瑞和我一同翻读案例书，判决结果是：私设水管的铁路公司，需要负担使用费，但是法院驳回了强制拆除的要求。虽然裁决正提供了两派折中性的解答，但我们根据所学，都觉得有点奇怪。（日后的课堂上，我们会学到爱荷华的这个案例，开启了当代公害防治法规的大门。）

我把书还给哈里。

“不可思议的结果，不是吗？”我随口说了一句。

他蒙着头继续看书，连瞧也不瞧我一眼。

“我不确定那是什么意思。”我又说。

哈里还是不搭腔。看了他一会儿，然后把书放在桌上。

“谢谢啰！”我说。仍旧没有反应。

几天后再提起这件事，有人告诉我，哈里用功时的原则是：不跟任何人讲话，谁也不例外。从事如此神圣伟大的工作，怎能受到干扰？在我拿书时，跟我摆摆手，已经很难得了；等我再回去时，那无动于衷的态度，才是正常的。

史蒂芬向来有一种可怕的黑色幽默。当我告诉他这件事时，他哈哈大笑：“你知道我为什么对哈佛情有独钟了吧？因为像哈里这种人，铁定名列前茅，科科拿 A+。这就是伟大的精英教育制度。”

我同意他的看法，可是一点也不觉得好笑，只感到沮丧。史蒂芬口中的“精英教育制度”，一而再地浮上我的脑海。也就是说，要在哈佛法学院里成功，只有靠杰出的表现；而杰出表现，是高度英才与坚强毅力相互配合才能产生的结果。想想自己，完全够不上边。我既没有能耐一天工作 20 个小时；也没有绝顶的聪明，可以在十几个小时之内又读指定的案例又翻阅课外的参考书。和哈里、奈德这类人比起来，我上课的发言实在乏善可陈；更糟的是，我还会犯错，很愚蠢的错误。说穿了，我只是个幸运的庸才。承认自己的平庸，真是叫人痛苦。放弃生活无虞、名声响亮的职业，却来到这里，面对自己才智有限的残酷事实。无能的挫败感越来越强烈；那一天，在曼的课上犯下丢脸的错误，羞耻的感觉达到了最高点，自哀自怨的情绪完全湮没了我。

走出教室时，十几年来未曾流下的眼泪，差一点夺眶而出。我好想向曼及班上的同学解释，我并不真的那么蠢，我也能完成一些有价值的工作。但是，却没有机会证明，无论是对他们，或对我自己。

伤痛终会过去。走出哀怨的阴影后，我发誓再也不让那种感觉控制我。倒不是找到了什么平衡点，建立了更健全的心态；我的决定是，上课时不再发言了。保持疏离的态度坐在教室，忍住说话的欲望，旁观众人表演。我没有勇气再承受那么大的耻辱了，失败的恐惧征服了我。接下来好几个星期，我都将是安静无声的局外人。

1975年10月21日

（星期二）

这个星期，有比较轻松的活动——与教授们共进午餐。读书会的五人小组，昨天先跟佩里尼一起吃了饭，今天中午则和伽们有约。饭局还算愉快，但我倒不觉得有什么实质上的收获。

午餐约会是HLS由来已久的惯例。老师可以利用这个机会，缓和对师生间互动太少的激烈批评。大部分的教授，如果有学生提出，都会尽量排出时间配合；有些教授，甚至会主动邀请同学，一起吃顿饭、喝杯酒。据彼得学长表示，去年曼教授在午餐聚会时，都会掏腰包请客。

佩里尼则有不同的架子。月初时，他用一贯犀利的目光环视了一圈四周的同学，然后说："我有件事情要宣布。"接着愉快地举起双手："现在起，我午餐的时间都有空。"最后又加上一句："各付各的。"

从此，他几乎每天中午都跟三五个学生在一起。我们这一小组吃饭的地点定在斐迪南，一间不错的法国餐厅，位于哈佛广场。私底下的佩里尼，跟站在讲台上的他并没有太大的差别。一个标准的完美主义者，希望周遭世界完全按照心目中的规矩运行。连吃他的龙虾色拉都讲求一定的角度，我亲见他调整色拉盘的位置。

然而，他还是挺有魅力的，有一种平实的可爱。讲话时，细心地注视坐在四旁的我们。话题主要环绕在他在学校外接的项目。身为国会共和党议员的顾问，一大串华府政治人物的名字陆续出现。我很惊讶，佩里尼对待参议员的方式，跟对付学生没什么两样。他洋洋自得地跟我们说了一个故事：在餐厅里吃饭时，跟他工作的委员会的主席起了争执。"我让他哑口无言，完全没得反驳。他脸红脖子粗地站在那里，真是有趣。"

就某些特定的议题而言，他比我想象的要讲理得多，比如法学院对女性与少数族群入学资格的保护措施等。谈话当中，我跟他起了个小小的冲突。争执是发生在，学校是否太刻意注重商业法的发展。我其实只是随口一提，没什么特别的意思；不过佩里尼的反应，倒十分强烈。

“我不同意，”他反驳：“完完全全不能同意。强调商业法的是同学，不是老师。是你们这些学校教育的消费者，来决定课程的安排。我们可没有排大队，等着教公司与商业发展的课。你应该去瞧瞧，相较之下，选修家庭法或刑事诉讼的同学有多少。”

或许也有道理吧。大体而言，他的想法还算公平，态度也蛮诚恳的，只是显得有点拘束。透过对话，对佩里尼个人有更深层的认识。也许具有强烈表演性格的他，要在讲台上才能无拘无束地挥洒自如吧。

至于泽曼，就跟课堂上见到的一样，有点害羞，有点拘谨。我们去的是一家意大利餐馆，布置朴素得多，可以轻松地坐着好好聊聊。他讲了许多执业律师的经验。他来学校之前，在华盛顿一间大事务所工作，常有机会上最高法庭。他轻描淡写地聊了一些关于最高法院的闲言闲语给我们听，其中最常提及的是道格拉斯大法官。泽曼在50年代时做过道格拉斯的书记官，至今还互相有联络。言谈之间，可以感受到泽曼对回到学术界的喜悦。最常听到他对别人的赞美就是：“精明、了不起的学者。”当他问起上课的情况，我们都表示肯定与欣赏，这也的确是组里大多数人的共识。

如同日记上所写，与教授的午餐约会是项传统，希望能拉近师生之间的距离。在HLS，老师与学生的互动不可能频繁。想想看，一组有一百四十个同学，怎么彼此好好认识呢？这种现象到了二三年级之后也不会改善，因为大班的课还是很多。从表面上来看，这是哈佛特有的缺点，因为学生人数太多；其实不然，它是美国法学院的通病。即使学生总数没那么惊人，各个法学院的师生比例都超低;唯一能相提并论的,只有商学院。低比例的造成,又是我们已故院长朗德尔先生的“杰作”。

“朗德尔院长对法学教育的一大贡献是,”有个教授年底时曾对一群学生说:“让它变得便宜了许多。靠着苏格拉底教学法,同时指导140个学生不再是神话,大众教育成为可能。他向美国各大学校长证明,开设法学院可以赚钱,不需要雇用一大堆老师。”

有些教授否认大班的产生是出于经济考量。教商业发展与税务课程的托马斯·海因里希,刚被指派担任我们法律技巧课小组的指导老师。一晚,小组成员去他家做客。闲聊当中,托马斯为大班的教育功效辩护。

“想想看,这边有史密斯想讲话,那边有强森想讲话;另外还有个格林,要发表不同意见。140个学生齐聚一堂,多元性强,正可以反映各种看法,有助于更深入的探讨。”并且,他提醒我们,在众人面前练习说话,可为将来的法庭公开辩护做准备。

不管大班级的好处有多少,同学们还是喜欢互动性强一点的学习环境。学期中,法学院的学生委员会正式向学校提案建议,未来法一的课程,应该有一门课是35人的小班。这种单一课程小班制的做法,在其他法学院已经很普遍了,比如说:耶鲁、加州大学(勃特分校)、明尼苏达等。午餐的聊天当中,我很意外佩里尼支持这项提案,他甚至认为最理想的做法,应该是所有课都改成40人的小班。然而,大部分的老师还是反对,认为修改制度的代价太高,不切实际。

对于我而言,小班制的提议也是有理的。当我还在考虑去哪一所法学院时,有朋友极力鼓吹耶鲁,因为那里的师生比例最高。那时我不以为意，不过现在可以想见，师生经常互动带来的巨大收获。

最起码，如果班上学生人数减少，同学就不至于盲目地猜测自己学习的状态。在大班中，教授通常不会给你任何赞美性的鼓励，无论表现是如何地优异。理由可能是，避免在众多同学复杂的情绪上，增添不必要的困扰与敌意。有时，尼克·莫里斯会在同学讲完话后，迅速而有技巧地加上一句："很不错的见解。"但也都只是点到为止。更何况，他之所以能够如此，主要是因为比较轻松的气氛已经先被营造出来了；其他老师如果照样做，恐怕效果不彰。小班制就不同了，教授可以对学生有多一层的认识，充分掌握各学生进步的动态；或扬或抑，因人而异。同学也因此能有个体性的感觉，而不仅仅是一大群人当中不被认知的很小一员。

小班制的另外一个优点是，教学成效会大幅提升。学习法律的过程是很奇特的，有时候一个弯转不过来，就全盘皆输。才刚领悟到的同学，或许没办法提供什么帮助，可是有经验的教授，往往能够很快看到症结所在，一点就通。但是，要怎么找到教授解答疑问呢？现在一下课，就十五二十个同学挤到前头，有的只是要吸引老师的注意，有的是不愿错过老师的任何一句话，有的则是尽问一些无关痛痒的问题；要能逮着机会做有效果的对话，几乎是不可能的。到办公室找老师呢？也不那么容易。一方面，教授们都很忙，常常不在；另一方面，在没想清楚问题之前，不好意思特别跟老师约时间碰面。坦白讲，有些教授，像莫里斯、伽们等人，都很乐意拨冗与学生讨论功课；但是大部分的教授却常常给学生一种"不要来吵我"的感觉。例如曼，一直到第七周，才在班上公布他办公室的号码，并且还加上一句："要来，以后再说；我现在很少会到办公室去。"

我相当程度同情教授的处境。他们也希望有自己的时间，如果遇到一群求知欲强烈的学生，是很累人的。然而，我渐渐感觉到，HLS 里老师与同学之间的距离感，无论在课上或课外都极端严重。造成这样的原因，不单纯是制度，教授的个性也是关键。

“即使变小班制，我也很怀疑你们跟某些教授的关系会有所改善。”那天在海瑞奇家中，谈到学生委员会的提案时，他对我们说。“许多教授不善与人交际。”海瑞奇试着用委婉的话传递出一个事实：哈佛法学院聘了一群自以为了不起的狂妄分子。HLS 的教授，倾向于把自己当成是精英中的精英，万里挑一的，怎么有时间把精力浪费在学生身上？

不仅如此，这群骄傲的家伙，为了保持高高在上的姿态，鲜与人有非正式的接触。在 HLS，教授称人，都是“先生”、“小姐”的，很没亲和力；即使对自己的同僚，也极少直呼其名。整个文化，造就了不可化解的疏离感。无论是老师还是同学之间，在教室外遇到，多半只是点个头，笑一笑，一点也不像朋友，反倒像商场上的泛泛之交。我们所有的联结，都是出于“不得已”——脆弱而无真情实意。

组里是有同学在私下侵犯了老师的个人空间。一个家伙，不请自来地跑到教授家里去；另一个家伙，要求教授帮他解决私人的法律难题。但是，撇开这些极端的例子不谈，正常的互动太少了。曾经出现在学生餐厅的老师，五根手指就数得清。到了冬天，很多老师为了避开同学，宁可冒着风雪走在外头，也不愿在大楼之间的地下通道与学生照面。

有一天，当我问起彼得基欧卡里斯，为什么从来没在图书馆内见过教授，他那神秘的笑容令我难以忘怀。

“傻瓜,因为他们有他们自己的图书馆啊。”我怎么也想象不到,一百码之外有个全世界最大的法律图书馆,他们却还要在办公大楼的五楼建造另外一个不让学生进入的藏书室。

教授的遥不可及,会增添同学的敬畏感。他们拥有操纵生死的无上权力。既可传道解惑,又能威胁恫吓我们。要让学生的周末泡汤,就出一大堆的作业;要让同学脑力激荡,就考问一连串困难的概念。最重要的,他们是法律游戏当中世界级的专家,而我们正在努力地挤入这个殿堂。在许多方面,教授是同学效法的典范,有些时候,他们甚至成为神话性的传奇人物。课堂之余的非法律性对话,常常围绕在老师身上,互相交换传言。一会儿是曼教授从前办过什么大案子;一会儿又是佩里尼曾跟哪个政治人物过招。至于莫里斯,大家就更崇拜了,因为他才从法学院毕业不久,在学校留下了一段无比辉煌的成绩——最为人津津乐道的故事是(虽然伪造的成分居多),在一个4小时的测验当中,莫里斯不仅从容地完成了考试,还写出一篇因忙于《法律评论》的工作而忘交的报告。而两项都得到了全班最高的分数。

对我而言,由于刚卸下教职,跟教授交往的感觉格外复杂:从讲台上的权威,转换成坐在指定位置上、某种程度上任人摆布的被动角色。我开始觉得,自己又回到了青少年时期。事实上,法学院从外观来看,阴暗的走廊铺着油地毡,旁边摆着一长排学生的储物柜,还真有点高中的味道;再加上对周遭环境的不满,年轻时候的脾气与叛逆似乎又涌出来。不单单是我有这样的反应。从哈法公会的成员身上,多少可以嗅出愤青的气息。或许,这就是对学校猛烈批评的来源吧。

除此之外,内心的感觉还要更退到孩提时代想要吸引父母注意的痛苦。在课堂上,举手等待发言,迫切希望讲出大道理、赢得老师的赞赏。这种心态,与小孩有何差异?原本以为,孩子气的阶段早已过去;没想到,孩子气的消失,其实跟外在环境相关。现在一旦被当成小孩看待,所有孩童情绪又都跑出来了。难怪在曼课上犯的错,对我影响这么大;因为它交织着两种耻辱感:一方面,是小孩无法取悦大人的伤心;另一方面,是成人丧失自尊的羞愧。

对于教授的复杂感觉,可从下面的实例可略窥一二。汤姆·布劳斯坦是从前我在加州朋友家中的旧识。他原本在另一所学校教书,今年才来哈佛客座。得知消息后我们聚在一块,愈混愈熟。汤姆慷慨大方,我很快就和他成为好友;我们之间,绝对不同于一般的师生关系。有时,我会找汤姆一道吃饭,地点通常离法学院很远。

有一天,我和特瑞恰巧在体育馆碰到汤姆,当时才刚下完课不久。从前不曾叫过他汤姆以外的名字;但是此时此刻,对他的第一个反应是:法学院的教授。因此,当他亲切地向我打招呼:"嗨,斯科特"时,我竟然不由自主地回了一声:"嗨,教授,您好。"

1975 年 11 月 1 日

(星期六)

细雨绵绵的 11 月总带给人郁闷的感觉。但是,老天啊,我的心情简直是糟透了!整个世界一片漆黑,从早上起来,到放学回到家,都不知道自己在忙些什么；就好像身处在乌七抹黑的无边隧道，伸手不见五指，拼命地往前走，却看不到出口处的亮光。

家庭的气氛不再融洽，我们时常争吵，显然安娜已经受够了当法学院学生妻子的苦。对安娜而言，很难不觉得不公平。每当我在这享尽哈佛法学院的荣耀时，她却要跑老远去乡下学校，从事体力负担繁重的工作。即使偶尔有机会共处，我也常常心不在焉。再加上，到一个新地方不久，没什么好朋友可以帮忙解闷、振奋精神。法学院并不是个提供社交活动的好场所。一到周末，大家都很庆幸，不必见到彼此。这是有道理的；即使好不容易安排了聚会，大家谈论的话题，还是环绕在 HLS 上头。

要能排解苦闷并不容易，而安娜总是一个人想办法承担。周末时，她常常独自跑到商业区，逛逛博物馆，看看展览，买买东西。我的忙碌的确阻碍了家庭的幸福。上星期安娜幽怨地说，我跟法律的关系比跟她还要亲密，意有所指地抱怨性生活不美满。（从同学的聊天当中可以知道，这种问题不仅发生在我们身上）凡此种种，令我生出强烈的愧疚感，但又非常无助，因为我没办法让法学院的功课负担减轻。

疲惫的学校生活持续进行，繁多的作业、令人困惑的概念，怎么都闲不下来；为了学好法律，心无旁骛地全身心的投入是必需的。最麻烦的一个星期就要来了。法律技巧课的重头戏即将上演，每个小组都要在近日内交出简易判决的动议、谈判过程的记录以及一份研究报告。我们这一组排定的时程是，星期一提诉状，星期三做口头辩论。整个周末，我都和组员威利·赫徫泡在一块，加紧赶工。除此之外，刑法与侵权行为这两门只有一学期的课，现在正以超快的速度进行，每个星期差不多有60到80页的指定作业；另外民事诉讼情况也好不到哪去。

课业如此繁重，不可能面面俱到，只有打马虎眼了。案例摘要的整理我决定这星期暂时不管它。没什么大不了的。几乎每个人都跟我一样叫苦不迭，沉重的压力让我们无法好好睡一觉。三四个小时的休息，就能够让我们窃喜了；有时，甚至忙到整晚都不能睡。严酷的折磨之下，大家自怨自艾，气氛十分低迷。

真是灰暗的季节啊。

法一这整年都是起起伏伏，有好有坏；但是11月的头两个星期，可真是惨到谷底。上帝啊！

法律技巧课的作业，把大家弄得头昏脑涨，都快被逼疯了；这种惨烈的状况，只有日后的期末考可以匹敌。发展到如今这个地步，是出乎大家意料的；原本还有许多同学对法律技巧课漫不经心，觉得无聊透顶。事实上，我们这一小组的老师克里斯·亨利倒蛮不错的，很悉心地教导一些基本的技巧。有个礼拜，我们观摩一段录像，是同学奥布瑞与客户面谈的模拟过程，颇为精彩。从中要学习的是如何录取出庭前的证词，如何草拟质询稿。再前一个礼拜，我们模拟与对方的谈判，试图协商解决卡兹的案子。

我个人觉得受益无穷，但是有些同学认为纯粹是浪费时间，不如把精力放在要打分数的正式课程上比较实际。

然而，撰写诉讼要旨的作业（法律技巧的最后一项功课）倒吸引了同学的注意，几乎每个人都全心投入。诉讼要旨是律师写给法官的书面答辩，主要把先前的相关案例整理出来，印证自己的论点；并且分析对方可能引用的案例,指出关键性的差异,说明不适用于此的理由。从前在课堂上,我们已经仔细讨论过法官的裁量意见,每一丁点都不放过。虽然老师不希望我们借鉴课外参考资料,同学们还是一窝蜂地跑到图书馆查询课外参考书,比如法律百科全书类书籍。大家对自个儿努力不懈的精神都引以为傲。一天在图书馆遇到奥布瑞和他的工作伙伴费尔波拉克,他们马上把他们的杰作秀给我看,洋洋洒洒 40 页的答辩状,远远超出了 10 页的要求。

当时,我真不了解,为什么同学们的态度有如此极端的改变。组里面精明外向的女同学伊莲·特里伏卡,倒给了我一个似是而非的答案。一天在朗德尔大楼的电梯中遇到,我俩都正好要往图书馆去。伊莲松软无力地靠着墙,口中喃喃抱怨,为了准备诉讼答辩,接连几天都没睡好觉。

“为什么要把这档事看得这么严重?”我问她。

“因为我输不起,看不得对手神气活现的臭屁模样。”接着,她微笑地说:“你知道我们的对手是谁吗？哈里·霍斯柴尔德。”

但是即使对手不是惹人厌的哈里,大部分的同学似乎也抱定非赢不可的决心,在竞争性格与成就欲望的驱使之下,战斗力强烈地爆发出来,打倒敌人成为眼前迫切的目标。回想起来,其实原因并不那么单纯。通过提出简易裁判动议的练习,整个学期的挫折与沮丧有可能就此消失;因为只要好好地打赢这一仗,就会生出能够胜任未来律师工作的快感,并且证明自己学到了一些东西,努力没有白费。另外,从书面答辩与口头辩论的过程当中,也可以评估出各个同学的学习成果,明了自己在班上的位置。简易判决的动议,是要求法官不经庭审直接作裁决。法官阅读双方提出的诉讼要旨以及附带的证词，聆听口头辩论，裁定是否有一方证据确凿，明显站在法律的上风，因此不用浪费时间进行庭审。如果法官接受了简易判决的动议，就表示提案的一方获胜；若是否决，则必须组织正式审判。

在卡兹的个案当中，原告与被告都提出了简易判决的动议。虽然，两者皆被驳回的可能性很大，但是如果要旨写得好，辩论时找出决定性的破解之道，立即获胜的可能性也不是没有。压倒性的胜利，是许多同学的梦想，因为那代表自己的法律天分已受到权威的认可。为了达成目标，他们拼死拼活地费尽心思。面对这种激烈的竞争热潮，我不愿卷入，决定适度的抽身。虽然口头辩论（阐述答辩状的重点并回答法官提出的问题）是跑不掉的，但我一点也不担心，反正顺其自然，有什么就说什么，容易得很。我企图说服工作伙伴威利站在同一阵线，一切放轻松；话才没讲两句，他就满口答应。组里面大约有 5 到 10 个同学，只想到法学院来混个学位，其余的都不在乎，威利就是其中一个。他们没有想要出人头地的雄心壮志，因此丝毫不受竞争压力的影响。一天，威利跟我说，工作分量得缩减，因为星期四晚上他喝了个烂醉，隔日早晨要多休息。

我们达成协议，准备答辩状的时间不超过 12 小时。星期五、星期六两天，就把它完成。这样的工时，是其他绝大多数同学的 1/3。要旨内容大约就是，把对手引用的最具说服力的案例（事后才知道的）拿出来，大批一番，然后就此阐述己方的论点。星期一把成果交给亨利；刚开始还觉得有点怪怪的，但后来不断地告诉自己，担忧是多余的。

既然如此漫不经心地准备答辩，照理说应该多出来很多时间才对。可是前一个礼拜我已经答应亨利，自愿接下一份功课。工作主要是查询图书馆的数据，针对一个复杂的侵权问题，整理相关的法条与案例。需要的时数，大约是20到30小时。之所以接下这工作，是因为原本就知道自己会随随便便应付答辩，为了弥补罪恶感，不愿意在其他人忙得焦头烂额时偷懒。多事的下场是，承受功课落后的压力。如今我在侵权行为课的指定读物上，已经整整落后一百页，而其他课程也差不了多少。

功课再多，我还是不愿意放弃拉尔夫·纳德尔①的演讲。星期二晚上，安娜不大舒服，于是我拎了本侵权行为的书，独自前往会场。

我对纳德尔崇拜已久。他不仅是个狂热的反对分子，并且思维透彻，想象力丰富，批判社会体制时，绝对不是胡吹冒料地空骂一气。当晚，纳德尔要谈论的是，哈佛法学院以及一般的法学教育。纳德尔也是HLS的毕业生，但对哈佛并没有太多的恋眷。在一本传记中，他形容法学院的学生是："关在铁笼里学习自由的概念。"我迫不及待地聆听他的批评；这一阵子郁闷的心境绝对事出有因，不会只是出于我的神经紧张。

纳德尔的演讲非常精彩；一个多小时，完全脱稿。他身材修长，皮肤黝黑，比在电视上见到的要好看些；靠着讲桌侃侃而谈的架势，有股牧师传道的热忱。

"法学教育的主要目标是，"纳德尔说："在精致的伦理架构下，发展

---

① Ralph Nader，美国现代消费者运动之父。在过去的几十年里，他一直单枪匹马、坚持不懈地提高美国消费者的自我保护意识，呼吁政府规范工业生产，提高产品安全。曾3次参选美国总统选举。

必备的分析与实证技巧,以伸张社会正义。"然而,哈佛及其他大多数的法学院,因为过于注重技巧的实用价值,把原来的目标给忽略了。

他提醒我们,仔细反省经过学校训练之后的心理机制。如同吉娜所言,法律思维会带来习惯性的谨慎与怀疑,有时反而会与一般常识以及基本的正义直觉背道而驰。

并且,他批评案例教学法的缺失。到底这些案件所彰显的,是属于谁的法律?案例书中挑选的多是经过上诉的大案。但是除了有钱人,谁能负担昂贵的律师费进行到这样的阶段?社会中,有很多犯罪行为和法律问题,并没有经过激烈的法庭争辩,也因此不会被列入案例书里。"想想看,"他问:"究竟有多少佃农会上法庭控告美汁源这样的企业财团?"

案例中显现出来的标准的律师工作是什么?与客户面谈、写答辩状、到法庭做口头辩论——就是我们在法律技巧课上学到的那些事情。难道律师的形象,非得是谁付钱就听谁的,而不能是组织性强、理想性高的活动家吗?我们扪心自问:最复杂难解的法律问题是什么?是课堂上指定的案例问题吗?处理公司商号的税务细节,真的需要利用学校资源、花时间特别指导吗?其他既困难又重要的问题呢?像企业与政府的腐化、消费者的权益、提供贫民法律服务等?

"问问你自己,"纳德尔接近尾声时说:"最不可能解决的难题,是不是应该交给最优秀、最有能力、最具信心的人去处理?以精英自居的你们不去做,谁去做?你们不必把自己的知识与才华用在不顾公共利益的大财团身上。这种工作,你不去做,他们一样找得到别人去做。如果你的想法是:'我是一个眼光短浅的专技人才,没有理想抱负,也能愉快地过日子',那你根本是在妄自菲薄。"

离开演讲会场时，我的情绪高涨。当然，他的谈话也是有漏洞的。比如说：我就很怀疑，学校教育是不是应该像他主张的那样政治化？但是大体而言，他的见解颇具说服力。长久以来，对自己即将成为律师的不安，稍稍获得舒缓。

开车回家之后，投身法律界是有意义的感觉油然而生，这几天的郁闷与沮丧也暂时消失。不过，要如何把热情转化成实际的行动，还是未定之数。现在的自我敌人，不是具体可见的，而是在面对压力时的无形态度。改变是必要的，但该从何处着力呢？

没想到，不到二十四小时之后，一个明确的目标出现在眼前。

星期三早晨，安娜的情况没有好转。她先前被小朋友的感冒传染，如今声音沙哑到无法代课，于是决定请假一天。上午好好休息，可能的话，下午跟我在学校碰面。趁此机会，可以看看我经常挂在嘴边的人物：佩里尼与泽曼；并且还顺便见识一下我排在2点钟的口头辩论。

她中午到达时，组里面的气氛正处于一种不寻常的亢奋状态。上回的刑法课，同学参与踊跃，提出的论点打动了曼，因此他试图赋予课程更高的活力。撇开枯燥的法条不谈，我们现在正探讨刑事诉讼上的相关议题，读的都是美国最高法院颇富争议性的案例，像米兰达和埃斯科贝托案，[①]探讨被告的权益问题。今天曼找来一位警

---

① 此两案均是关于美国宪法第五修正案关于正当程序规定的著名案例：1964年的“埃斯贝托诉伊利诺伊州”（*Escebedo v. Illinois*）案阐释了第五修正案，一旦某人涉及被指控的调查中，必须有律师在场作合适的辩护和解释。这一时期的“米兰达诉亚利桑那州”（*Miranda vs. Arizona*）案也为第五修正案增加了新的含义，即被逮捕时必须被告知有权保持沉默的“米兰达规则”。

察，到课堂上模仿瓦伦法庭在审理“泰瑞诉俄亥俄州”①时通过的搜身法令。曼事先在志愿者查理麦尔身上藏了一把枪；当警察示范搜身动作时，只轻轻拍了拍查理的衣服，没发现任何武器。于是查理从口袋掏出了枪，并且直接指向警察，引起全班哄堂大笑。此刻，窘困的警察把查理推往墙壁，重新搜身，告诉大家他是怎么对付自以为聪明的家伙。从头到脚仔细搜查，连裆间的敏感部位都没放过。

这一次的演出，带给大伙相当的乐趣。接下来的讨论热烈，围绕的主题是，如何在法庭定下的规则与警察的实际作业之间，寻得适切的平衡。下一堂是合同法课，每个人的心情仍然保持愉快，似乎预见有好事要发生一样。我将安娜介绍给一些未曾谋面的同学——吉娜、凯尔和凯伦·桑德格，并安排她坐到教室最后头，反复叮嘱万一被佩里尼点到时的应付之道。

课一开始，就知道佩里尼并没有为我们的好兴致所感染。自从法律技巧课答辩状的作业交代下来之后，出席率就节节下降；而现在口头辩论又迫在眉睫，缺席的人就更多了。显然，许多同学准备口头辩论比答辩状更下苦心。今天整整有 1/4 的座位是空的。佩里尼走进教室时，盯着疏疏落落的空位好一阵子。

通常佩里尼一堂课只讨论一个案例。然而，不知道是因为低出席率让他很沮丧，还是个案本身的缘故，短短 40 分钟，两个案例已经结束。当佩里尼低头看点名表时，同学之间生出一股不安的躁

① *Terry v. Ohio.* 该案质疑警察当场搜查和审问的合法性。这个案例建立了滞留与搜拍法律的权限。该案争论的焦点是美国宪法第 4 条修正案中的个人隐私权不得侵犯，没有可能成立的理由，不得任意搜查公民。

动。我猜大部分的人对于指定阅读材料中的第三个案例都不曾详读。昨天，我是什么也没看；不过，我按照规定，事先递给佩里尼一张条子，上面写着："功课太多，喘不过气来，所以没有准备。"除非有极为特殊的状况，像是台风或是感染肺炎，班上同学很少会写纸条通告佩里尼。原因是，怕自己成绩受到影响，尽管在 HLS，考试是匿名的，卷子上只有号码。老师打了分数后，交给注册组的人，核对号码与姓名，然后才登录成绩。所以，阅卷的教授，根本无法知道批改的卷子是属于哪个同学的。但是，佩里尼的威吓力量太强了，同学担忧他会把纸条留下，届时用来比对考卷上的笔迹，对曾经不准备功课者扣分。我是不相信佩里尼会这么无聊。

"穆尼先生！"佩里尼吼了一声。到现在，他依然用那种震人心魄的高昂声调点同学讲个案。

穆尼是个高高瘦瘦、个性温和的家伙，非常安静，几乎没听过他发表什么意见。面无表情的他抬起头来；才一开口，我的心就快要跳出来了。

"老师，很抱歉，"穆尼说："我没有准备。"

佩里尼手握铅笔，肘臂悬在空中，眼睛盯着点名表，一动不动。好一会儿之后，他才咬咬牙，开了口。

"你是说，没想到会讲到这里，是吗？"佩里尼凶狠地瞪着穆尼，声调冰冷而不屑，仿佛对待一个叛徒。没错，穆尼是背叛他了。

穆尼再一次紧张兮兮地解释："我今天法律技巧课有个口头辩论要准备，所以……"

"这个教室里，也有其他同学今天要做口头辩论，不是吗？你有留条子给我吗？这个规定第一天就明白地告诉你了。穆尼先生，如果有任何原因，事先要给我解释的条子。”佩里尼怒气冲冲地走下讲台。听说，类似的情况几年前也发生过。当时，佩里尼站在那个学生旁边，强迫他当场读个案，然后一行一行地考问，整整将他修理了将近40分钟。但是此刻，佩里尼似乎还没想出修理穆尼的方式。

他走回讲台。

“穆尼先生，你星期一来的时候，最好先做万全的准备。”一贯的声音与面容，加上更深的怒气。下星期一，他会怎么修理穆尼呢？一定很可怕、很恐怖呀。现在的佩里尼，看起来简直要杀人。可怜的穆尼啊，该如何在恐惧下度过这五天呀！

全班都吓呆了，一动也不动。佩里尼低头在点名表上，狠狠地做了个记号，然后改点坐在穆尼左边的人起来讲解案例。为了增加同学的压力，法学院的教授在发现有人没准备之后，通常会故意再挑邻座的同学作答。即使态度温和的曼，也实行这种方式。用意在告诉你，如果偷懒，邻座的同学会跟着倒霉。因此，不准备功课的后果，除了当众的耻辱之外，还会多一份同侪的鄙视。这可说是苏格拉底法带来的连坐酷刑。

“幸运儿”齐玛曼缓缓起身，含糊不清地解释个案。他跟在座的其他同学一样，吓得喘不过气来。

“他说了些什么？”有人小声地问。

“没什么值得听的。”佩里尼厉声地回了一句。然后，不顾还在说话的齐玛曼，径自拿起座位表，边环顾四周，边对缺席者画下记号。

痛苦的一小时终于过去了。佩里尼将点名表夹在手臂下，对着同学怒目而视。

“我本来要讲更多的，”他说：“但是，看看你们的准备如此不足。”说完，没好气地快步离去。

大伙儿跟着安静地走出教室。对于这个局面，我不知道该怎么想。与安娜一同前往侵权行为课时，正好跟葛利格道森并肩而行，于是介绍给安娜认识。

“你觉得如何？”我问葛利格。

他耸耸肩说：“我想，佩里尼是气疯了。”

“会让你觉得难受吗？”

“还好吧，”他回答：“穆尼应该很清楚被逮到的下场。”

“对了，你才刚从海军退役，”我笑着说：“早已经习惯了，对吗？”但是，整件事并不因为玩笑话而云开雾散。我知道自己的想法，于是脱口而出：“这是不对的，非常不对。一个老师不能如此对待学生。哪里也不行，更别说在140个同学面前。”

显然我不是唯一对这件事感到不满的人。在侵权行为课前，琳希·斯坦纳决定鼓动同学采取行动。她二十四五岁，黑黑瘦瘦的，是哈法公会与法女学会中最活跃的分子之一。

“我希望对刚才合同法课发生的事有意见的同学，能够在课后留下来几分钟，大家做个讨论。”她说。

侵权行为课结束后，等泽曼教授离开，韦德·斯庄克、读书会成员凯尔和琳希共同走到教室前头，主持会议。事实上，有超过3/4的人留了下来。大部分的同学都很生气，不断听到有人高声抗议，佩里尼不该把我们当成不懂事的小孩，老是以严词恐吓，还定些不通情理的规矩。我们应该借此事件，把心中的不满传送出去。

也有少数的人维护佩里尼。奈德·科尔利表示，这只是一个好老师偶尔犯下的错误，应该可以原谅。另外一些人，觉得这是穆尼与佩里尼两个人之间的事，无须过度渲染。穆尼本人就是其中一个。

“我不希望大家有什么举动。”他一再地说：“我犯下的错误，应该由自己来承担。”

尽管如此，大部分的同学还是不愿善罢干休。凯尔认为，这件事已经严重影响了大家的心情，每个人上课都将如坐针毡，深怕遭受同等的待遇。

接下来，同学们热烈讨论该采取怎样的行动比较恰当。有人建议，星期一时全体罢课；有人提案，每个同学都写张条子，告诉佩里尼我们统统没有准备。最后的结论是，大家共同递交一份抗议书。信的内容由凯尔、琳希和韦德负责，但有兴趣的人也可参与起草的工作，并且隔天还要经过全体同意才算数。

会议结束前，我和安娜悄悄地离开。我排定的口头辩论时间就要开始了，赶紧往举行的地点庞德大楼奔。路上边走边回想整件事的经过以及同学的反应。坐在教室后方，看着会议的进行，到现在我还不确定自己真正的看法。

安娜突然开口：“你知道吗？我不觉得事情那么严重。”她说：“佩里尼的确很无礼，不应该用那种方式跟穆尼讲话；不过，也没那么可怕嘛。”

我惊讶地看着她。“亲爱的，”我说：“你难道没看到他注视穆尼时，眼中那恨意吗？”

“但是，那不就是你们嘴里的佩里尼吗？我几乎每晚都听你提起，佩里尼超凶，佩里尼太跋扈了等，不是吗？”

安娜的话，或许也没错。从局外人的观点来看，的确如此。但是，就身陷其中的我们而言，事情没那么简单，中间夹杂着压力、不确定感、个人尊严以及未来前途的束缚。与佩里尼正面对决，想起来是个挺吓人的场面；不过大伙已经准备反击了，而现在正是个好时机。

"亲爱的，我想你很难了解这种感受的。"我告诉她。

她点点头，同意这是很有可能的。

口头辩论，简直就是一场灾难。

抵达教室之前的一刹那，我就知道我们完了。我们的对手吉姆·迪马可和朱迪·梅，都穿了最正式的衣服。吉姆是一套昂贵的三件式西装；朱迪的，一看就知道是出自高级裁缝的手笔。而我和威利，则都只套了件破旧的运动夹克。

等"法官"进场后，就更大事不妙了。在实际法庭中，只有 1 名法官处理简易判决动议；而问题就愈尖锐，法官人数就愈多。基于这个理由，法律技巧课找了 2 人充当法官：一个是学校的老师，一个是新生顾问委员会的成员。不管扮演法官的是谁，法庭内形式上的要求都得遵守。所以，要对法官尊称"阁下"，而法官对律师的称谓是"辩护人"。由于这类文绉绉的称呼，安排的法官最好都是自己不熟的，要不然会很尴尬。意料之中地，主考官是别组的老师昆利，从来没见过；但是，新生顾问委员会搞了个乌龙，另一名法官竟然是彼得基欧卡里斯。当我见到他时，一颗心立刻往下沉。彼得是多么注重卓越成就的人啊，对于法庭练习，一定抱持非常严肃认真的态度，我实在不想让他失望。

大伙进了教室，各就其位。昆利与彼得坐在讲台前，双方律师在第一排分坐两旁，中间以走道隔开；安娜则去教室后头找了个位子。

威利起身做开场白，依传统方式说出第一句话："容我诉说几言，希望能切中法庭之意。"这恐怕是我们俩唯一讲对的话。威利的态度，一眼就看出兴趣索然。他话说得很快，语气轻浮，有时甚至显得粗鲁无礼。对于法官的质询，他常常轻蔑地予以反击。比如说，他会对昆利说："法官，那不过是你个人的意见罢了。"有一回，当彼得提出了某个观点，他仅轻描淡写地说："也许吧，不过我现在不想谈它。"

威利讲完回座时，明显地看到昆利与彼得两人，脸色铁青。轮到我之后，情况并没有好转。口头辩护（oral advocacy），是律师称职与否的一个重要指标。法学界的传奇人物丹尼尔·韦伯斯特（Daniel Webster）、①约翰·戴维斯（John W. Davis）②等，都是辩论人才。要成为好的辩护人，一般认为要有两项基本要件：第一，是具备机智的口才。法官随时会打断你的话，提出质询，再琐碎的问题都可能出现。为了对付各种可能性，敏捷的反应是必要的。并且，既然问题宽广无边，辩护人还须具备的第二要件是，充分地准备，任

---

① 1782 ~ 1852 年，美国历史上最有名气的辩护律师，也是一位政治家。做过联邦参议员和三届美国国务卿，竞选过美国总统。他在著名的达特茅斯学院诉伍德沃德（*Dartmouth College v. Woodward*）案中为其母校达特茅斯学院进行辩护，其"最佳辩护"成为美国法治史上不朽的名篇。

② 1873 ~ 1955 年，20 世纪前半叶美国最为知名的律师之一；1924 年总统大选时被提名为民主党的候选人，败给取得连任的共和党候选人卡尔文·柯立芝。

何细节都不能放过。

以这种标准来看,我显然是不及格。发下来的相关案例厚厚一叠,我也没怎么细读;在写诉讼要旨时,就随便抽取了一些条文,插入答辩状内,充作立论的根据。除此之外,再没有做其他准备,反正心想,到时候照本宣科,交差了事。结果,才讲了一两分钟,昆利和彼得就把我打断,提出了一连串尖锐的问题,对案子不熟的我,根本无法作答。为了度过这难熬的15分钟,我竭尽所能,用各种小手段隐藏自己的无知。我拼命在最小的问题上大做文章,并试图把每一项质疑巧妙地转移成语义上的争端;我甚至隔三岔五地对彼得露出亲切的微笑,提醒他我们是同一阵线的好朋友,企图将法庭上一板一眼的界限消除掉。

杰克·卡兹的案子,进入最后关键性的法律争议。雨衣厂的老板葛鲁门,想要解雇卡兹,可不可以仅仅宣称,他对卡兹的工作表现不满意;或者,必须提出任何理性的人都能够相信的佐证?威利和我是葛鲁门的辩护律师,我们把重点放在:解雇与否,原本就应该取决于雇主的主观满意度。有许许多多的判例是支持这样的立场的,不过我却忽略了大半。好心的昆利,一而再再而三地做出提示,试图引我入正轨。但是,心理上高度戒备的我却会意不过来,反而盲目地回击。因此,好长一段时间,我都是在自打嘴巴,把己方最好的论点弄得满目疮痍。最后,昆利终于放弃了。

“辩护人,”他说:“你不觉得我们一直是在兜圈子吗?”

“是的,法官阁下。”我回答。回座后,我偷瞄了彼得一眼,发现他的神情,困惑中带有痛苦。

在实际的法庭,恐怕法官马上会否决我们的动议;不过为了让吉姆和朱迪也有表现的机会,裁决延缓片刻。朱迪是组里唯一的医学博士,高挑体面,和蔼可亲;吉姆则是康奈尔大学的中国通。与他们交手始终保持君子之争,一点也不伤感情。据我所知,有些敌对的同学,竞争趋于白热化,气氛非常火爆。像读书会中的史蒂芬和凯尔,刚好分到不同的阵营,至今凯尔还到处抱怨,史蒂芬庭下协议的手段过于拙劣。但是吉姆和朱迪风度翩翩,从来不会显露出杀气腾腾的模样。他们只是尽力地做好分内的工作,安安静静地写状子,并充分准备今天的答辩。眼前标准的典范,让我突然了解到,这整个作业,也可以是非常积极而正面的。不用说,等过程一结束,昆利就立即宣布他们是获胜的一方。这种压倒性的胜利,并不多见。

“我想为今天的辩论,下点评语。”昆利在放走我们之前,冷静地说。虽然他语气和缓,耐性十足,也没指名道姓地批评,但是明白人一听就知道,他对我和威利的表现非常不满。昆利说:有些辩护人,一点也不在乎自己在讲什么;有些辩护人,一味地争论,连问题是什么都搞不清楚;有些辩护人态度消沉,乱打手势,运动衫的扣子也不扣好,一副骄横傲慢的模样。

外头的交谊厅,准备了朱迪亲手烘焙的咖啡蛋糕。我们一伙人,边吃边聊,谈论的都是接近尾声的法律技巧课。这门课最后,还有一场关于卡兹个案的模拟审判,不过没有规定非得参加不可。

我再次恭贺吉姆与朱迪的胜利,然后就带着安娜告辞离去。回到家,我迅速灌下两杯酒,希望它赶紧发挥麻醉的作用。从现在起,每当我郁郁寡欢地坐在厨房边,安娜都会拍拍我的肩膀,以恶作剧地讽刺口吻说,不用担心,她依然爱着我。可是,我一点儿也笑不出来。

现在来看看这段日子，我学习到的就是如何面对耻辱。各式各样令人羞愧的事相继发生：挫败、情绪失控、被当成小孩子等。凯尔后来提及，我们对佩里尼之所以如此生气，主要是因为被使唤来使唤去，觉得很丢脸。

回头想想，其实不需要把这类事情看得那么严重。所有的耻辱与痛苦，归根究底，都是过于渲染的结果。不过即使冷静下来之后，我还是对口头辩论的挫折无法释怀。原本一件值得好好去做的事情，被我彻底地搞砸了。漫不经心的态度，让我与彼得的友谊出现裂痕，甚至在老婆的面前抬不起头。并且，没有脱罪的借口，不能转而指责老师，或怪罪学校。一切的耻辱，都出于自己的错误。唯一的解决之道，就是借酒消愁，尽快把它忘记。

星期四，对佩里尼的反抗情绪不再那么强烈。凯尔利用侵权行为与民事诉讼之间的半小时空当，对大家宣读前晚赶工出来的抗议书，但是留下来听的同学，只剩下差不多六七十个，其中还有许多人在底下对信件中的语句冷嘲热讽。

经过 24 小时的降温，同学愤愤不平的感觉已经渐渐消退。很多人开始附和奈德·科尔利的说法：这只是一个好老师偶尔犯下的错误，应该可以原谅；或者认为，应该尊重穆尼的请求，让他自个儿解决。另外，还有个没有根据的谣言传出，说佩里尼已经通过研究助理警告同学不得做出任何令人窘困的举动。许多人担忧成绩会受到影响，害怕佩里尼把心中的怒气带到班上，从今以后，一直到 6 月，日子将非常难熬。

大部分的公会成员，都很生气同学的软弱，纷纷站出来批评第二组缺乏勇气。有些情绪激动的人，开始指名道姓地对骂。最后，凯尔终止大家的辩论，拿出抗议书，用赞成者签名的方式解决争端，并率先大笔签下自己的名字。

我在教室后面观看会场的局面，还决定不了该怎么做。吉娜走到身边。

“怎样，你会不会去签?”她一脸迷茫地问。

“不知道耶，”我说：“真的不知道。”困惑的我，实在感到痛苦。佩里尼曾经是个很棒的老师，再加上，老天啊，昨天下午我才刚刚体会到充分准备功课的重要。佩里尼强力要求同学用功，有其道理。

不过想了又想，再怎么说，佩里尼粗暴无礼的行径，对同学是太残酷了。衡量是非轻重的过程中，我记起前些时日纳德尔的演讲，一般常识性的思考有助于厘清问题。不好的事情的确发生了，为了遏止坏事重演而采取行动，一点也不过分。我应该把心中的意见表达出来。至于谣言的恐吓，不必去理会；因为如果是真的，表示抗议是合理而必要的。

打定主意后，走到前头，看了看信件的内容，发现语气其实并不强硬。除了赞扬佩里尼教书的技巧，认可准备功课的价值与重要之外，唯一带有批评性的段落，写得谨慎小心，只表达了我们的期许，希望以后类似情况再发生时，老师能够控制情绪，不要过度反应。赞同的我，也把名字写在了上面。

最后，全组 140 个同学，只有 29 人联名。我的朋友中，奥布瑞和特瑞签了，而史蒂芬和吉娜没有。每个人的观点不同，我认为自己做了件对的事。

联署抗议书这整件事情，并没有因为递交出去而落幕，后续动作持续扩大，酝酿出一个众所周知人的“事件”。有组织的反对行动，在哈佛法学院是头一回，信件内容很快就散布出去。星期一，凯尔领导一群公会成员，成立了“机动一百小组”（section 100），希望结合所有新生，共同加入抗议的行列。他们决定印制宣言，表达全体新生对哈佛经验的不满；并安排横跨各组的大规模集会，让所有支持者聚在一块，商讨未来的计划。

凯尔极力拉拢我，成为“机动一百小组”的成员；但是参加过几次会议后，我有些迟疑。凯尔精力充沛，才气纵横；只是如果认真起来，丝毫不通融的顽固性格令人难以消受。他有个怪僻，总喜欢把上课笔记漂漂亮亮地印在昂贵的硬皮本上，薄薄一本要卖4块。同学们看了都觉得好笑，不过没有人敢当面嘲笑他。显然，他觉得自己对法律的评注，颇值得珍藏。在读书会当中，凯尔每次一开口，就好像做专题报告一样，正经八百，并要求绝对的安静。他刚进法学院时，便把志向放在大学的教职上，我想他心目中教授的形象，恐怕是未来的自己。成为法律教授的雄心壮志，并不容易达成。除了要保持全A的成绩、挤进《法律评论》，还得给任课老师留下深刻的印象。然而，凯尔已经有了不少辉煌的记录。他从哈佛大学本部毕业时，获得最高荣誉奖；大三时，创办全校性的课堂笔记买卖中心，至今还存在。传言指出，这项新兴行业的设立，让凯尔声名大噪，还赚了一笔。每到下雨天，都能见他搭出租车上学。现在，他成了一个活跃的运动分子。我不知道，一丝不苟的个性结合高昂狂热的雄心，会将凯尔指领向何方。虽然欣赏他坚持立场的勇气，我还是决定退居一旁，不予介入。

至于佩里尼，似乎想让事情过去，不再多提。星期一，是“事件”

发生后第一次上课，大家紧张的心情不亚于开学日。许多同学窃窃私语，我则特别瞄了穆尼一眼，依旧没什么表情，只是脸色有点苍白。当佩里尼走进教室时，全班鸦雀无声。

“周末时，我有事离开剑桥；”他边把手中的书放在讲桌上，边开口说话：“所以必须承认，对今天的课没做好万全的准备。”

此言一出，笑声四起，许多人热烈地鼓掌。这已经是佩里尼能做到的、最接近于道歉的表达方式。大家不禁舒了一口气。与鲁道夫叔叔的过节已解，课程也能回复正常了。佩里尼还是用一贯的机智与活力，掌控全场，并且不再为难穆尼。

尽管如此，凯尔和公会的成员，并没有妥协的迹象。他们认为佩里尼尚欠一份诚挚的道歉，况且问题症结，并不止于单一事件。星期四，“机动一百小组”散发传单，每个新生在朗德尔地下室的信箱都拿到一份。

“哈佛法学院到底是怎么了？”传单的开场白如是说。内容回避了指名道姓的人身攻击，但包括一连串抱怨：刑法课程的漫无边际、合同法课的尖刻恐吓、法律技巧课所要求的刻板形象等等。根据可靠消息，原本还要批判尼克·莫里斯虚情假意的优越感，可是最后以些微票数的差距被否决掉了。传单最后，鼓励遇到类似状况的别组同学共襄盛举，参加星期三的大会。

就在“机动一百小组”传单出现的同一天，另一只警钟在第二组敲起。不过这与什么事件、抗议无关。尼克·莫里斯宣布，隔日早晨将举行一个测验。

话音一落立刻引起一片骚动。“这次测验并不算在总成绩之内。”尼克比了比手势，试图安抚大家。“我的目的只是要让你们多份考试的经验，并且验收一下你们学习的成果。如果不想具名，没关系；甚至不来考试，也无所谓。一切由你来定。当然，我是建议你们试试看。不过，不用太认真，准备一两个小时就够了。”

除了尼克提及的用意之外，它也正好也可以帮我们了解一下自己的学习状况。只可惜，时间紧接在法律技巧课口头辩论之后，大家紧张的压力与强烈的竞争气氛还未平息，就得再面对另一项挑战。尼克表示，问题会与期末考类似，所以就像是个模拟测验一样。同学们听了，都觉得非同小可，考试结果，将会是个准确的排名指标。一想到这，许多人就又陷入无法自拔的恐慌情绪。

史蒂芬一下课，便语气急促地逮着我说话。

“我们会碰面吧？读书小组上？讨论民事诉讼？”

又来了，同学们的情绪再度在恐慌与放弃之间摇摆。特瑞，选择了后者。当我问起要不要参加考试时，他死命地摇头。

“绝不，”他说：“我才不要傻乎乎地为什么都不算的东西卖命。没有充分准备，我不参加任何考试。其他人甭想在时候未到之前，逮着机会，算计我的分量。”

我决定参加测验，但不想大张旗鼓地准备。于是对史蒂芬说，考前的读书会没有必要。并且提醒他，莫里斯说一个小时的准备就够了。

“别那么天真了。”史蒂芬告诉我：“每个人都已经着手准备了。他们将熬夜苦读；如果我们不通力合作，根本没有机会。”

不仅奥布瑞表示赞同，连忙于“机动一百小组”的凯尔也点头称是，于是我们四人在当天下午碰了头。我心里老大不愿参加；结束后回家,也就是翻开笔记随便读了一读,便丢到旁边去。我一再告诉自己:放轻松,放轻松。星期五早晨到学校,一边口中念着放轻松,一边看见同学们彼此互问诉讼法的问题。显然,史蒂芬的预期是对的,他们的确很用心地准备。耳边传来讨论某些案例的声音,而我对它们几乎完全没有印象。我赶紧离去,不想多听。

在朗德尔地下室的信箱当中,发现一份我写的诉讼要旨,上头有彼得基欧卡里斯的眉批。自从口头辩论之后,我就没再见到彼得了。那天,他匆匆忙忙地离去,我也羞愧地刻意躲避他。除了把诉讼要旨还给我外,彼得还附着一张纸条,写着:

"你的答辩状比口头辩论要高明许多,不过如果我对其中任何一个说尽好话,那绝对是骗人的。坦白讲,你的表现不是最差的,但是我知道你的能力,我期望见到的、听到的,并不是这样。"

此刻,我不想重拾上礼拜颓丧的感觉;对于彼得的直言不讳,我的第一个反应是气愤。把答辩状重重地摔到地面,或许还踢了两脚。管他的卓越成就,都是废话!稍稍平息之后,我试着用理性的态度面对,质问自己:到底是谁的错?你究竟在生谁的气?想想,把地下的答辩状拾起,留给威利。闷闷不乐地回到走廊,恰巧撞见史蒂芬。

"你有没有听说?"他问。

"什么?"

"你绝对不会相信。"他边说边递给我一份早报,翻开其中一页,上头有篇小小的报导,标题是:"哈佛法学院的抗议事件",里面描述了"事件"的来龙去脉,以及"机动一百小组"的诞生。佩里尼的名字出现了好几次,不过只在结论部分有直接的评论,一字不漏地引用了

29 位同学联署抗议书中的关键段落。看罢,我有点儿悔不当初。

“他们为什么要印出来?”我问史蒂芬:“他们从哪拿来这份抗议书?”

“也许他们觉得同学都支持吧。”史蒂芬回答。接着他还告诉我,组里有个同学的同居者是记者,先前看到“机动一百小组”散发的传单,决定追踪报导。小道消息指出,女记者曾经打电话给韦德·斯庄克,是他提供的所有的数据,包括递交给佩里尼的抗议文件。这正是我感到不舒服的地方。既然联署了抗议书,就有一份责任,可是我原本以为,文件属于同学与佩里尼之间的私人对话,我完全不想成为公开羞辱佩里尼的共犯。

史蒂芬的消息仅止于此,结束交谈,前往侵权行为的课堂,在那儿应该可以获知事情最新的发展。我叫住琳希·斯坦纳,事情发生后主持会议的人。据说,她今天早上与佩里尼碰了面。

“他很生气,”琳希告诉我:“非常生气。我去办公室道歉,他几乎不发一言。想想看,他所接触的三教九流,都会看到报纸,实在是不名誉啊。并且,他对抗议书的流出,非常不高兴,认为侵害了隐私权。他还表示,所有参与联署的同学都有责任。”

“这下可好了。”我说。

琳希耸耸肩,安慰我:“放心,过一阵子,他会冷静下来的。”

“真的是韦德搞的鬼吗?”我继续问。

琳希看看四周,然后悄声地说:“唉,每个人都对他表达关切,但是他根本不了解自己做错了什么。他太单纯了!”

单纯?老天啊!是无知吧!教室内的我,显得坐立难安。如果没有刊登那封信,我还可以认为佩里尼咎由自取。但是,佩里尼说得没错，不当的侵害已经造成了。未经查证，就把对佩里尼的“恶言”注销。罪恶感愈来愈强，心情十分沮丧。彼得写的纸条还是时而出现在脑海，想到这个，我就更无精打采了。

侵权行为与民事诉讼之间的空当，我们读书小组又聚在一块作考前冲刺。我依旧心不在焉。回到朗德尔大楼，增添了几分焦虑，整个人好像失去了方向。尼克把考卷发下，我悲伤地摇摇头。突然想起，几年前念英文研究所，参加最后一堂考试时的兴奋模样。尼克宣布考题：“‘裴诺伊尔诉内弗’探讨”。答案必须包括对司法管辖权相关概念的分析；这正是头两个月，我们深入讨论的课题，所以似乎不显得困难。

但是，当我打开考卷时，情绪犹如炸开的水闸般狂泄而下。过去几个星期的痛苦、恐惧和疑虑，纷至沓来。怎么会这样？我怎么又回到必须寻求自我肯认的低潮期？我究竟想要证明些什么？顿时，涌现脑海的只有挫败与不光彩。几个礼拜下来，我所作所为获得的结果就是如此。更糟的是，耻辱即将重演。我很确定，百分之百地肯定，再度的失败就要发生在此时此地。几分钟后，预感果真应验。

我奋战许久，企图写下一点前后连贯的东西，可是怎样都挤不出来，最后终于放弃，把卷子撕了。当尼克宣布时间已到，我知道自己又失败了，彻彻底底的失败。羞辱与哀伤的感觉，油然而生。眼睁睁地看着自己精神愈来愈消沉，打击愈来愈重，伤痕愈来愈深，真是痛苦万分。不行了，非得讨救兵不可。

课一结束，我直奔庞德大楼的地下室，前往法学院的保健中心。其中的心理咨询部门，就如同墙上挂的灭火器一样，扮演紧急救难的角色。

抵达时,我努力控制住自己。

“哈啰!”我大叫着:“是否要悲伤地呻吟,才能进去见她?”边说,边故作姿态,想要直接闯入医师的房间。

或许是叫得够大声,马上得到反应。护士赶忙来问我,有没有自杀的倾向? 不,当然没有,只是心里难受。这算是 HLS 学生的一般症状,毋需大惊小怪,所以得排队等到感恩节过后,才能看到医生。怏怏不乐地约定好时间,然后回家。

一整个周末,我一直沉溺于苦痛的深渊,无法自拔。从来不曾在考试上吃瘪,今天却尝到涩果。考试算不算分并不重要,重要的是,长期以来的自我怀疑终于得到了证实。我是个可笑又可怜、没有用的失败者。这种耻辱感,在心中犹如猛烈的火轮,不停地翻滚。全世界的人都对我失望透了:曼、佩里尼、布劳斯坦、彼得、我的朋友、我的父母、还有妻子安娜。这种感觉,在星期一回到学校的“犯罪现场”时,变得更糟。跑到哈克中心喝杯咖啡,此刻我的神经衰弱到禁不起咖啡的刺激。

* * *

不管如何,我努力使自己平安度过接下来的一个半星期。情况没有好转,但也没有变坏。

星期一,佩里尼试着与组里同学重修旧好,不过在态度上,比上回要来得辛辣些。上课一开始,先说了些关于报纸刊登的事情,然后把穆尼叫起来,问了他一些问题。没有特别温和,也没有特别刁难。一切就这样顺其自然地过去了。

“机动一百小组”的会议照常举行，不过只有30个人出席，很快就决定解散这个组织。据说，凯尔已经写了一封信，正式向佩里尼道歉。

星期结束前，尼克发下另一份测验，要我们回家做。卷上都是简短的选择题。这次，我对自己的学习稍稍恢复了信心，小心翼翼地回答每一个问题。

感恩节的到来，给了我宝贵的休养时间。独处一段日子，对自我疗伤，似乎有所帮助。加州的朋友马莎，趁此假期来拜访我们。共度感恩节后，安娜和她一同到康涅狄格州拜访马莎的家人。

因为还要准备功课，我一个人留在阿灵顿。尽管学期当中，读书小组已经聚在一块解决了许多问题，但是对于曼的刑法测验还是不敢掉以轻心，大伙利用假期空当，忙着把课程大纲整理出来。刑法的案例书是最新出版的，目前市面上还找不到相关的导读参考书；再加上，这门课上得杂乱无章，一点系统也没有，所以分工合作，共同做些归纳整理是必要的。再过三个礼拜，本学期就要结束了，我得赶快把负责的部分完成。

一整个周末，我整理大纲的进度缓慢而无效率。几乎所有的时间，都在空荡荡的房里走来走去，试着厘清过去这一个月来发生的种种事情。除了一提再提的忙碌生活与沉重压力外，我反省到另一个哈佛大班制的缺点：人与人之间的信任无法建立。人一多，谣言满天飞的现象便无法避免，没有紧密的结合，几乎经不起任何风吹草动。而且，群众的盲目与偏执，最近颇令我头痛。

“自我敌人”愈来愈多——这个名词，用来形容所有环绕在身边茫然与黑暗的集合体，似乎愈显贴切。最近的一次体认，发生在口头辩论与尼克的考试上头。不管是明智还是愚蠢，当时我只想在如无头苍蝇乱飞乱窜之际，放慢一下脚步；可是事实证明，我根本没有坚强到能够承担失败的后果。放眼一月的期末考，为了避免挫败的打击，我必然得放弃一些努力想保有的事物；譬如健康，在这种情况下，很可能是要被牺牲的。

这个周末，对我来说犹如雪中送炭。细心思索之后，我觉得头脑清晰许多，心情也跟着愉快起来。我想，自己是复原了，于是星期一时，便把心理医师的约会取消掉。我前些时候，是有点不对劲，但那只是对生活经验的一种过度反应，谈不上什么大危机。为了心安，我开始找关于法学院的心理文献来读，结果证实，我的情形并非罕见的特例。“焦虑症状发生在法一学生的比率，远比其他处于‘正常’环境的人要高出许多。”一个心理医生这样写着。随着时间的进展，大部分的法一生都觉得自己生活荒腔走板，很多人的情形比我严重、比我痛苦。据我所知，今年在哈佛就至少发生一起自杀未遂的事件；更别说，无以数计的同学，在这段时日都寻求了有生以来第一次的心理治疗。不寻常的现象，一定代表着什么。

不可讳言，有些人之所以过得如此艰难，是因为精神太脆弱，禁不起一点打击。但是，大体而言，我不认为 HLS 学生的痛苦、焦虑和沮丧，应该全部由自己负责。

后来，尼克·莫里斯曾经对一群同学谈起法律教育的问题。其中有段话，很值得在此引用：

“我接触过很多哈佛法学院的毕业生，分布于各个年龄层，他们不约而同地告诉我：‘法庭不足以惧’。其中有些人参加过二次世界大战、韩战或是越战；但是尽管经历过战争的洗礼，大部分的人居然表示，心里的害怕、郁闷与压抑，以在哈佛念法学院时为最甚。相较于此，第一次上法庭的紧张，根本不算什么。”

“我很高兴知道，学生经过磨炼之后，能对自己的法律技巧充满信心，做好律师的职务。但是，自己所处的机构，带给学生的竟然是一辈子最难过的时光，想到就一点也得意不起来了。我不认为，这是法学院值得骄傲的事情；反之，这代表此地一定有什么不对劲。”

尼克看着大伙，坚定地点点头。

“一定有什么不对。”他再次强调。

十二、一月
考试的序幕揭开

1975 年 12 月 4 日

（星期五）

这个礼拜是许久以来，在 HLS 过得最平静、最愉悦的一星期。静静回顾今天的日子，融合了兴奋、沮丧与困惑，这样丰富的生活，恐怕只有在法学院才有可能体验得到。想到此，不由得自我解嘲地一笑。

尼克·莫里斯把先前的两次模拟测验发还给我们。同学进教室时，就发现一堆试卷散放于大大的讲桌上，每个人争先恐后地领取。拿到卷子后，还赶忙相互比较所得的分数。

由于案例分析写得惨不忍睹，我是没寄望能有什么好成绩。尼克根据分数的分布状况，给我们概略的等级；不过，这回他打的成绩格外宽松，等到正式考试时，绝对不会如此。我得的是个 C，比预想的已经高出许多。但是，B 以下的只有 20 人；对于这些低成绩的同学，尼克还特别叮咛“要小心”。原本惊惶的心情，在得知成绩后，反倒轻松许多，尤其是看到自己的选择题测验在班上名列前茅。后来找了个机会到莫里斯的办公室谈谈，他叫我不用担心。想了想，我决定采纳他的意见。

然而，对大部分人而言，成绩则影响到整天的情绪。雄心万丈的同学，在从宽给分的政策下，如果还只拿到B（史蒂芬就是其中一个），不免灰心丧志。我的C，并不会带给他们多少安慰，因为大半的同学，只认为我不过是个不具威胁性的傻蛋罢了。

至于拿到A的同学（像奥布瑞），即使喜出望外，也不好表现得太过露骨，以免刺激到别人。我知道凯尔特别高兴，因为尼克在他的卷上留下了非常好的评语，说是他看过的最棒的案例分析。

看到考试与成绩对同学的无比魔力，我不禁担心起来，从现在起到1月8号第一科正式考试为止的日子，该怎么过？

期末考在学生的世界当中，有点像是绕着地球运行的月亮一样，永远都看得到，但是会因为距离的不同产生不同的影响。当离考试还远的时候，同学就如同平日的潮水般，正常的作息——看点书、理解课程内容、保持进度等；可是一旦考期逼近，月球的引力就发挥强烈的作用，把生活搅和地乱七八糟。

感恩节过后，回到学校，便感受到考季到来的威力。已经接受过考试洗礼的学长、学姐，面容似乎起了很大的转变，脸色白得吓人。当他们在走廊间相遇，总是开玩笑地说，一个半月考试结束之后才能重拾青春。看在我们法一生的眼里，只有徒增害怕。

更令人担忧的是"红皮书"的出现。每年到了学期末，法学院都会把前一年的期末考题印制出来。教授的历年真题，一向被认为是最重要的参考数据，学生从中可以看出，老师对什么样的主题比较重视，对何种解析法律问题的途径比较能够接纳。同学们努力研读真题的现象，有些教授似乎并不知情。今年，就闹出教授重复真题的糗事，结果那堂课，有一票的学生得到了A或A+。

考古题库以年级区分装订成两册，封皮是大红色的，十分触目惊心。印好后，摆在地下走道边，通常不到一天就被抢光了。对我而言，最令人不解的是，学校为什么要花钱、花工夫出版这玩意儿。似乎在传播一种讯息，法学院每个同学、老师和行政人员，都非常看重期末测验。这等于是在为考试的无比魔力背书。

尼克·莫里斯将模拟测验结果公布的最直接影响是，大家把原本台面下紧张的动作毫无保留地显现出来了。餐桌上、走廊间，随处听见同学互问考题，讨论学期中教过的案例与概念。有些同学，或许因为不喜欢依赖别人，或许认为一个人读书比较有效果，一向采取独力作战的方式；但是到了这个紧要关头，全组几乎没有例外，纷纷加入读书聚会，交换情报，共同解答考古题。

我的读书小组显得格外认真，很大的原因出自于史蒂芬的积极。随着考期的逼近，他的情绪愈来愈紧张。来到法学院前一年，史蒂芬才刚结束一段不美满的婚姻，时时都可听到他对前妻的抱怨。现在独居在水城的一间小公寓，寂寞得很；法学院紧凑的生活，正好可以排解他心中的闷气。不仅用功准备课业，各种八卦消息也都可在他身上打听出来。吃紧的功课，让他逐渐展露法律才华。

现在，史蒂芬已经晋身霍斯柴尔德、斯坦、科尔利等人的行列，随时可以发表高明的见解。不同的是，其他人的天赋在于剥丝抽茧的功夫，对于一个复杂的概念，能够像剥洋葱一样，一层层精密地分析，直到没有东西剩下；史蒂芬则不然，他的法学长才在智性上的建构，把简单的原理、原则发挥地淋漓尽致，成为一个丰富的概念或政策。由于个性害羞，他很少主动在课堂上发言，但是一旦被点到，说出来的话，总是细密精准而具深度内涵，赢得教授的赞赏。奥布瑞、特瑞和我下课后聚在一块，总对史蒂芬流畅的推理能力赞不绝口。奥布瑞就时常摇摇头，一副受不了模样地说："他实在太聪明了！太聪明了！"

尽管天赋异禀，史蒂芬对考试的害怕程度，比起我们丝毫不逊。我想，他天生就容易紧张吧。11 月底的一个下午，他对读书会的成员提出请求，安排额外的聚会，特别为期末测验做准备。

"我们到目前为止都表现得很好。"他环顾四周地说："比起其他人，我们真是优秀。准备起来，一定驾轻就熟，没啥大问题。"

大伙在底下频频摇头否认。我想，史蒂芬是故意说反话吧。许多人对于不舒服的事情，总喜欢绕个弯，说出刚好相反的感觉。从前史蒂芬就常常抱怨，他如何如何地憎恶法学院，不过实际的他，恐怕是乐在其中吧。至于现在，没有成员会相信，自己的情况超人一等。

"我们的表现好是好，"史蒂芬继续说："但是，我们可以更好。"说完，马上把应付刑法的计划搬出来：先整理课堂笔记及案例摘要，再处理《标准刑法》典的相关数据，最后做个大总结。浩大的工程，令人望而却步。刚开始时，大家都显得意兴阑珊，可是一想到这门课进展地杂乱无章，就觉得史蒂芬的要求合情合理。虽然有点老大不愿，还是同意分工合作，把课程内容拆成几部分，交由各人负责，并设定各个阶段的完成日期。等感恩节过后，我们每天都要碰面，讨论彼此的进度。

头几次的复习聚会，成果非凡。下课后，我们差不多讨论到6点钟左右，共同探究问题，澄清观念。接着，再多待个半小时，闲话家常。闲话的重点多放在《法律评论》上头，随着考季的到来，大家愈来愈关心谁能够挤得进去。霍斯柴尔德、桑迪·斯坦等热门候选人，是同学经常谈论的对象。尼克模拟测验的成绩公布后，史蒂芬斩钉截铁地保证，凯尔必然成为法律评论中的一员。有时候，我们会告诉史蒂芬，他的机会也不小，但他总是摇摇头，不愿多听。一天，读书聚会结束后，我们照例在庞德大楼的交谊厅瞎扯，中间有个家伙，居然冒出来说我的希望浓厚。

我赶忙否认，表示不可能。

“告诉你，”我说：“就算我有机会，我也不会去。”

特瑞露出不可置信的态度。近来，他一逮到空当，就往图书馆跑，翻阅《法律评论》的文章，从中启发了投入学术界的热情。他甚至计划一毕业，就试着申请大学的教职；不过，要能如愿，《法律评论》的资历将是一大帮助。特瑞的热情，让他以为，每个人都逃不掉《法律评论》的诱惑。

“你说，你连试都不试？别骗人了，如果有机会，我一定尝试。”

“我还是看不清楚有什么意义。”我说：“一个星期，要多出50个小时，泡在图书馆内，这是何苦呢？”我转头问问史蒂芬的意见。

“绝不，我绝对不干。”他说：“神经病啊？!”

“但是，老兄，”特瑞插话：“”你还是想取得资格吧？就算你最后真会拒绝，取得资格本身，还是挺光荣的，不是吗？

“不知道耶，”我回答：“目前只希望表现别差到令人痛心的地步就好了。”自从11月的低潮期过后，我一直秉持类似的心态。从前要求完美的动机太强，不能容忍一点失误，结果弄得身心俱疲；而现在，只要尽力就可以了，毋需强求零缺点的成果。“我的意思是，总想赢过别人的欲望其实是丑恶的。”

奥布瑞这时也插上一脚。“有什么丑恶的？”他问。“这种欲望一点也没错，世界就是如此运行的。老实说，能够进入《法律评论》，对我而言是天大的喜事。从此，一帆风顺，各个大门都为你敞开。能有机会，我一定雀跃不已，哪还谈得上拒绝？”

特瑞听了频频点头，我和史蒂芬依旧不以为然。但是如果说穿了，我其实并不完全诚实。不想做额外的工作是真的，不企图追求完美也是真的，只是心里头还抱存另一种愿望，那就是，努力之后真的能够有机会拒绝《法律评论》的邀请。到目前为止，我还不知道自己对法律的热爱程度有多少，治学能力有多高，然而晋身《法律评论》这个光环，却足以肯认我的表现。和许多同学一样，渴望不懈的用功态度可以换得某种奖赏；《法律评论》提供了成功的表征，它将让我感受到，辛苦没有白费。

第二天在图书馆遇到特瑞，又提起《法律评论》。特瑞是个难缠的家伙，一旦他认为是对的，几乎无法加以反驳。这回，我决定放弃。

“承认吧，你心里头起码想要取得资格。”

“好吧，我承认，”我说：“从某个角度而言，我还是想的。”

特瑞听了笑一笑，搭着我的肩膀。

“没错吧。”他说。

“没错。”我同意。可是话一出口，我就后悔了，一种危险不安的感觉油然生起。

圣诞节前,学期迈入最后一周,再酷的同学也纷纷卸下勇者的面具,神情紧张地埋头苦读,应付考试的到来。每回上图书馆,都见到复印机前排大队,手中握的不是红皮真题,就是《法律评论》的相关文章。每个人碰面,都叫苦连天,抱怨东西太多,来不及准备。凯伦桑德格现在一天要哭上四五遍。根据住在学校宿舍同学的描述,不管白天晚上,总有人在楼梯间跑上跑下,相互询问考试的重点。

对我而言,最忙碌的地方在于翻查入门教科书、整理大纲、撰写摘要。参考书籍的销售情况大好,连餐厅旁都有人摆起摊位。为求心安,我也四处搜刮参考数据,累积了厚厚一叠,到1月中旬之前根本不可能消化完毕。侵权行为和刑法两科的考试,采取"开放式"的形式,也就是说,任何参考资料都可以带入考场查询。在深怕遗漏重点的心态下,几乎所有坊间可见的相关书籍,我都买齐了。史蒂芬和我,成为哈佛广场一家书店的常客,那里摆满了一大书柜的法律书籍。每次进去,总会发现新的东西,然后也都不惜工本,大笔大笔钞票地购买。如果心生怀疑时,史蒂芬会劝我:"几千块的学费都花去了,哪差这一本六块钱的刑事诉讼纲领?"

可不是吗?反正下学年,还可以卖回旧书店。在这种想法之下,我恐怕多花了将近100美元。

教授们尽量提供关于考试内容与形式的信息,希望减缓同学的压力,不过效果有限。曼的课,将采取"在家测验"的方式,前后总共8小时。内容大致上,是把实际的案例情境与《标准刑法典》的法条连结在一起,并处理一些诉讼程序上面的议题。泽曼的侵权行为则在学校考，有人监考，大约 4 小时。为了让同学更了解情况，曼还把去年考试的标准答案发下来；而泽曼则利用上课时间对同学复习功课的方式作出了建议。

老师再怎么提示，最后还是要独自面对考试，压力得一直持续到考试结束。紧绷的情绪弄得大家心浮气躁，从读书会成员之间每况愈下的关系就可以明显看得出来。奥布瑞对于下午聚会的情形开始不满，认为杂乱无章，浪费时间，还不如自己在家苦读。史蒂芬则抱怨特瑞没把分配到的刑法大纲做好，特瑞不服气，显露心中的愤慨。对于撰写大纲这档事，想到史蒂芬订下的严苛标准，我也愈来愈有怨言。每回赶在下课前，匆匆忙忙地完成自己的部分，就觉得好像变成了史蒂芬的雇员。“案情摘要应该写得更详细一点。”他看过我的报告后，厉声地下了这段评语。整理纲要有什么大不了的？我实在不明了，为什么要花那么多工夫在这上头。大家辛苦地工作，似乎只是为了安抚史蒂芬的情绪。眼看考试一天天地逼近，时间应该做更妥善的运用才对。

比起与凯尔的紧张关系，我们四人的争执并不算什么。其实从一开始，凯尔就有被冷落的感觉。由于他比较年轻，又才刚从大学毕业，同构型较低，距离感是难免的。从前，他就时常抱怨，被我们当作“小孩子”看待。再加上，“机动一百小组”成立时，读书会里没有人响应，让他觉得失望，于是反倒跟哈法公会的成员比较亲近。

凯尔渐行渐远，从 12 月起，大部分读书会的活动都不参加了。一开始，他表示因为抗议事件，功课荒废太多，许多讨论聚会只得缺席。对于此，我们都能够理解。但是，当凯尔整理纲要的进度落后时，成员逐渐失去耐性，不甘见他只享受我们努力的结果，而不付出。

经过抽签,我被派去催讨凯尔的工作。为了赶上落后的功课,凯尔如今很少出现在学校,所以必须用电话与他联络。他向我保证一定尽速完成;然而,一直拖到上星期中,他又表示,无法在圣诞假期之前做完,所以得用邮寄的方式给我们。

当我把消息传回读书小组时,每个人都十分不高兴。特瑞说,不用等了,他一定不会做。奥布瑞则指责凯尔,自私自利,没有责任感。最气愤的恐怕是史蒂芬。

“下次你告诉他,”史蒂芬粗暴地说:“叫他去死!”

但是没隔多久,史蒂芬也宣称他自己负责的最后一个部分也要开天窗。显然,设定的标准过高,连他自己也没法在既定的时日完成。特瑞听了,气得火冒三丈。三周以来,他为了消化、整理出《标准刑法典》的相关评论,好几堂课都没有上。如今已经把成果报告交给小组,正希望有所回馈,最起码能在假期之前,共同把侵权行为的一些观念厘清。然而情势显示,我们正为刑法忙得焦头烂额,根本无暇再顾其他。损失惨重的特瑞,觉得自己受到了不平等的压榨,于是把责任一股脑地推到史蒂芬身上,毕竟他是分派工作的主角。

“他的要求可多了!”特瑞对我说:“根本做不到嘛！现在呢？说撤就撤!”

我同意史蒂芬严以律人、宽以待己的毛病。不过,我其实也曾向奥布瑞抱怨,特瑞没把答应的工作做好。我想,他们在背后谈起我,也没什么好话吧。

管他的,现在正值 12 月末,哈佛法学院的大考季。噼里啪啦,随便乱骂吧！

1975年12月21日

(星期日)

课程结束了，同学们都赶着回家度假。HLS闹哄哄的场面，即将告一段落。星期三，我和安娜将搭机飞往芝加哥，在那儿与家人共度佳节。

虽然同学之间的气氛紧张火爆，课程倒都顺利地收场。上星期四，法律技巧课安排了卡兹诉葛鲁门的"审判"。结果，杰克·卡兹胜诉，正义终于得以伸张。审判过程，一切照规矩来。地点设在奥斯汀二楼的艾梅斯法庭，空间很大，四周墙柱皆镶以橡木。审判长由米多协克斯郡最高法院的一名法官担任，而双方律师都是从波士顿来的。扮演卡兹的，是一名声音沙哑、个性急躁的税务律师。答辩时，表现机智灵活，不仅赢得旁听席的热烈鼓掌，还折服了由大学部学生组成的陪审团，获得了二十三万一千美元的赔偿金。参与的法一同学稀稀落落，显然期末考的威力庞大。至于来的同学，也多感到枯燥乏味。许多人从没上过法庭，都觉得不可思议，过程如此缓慢冗长。显然，真实律师的工作，比起电视剧演的要单调劳苦许多，也许这就是法律技巧课整个学期所要面对的问题。

另外两门一学期的正式课程，也在平和的气氛中落幕。曼离去前展现宽容的雅量，令人印象深刻。本学期，HLS第一次将学生对老师的评鉴公开。当曼刚看到结果时,脸色一阵青绿。据葛拉罕赫勒的说法,在上星期的午餐约会当中,曼频频埋怨,自己大可离开学校,去做商业法的律师,每年收入将多出好几倍。不过今天最后一堂课,老师的情绪已经平息下来。他坦承,上课的进展并不理想,主要是因为内容太过庞杂,没做好删减的工作。刑法的相关议题其实重要而有趣,只是在难以割舍的情况下,一切显得有些凌乱。

“但是,我希望你们知道,我对你们心存敬意。”曼接着推崇同学的才智,甚至正面肯定同学“为了维护权益,而采取的激进态度”。这里指的是,每当老师用四两拨千斤的方式打发学生的问题时,同学在底下不客气地抱以嘘声。最后,在曼离开教室的同时,全班响起热烈的掌声。

然而,最温馨的场面,发生在星期五泽曼的最后一节课。在老师巧妙地指引下,几乎每个同学都开始对侵权行为发生浓厚的兴趣,并且全神贯注地思索各种假想情况。学期当中,课程进入泽曼所称的“侵权核心问题”——疏忽与过失的观念,以及非意图性伤害的补救措施。在此,泽曼引进经济学理论上的“功效”概念,来探讨过失的问题。如果预防措施的功效成本小于可能的伤害代价,则预防措施的实行是应该的;违背这个原则的人,将被裁定有疏忽,需要补偿因此而造成的伤害。好几个星期,泽曼试图说服我们接受功效主义的原则,然后最后九十堂课,又开始猛烈批判这种过失的概念。他问我们一个基本的问题:为什么不要求所有造成伤害的人都得负责,而不管是否有妥善的防备措施?和往常一样,没有人知道泽曼的真正立场是什么。对于正反两面的观点,他都提出了同等有力的辩护。但是,我们早已习惯这种硬梆梆的理性推演,也都感受到浸淫于无解难题的乐趣中。

昨天，同学毫不保留地表达内心的感激之情。当泽曼正要开口讲课时，一个同学忽然站起来宣告："泽曼教授，第二组学生要奉上一出侵权行为的表演。"接着，10 到 12 名演员上场，把泽曼疯狂的假想情境搬出，当中有持枪的猎人，还有一大堆从天空掉下来的奇怪东西。戏演完后，同学送给老师一些纪念品，其中包括一只冷冻鸭子。不过，最感人的时刻发生在课堂结束后，泽曼卸下了一板一眼的正经模样，突然离开讲台，伸开双臂，转了一大圈。

"我迷路了。"他郑重地宣称。不用说，全体同学开心而狂热地鼓噪。等泽曼离开教室时，每个人都站起来，施以最热情的喝彩。

1975 年 12 月 28 日

（星期日）

在家里过圣诞假期，吃吃玩玩，会会老友。终于有机会，以哈佛学子的身份，集三千恩宠于一身。

今天决定开始看书，不过只打算一天读五六个小时。早上睡晚一点，下午的时间则留给家人与朋友。课业的压力仍然存在，但是相当轻微。大体而言，我都觉得悠闲自在。

远离法学院，真的难以想象，曾经如此无法自已地卷入那种狂乱的风暴之中——巨大的压力、无休无止的学习以及混沌的智识堆积。自从青涩的思春期之后，再没有任何事情，能够威风凛凛地占据我生命的全部。这段时间，我几乎失去了一切：朋友间的闲话家常、美式足球季、电视节目、社会上发生的政治活动，还有新上映的电影。当人们问起喜不喜欢波士顿地区时，我必须叫安娜回答；因为我所认识的波士顿，只有从住处到学校间那短短的两英里距离。

同样地，要向其他人形容 HLS 也不容易。外界总把哈佛视作神圣不可侵犯的学术殿堂，所以当我直言描述学校的一些错误的做法，他们都显得失望而难以置信。一次又一次，我发觉自己不断地强调哈佛的问题，仿佛那里不是人待的地方。但是，内心深处不得不承认，我们所感受到的荼毒与虐待，其实来自于个人自身的困惑及不解所产生的严重焦虑。

1976 年 1 月 2 日

新年快乐。

下午，我们搭机返回麻省。考前的忧惧不安再度袭击，昨晚几乎睡不着觉。想把侵权行为的书拿出来准备，却累得怎样也看不下去。如果接下来的两个礼拜，能够顺利度过，就真该谢天谢地了。

回顾起来，法学院的期末考期间可能是我一生当中最用功的时刻了。比起高年级生四到五科的测验，法一生两科的期末考或许显得有点小巫见大巫，但对于初入法律殿堂的我们，已经是苦不堪言了。两科的案例加起来，总共 1800 页，页页精华，几乎没有半点废话可以忽略。另外还有五百多页的课堂笔记，更别提摘要、大纲以及课外参考书了。虽然先前就接触过这些东西，复习起来还是很辛苦。不仅要把忘记的重点，再一次地熟读；还要将第一次遗漏的地方，想办法弥补过来。

算一算，花在准备考试上的时间，恐怕达到了200到250个小时之间。回到麻省后，我订下的读书计划，是一天工作16个小时。除了这种马拉松式的苦读外，似乎也别无他法。辛苦了一个学期，现在绝对不能轻言放弃。安娜尽可能地不干扰我，而我整天就埋在书桌前，不是整理笔记、啃读案例书，就是翻阅参考数据、查询吉尔伯特法学摘要。

要准备的分量之多固然吓人，更头痛的是内容烦杂，可能出现的考题宽广无边——典型的法学院考试所谓的“自寻争议点”。先给你一个长篇故事，包括几个虚拟人物，以及事件的叙述。然后要学生把自己假想成律所的雇员，根据上级交代下来的指示，分析个案，思索法律争议点。

充当考题的个案，通常涵盖了好几十个可能的法律问题。对于故事细节的诠释，将严重影响到争议点的选取。牵一发而动全身，稍稍偏差，整个案子的结果就大不相同了。考生在短时间内，必须回顾数不清的法律条文，试着找出最妥善的应用方案，并且阐述、比较不同条款的不同含义。论证时，就像好律师一样，正反两面都要顾及。

“自寻争议点”的技巧，在不成文法的系统里，扮演着举足轻重的角色。从法院的判例中寻找规律，自成习惯法则；复杂难解的条文知识，在课堂中却不被重视。这点正是最叫HLS学生诟病的地方。如何推演、比较法则应该是基本而重要的,但随着学期的进展,讨论的面向愈来愈放在为法则本身奠定哲学、政治、经济或其他合理的实用基础上。于是,“立法政策”成为课程的重心。考试当中“自寻争议点”的要求,显然与训练不符。

许多教授对此批评有所响应。原本“自寻争议点”是三十年来的考试惯例,不过现在愈来愈多老师认为这种方式并不适用于以智性思考为主的法学教育。像尼克在模拟测验中开放式的“案例讨论”,以及以政策面为中心的考题,渐渐出现在哈佛法学院。泽曼也告诉我们,不要拘泥在条文的细枝末节,应该着重于问题的大方向——“见树不见林,”他说:“非学习之道。”然而,侵权行为的考试跟其他科目一样,还是包括了“自寻争议点”的测验形式。它的主流地位,依旧不可撼动。我想,大部分的教授认为,潜力雄厚的同学,即使在分析个案事实当中,也能周详地眷顾抽象的学理,而不仅是死板地硬套条文。

1 月初时,为了保险起见,我还是花了很长的时间,生生背了一堆条文。过程枯燥无味,在智力上也不见得有什么进步。其实,考试时所有数据都可放在旁边备询,只是我怕短短的时间内,根本来不及翻看法律条文。

把相关领域的法规背熟后,我会回到课堂笔记,仔细想想法规背后的理论基础。按照泽曼的建议,把各个概念连接在一块,总合成课程的主题。这种在脑子里,将部分拼凑组合为整体的功夫,并不简单。记得小时候看电视上讲一个参加美朝战争的士兵为了控制住自己不要发疯,居然在头脑中反复设计、勾画出了一幢大楼来。学习法律的过程正是如此:先把支柱(法规)、墙壁(政策)、天花板

(理论)各个环节弄好,再想清楚层次环节之间的关系,该如何搭配才会最稳固。有的同学喜欢自己做架构上的整理,认为这是了解课程进展与组织内容最有效的方法;有的同学则倾向借助于参考书的整理,靠记忆的方式进入组织架构;最后还有一派,主张依靠考真题的练习,增加对课程内容的了解。三种方式我都试过,觉得没多大差别。知识的累积,就像盖房子一样,一砖一瓦地堆砌,怎样也急不来。探索法规的过程虽然呆板无趣,但终究要靠它当支柱;当最后屋顶撑起来的时候,整个基本模式清楚地呈现,许多疑难杂症顿时消解,那种柳暗花明的感觉,令人兴奋。

知识殿堂的建构,是非常个人的。圣诞假期过后,史蒂芬、特瑞、奥布瑞和我对课程内容,都有各自的想法;不同的思考模式和理论架构,让读书会的讨论,不再那么有意义。聚在一块时,我们发现彼此准备的方法及进展的速度南辕北辙,很难找到交集。

为了不浪费时间,我们不再定期地共同讨论,改用电话的方式,互相请教读书时遇到的难题,寻求解决之道。一旦有任何不明就里的地方,我都会向他们请教,反之亦然。考前的这段时日,每天总有八到十二次的通话数,不仅功课上受益匪浅,精神上也经常得到安慰。

考期愈近,心里就愈紧张。神经紧绷的状态,让我无法安睡。尼克模拟测验的挫败,成为挥之不去的梦魇,深恐正式考试时会历史重演。

既有成功的欲望,又有失败的恐惧,两种强烈的情绪交错混杂,难以控制。成绩表面上的 A 或 F,不是影响心理的关键因素;最重要的是,考试结果代表了未来机会大门的开启或关闭:《法律评论》、书记官、工作、名誉、声望。这些都是值得追求的梦想，如果连机会都没有了，怎不叫人遗憾？我想，谁也不愿意自己的选择被局限住吧。

侵权行为考试的前一天，精神亢奋地念不下书。下午，勉强把真题拿出来研究；晚上，则拨通电话给史蒂芬聊聊。虽然嘴巴不承认，他的声音听起来也是紧张得半死。

"听好，"他告诉我："我们的基础稳固得很，只要再把政策与学理复习通透，一切都没问题。别人比不过我们的。白天我跑去教育学院的图书馆读书，遇见艾利温斯普。老天啊，他连风险的基本假设都还搞不清楚。安心吧！现在的我，信心十足，平静得很。"

我没办法如此泰然自若。来回踱步，口中念念有词，瞪着笔记发呆，一直撑到10点钟。该上床了，充足的睡眠是最重要的，明天一早9点就要考试了。

法学院的第一年当中，安娜忍受过我很多奇奇怪怪的行为。衣不解带地盲目工作，情绪起起伏伏，高低变化甚巨。不过据安娜表示，再怎么疯狂，也比不上考前这一晚的异常状态。我想，恐怕是吧。

为了睡好觉，上床前就先吃颗安眠药；但心情还是无法放松，紧张地胡思乱想，于是又吞了些镇静剂。应该没问题了吧？午夜时分，还是醒着，只好爬起来寻求酒精的慰藉。半小时过后，仍然无效，就再倒几杯酒来喝。这回，安娜下床求我，别再喝了。酒精混着药物，是会出人命的。即使没病，隔天头脑也不可能清醒。我乖乖地回到床上，与安娜做爱。情况并没有好转。一点半时，沮丧夹杂着药效的刺激，我发疯似地拍打着床铺，口中狂哮：我怎么如此作践自己！我完蛋了！安娜安抚我之后，还委屈地到客厅的沙发上睡，把整张床都留给我。两点半时，我起身叫她回来睡。在她轻声抚慰之下，大概是3点出头，我终于进入梦乡。

早晨六点半左右，安娜起来准备上学，吵醒了我。她向我吻别，并祝我好运。没多久，我也跟着起身。状况真是遭透了！仅仅三个小时的睡眠，再加上药物的催化，头脑昏沉沉的，一点精神也没有。眼睛又痒又痛，好像睫毛下长了刺一样。赶紧倒了五六杯咖啡来喝，希望生出点振奋的效果。8点钟，收拾书包上学去。背包内装满了书、一台电动打字机，手里还拿杯热咖啡。公交车行驶至马萨诸塞大道时，脑子仍然一片晕眩，隐隐约约似乎看着自己走上毁灭之途。

在HLS，同学可以选择用笔或用打字机作答。两种方式，在不同的教室进行。我之所以选择用打字机，主要是习惯的问题。可是没想到，考场安排在朗德尔一间古老的教室，无任何隔音措施，三四十台打字机一起操作，吵都吵死了。幸好特瑞准备了两副耳塞。当他走进教室时，监考人员正在散发考题；慷慨的特瑞，不顾分秒必争的紧张气氛，仍然绕道把耳塞交到我手里，真教人感动。

表达万分谢意的同时，问起他的情况。

“怕死了。”他回答：“上帝，我一晚上都没睡。”

“我也是。”边说，边从监考老师手中接下考题。看了看题目，总共有三大项。第一大题，是标准的自寻争议点型。个案描述一名医生，开还在实验阶段的药物给病人吃，结果酿成一连串的悲剧：失明、撞车、半身不遂，病人的世界从此完全改变。问题是：这中间包含了怎样的过失行为？第二题，描述另一个案件，花园的树木倒塌，压坏了邻居的房屋，该怎么处理？虽然也要自己寻找争议点，不过试卷上特别强调，答案必须着重在理论与政策的层面。第三大项，则包括了三个关于骚扰的著名案例，要求同学做一般性的分析。

作答时间总共 4 个小时。

在家准备时，并没有想到善用考试时间的重要性。只知道，短短几个小时之内，要展现一整个学期习得的知识；虽然看过真题，但不曾实际作答。进了考场才发现，不可能有时间好好思索完整周密的答案。单单问题本身，就长达 4 页；仔细读了两遍，还是有一半的内容搞不清楚。边写边想，是唯一应付之道。在时间的限制下，深思熟虑根本是天方夜谭，所有答案其实都是本能直觉的快速产物。

尽管走进教室时，头昏脑涨地没有办法集中精神，但是一旦进入考试，肾上腺素立刻上升，战斗力顿时恢复起来。当第一个打字声响起时，还愣了一下，不过接下来就毫无感觉了，四十台机器噼啪作响，刺耳的噪音全然干扰不了我。专注在考试上，大部分的时间都用于反射性地作答。如先前所料，参考数据几乎派不上用场。我稍稍翻了一下案例书，但那也不过求心安罢了，看没两页，就合起来了。时间根本不够；除了赶着写答案之外，无暇顾及其他。根据前人的宝贵经验，最好用 1/3 的时间计划出作答的方式，我也希望能如此，但是亢奋的状态无法平息，只想赶快把脑袋里的东西掏空。第一题写完后，发现时间愈来愈紧迫，打字速度就愈来愈快，疯狂地乱写一通。

最后，我的答案洋洋洒洒，足足有 12 页。装订好之后，交给监试人员。虽然其中错误百出，心里还是兴奋的，因为我知道及格绝对是没问题的。法学院的第一科考试,总算安全度过了。

特瑞带我一起吃顿午餐庆祝,随后还开车送我回家。下午,躺在床上补眠。5 点钟起来,开始和刑法搏斗。

我不可能再以同等旺盛的气力准备两天后的刑法测验。隔日,回想侵权行为的考试,因为犯了许多不该发生的错误,有些懊恼。倒不是自己的答案写得太糟,而是错过了好好表现的机会,觉得可惜。经过第一次考试的洗礼,并没有增添什么高超的技巧,最大的收获就是亲身体验,终于能一睹想象中怪物的庐山真面目。

“考试不会再把我们折磨成疯子了。”与史蒂芬聊天时,他这样说。奥布瑞和特瑞,也表达出类似的感受。我们的心情都放松许多,言行举止也逐渐恢复正常。电话中,不再以考题的大脑风暴为主。

刑法考试采取“在家考”的方式,舒舒服服的环境,自然会削减一些紧张气氛。再加上考试内容不比侵权行为多,时间却增加为 8 小时。整体而言显得比较人性化。8 小时的测验方式,在 HLS 而言,算是一种创新的改革,主要是为了减轻传统考试带给同学的时间压力。许多教授对“在家考”嗤之以鼻,认为无法像课堂测验一样,锻炼出法庭上所需要的灵敏态度与抗压能力。另一方面,也有同学不赞成拉长考试时间的做法,认为那只会多出两倍的痛苦。不过,我倒很庆幸在下笔前,能够有时间做些思考。

把读书小组共同整理的 400 页大纲拿出来,有一搭没一搭地随便翻翻。圣诞节前努力的成果,现在看来没什么意义。在刑法上下的工夫,经过侵权行为的煎熬与时间的冲洗,留下来的印象已所剩无几，一切都得重新来过。下个学期，我绝对不会重蹈覆辙，自讨苦吃。

星期天晚上，我睡得颇为安稳。隔天因为大雪，安娜停课一天，于是有空载我去学校拿刑法的考卷。回程当中，我在车上看了看题目。由于课程内容的关系，刑法个案的故事都蛮戏剧化的，读起来有点像是莎翁名剧哈姆雷特的最后一幕，一堆角色都被谋杀了。不过，这次的考题倒蛮接近真实世界的，是关于娼妓与窃盗集团的犯罪行为，在每个大城市都已司空见惯了。故事情节，包括警察如何窃听、诱捕罪犯的过程。题目要求考生假想自己是当地的检察官，对落网的罪犯，一一列出可能被起诉的罪名，并对手头证据的有效与否进行分析。

在家作答的头几个小时，漫无目标地翻查《标准刑法典》，看看能不能找出相关的法条，然后期待概略的答案会自然地呈现。结果，到了十一点半，丝毫没有线索，我开始紧张了。1/4 的时间白白地浪费掉，还什么都不清楚。完蛋了，我铁定会被 down 掉！肾上腺素再度激发起来，只是这回可能刺激得太过头了。我脸色发白，胸口一阵剧烈的疼痛；也许身体紧绷过久，关节也开始不对劲，最后痛到无法坐下。辛苦地站着作答，不过终究还是及时完成了，冒着大雪与下班拥挤的交通，冲到学校交卷了事。

一切结束后，我和安娜约了特瑞、奥布瑞还有他们的伴侣多娜、阿尔琳，共同到外头庆祝了一番。奥布瑞和我都喝得酩酊大醉，伏特加、啤酒一杯一杯地灌。然而，再怎么狂欢，考试带来的疲惫与恐慌，依旧无法完全清除。

回到家，我在日志上留下了这么一段话：

干涸枯竭的我，度过了法学院的第一个学期。

* * *

考后余波荡漾，不断生出苦闷与受骗的感觉。从某个角度而言，精力的长期耗损，总难免带来一阵失落感。其实，我的郁闷与考试本身并没有直接的关系。回头想想，每天为课堂拼死拼活地准备，到底价值何在？几个小时钻研在案例微不足道的小地方，不仅无助于考试，学习上也没多大好处，因为才一会儿工夫，就全部忘光了。我下定决心，下学期不再做此等傻事。

尽管自作孽的成分居多，法学院的考试还是令我不敢领教。几乎所有二三年级的学长、学姐都会告诉你，HLS 的考试经验是独一无二、无可比拟的；但这并不会让我对它产生尊敬。相反地，我所获得的只有受辱的感觉。几个月下来，期末考的神圣光环让同学们相信，最后权威性的测验可以准确地评估出我们的学习状况，或更深层地探测出每个人研究法学的能力。长期的苦读，总希望能反映在考试的成果上。然而，经历过 HLS 的考试之后，才发觉一切都是妄想。测验的题型与方式，只是在比比看谁的智能反应最快、最准。至于透彻的见解与想象力，在考试中根本显现不出来；可是后者对我而言，那才是最值得钦羡与自我期许的地方啊。

回到学校后，在与同学的闲聊中发现，大部分的人也都有相同的感受。同学们开始怀疑，这种单一的制式测验能有多大的评估效果，拿它来作为学期成绩的唯一标准，实在有欠公平。教授改卷子的轻率方式——先列出“标准答案”的要项，再比较学生答案切中了多少重点；每份考卷，只看上几分钟——传出之后，更加深了同学的失望与不满。另外有一群人，对自己考试时犯下的错误，一直无法释怀。每个人都会有失误，也都会有疏忽遗漏的地方，尤其在紧迫的时间压力之下。法学院的考试当中，没有所谓的完美。克里斯亨利后来告诉我，只要能答对60%的基本要点，就可以拿到A。但是很多同学并不相信这种宽松的标准，接连好几个星期都自我解嘲地说，要准备卷铺盖走人了。

对考试的愤懑，不是今年才有。历届以来，都有同学要求改变打成绩的方式，认为应该期末测验与学期报告并重，或者应该学期当中就有一些小考试，来分散期末测验的决定性；不过，几乎全部被学校拒绝。有些教授坦言，系统改变之后就得多花时间改卷子、读报告，他们不愿意那么辛苦。除此之外，许多同学怀疑教授的拒绝改变另有其因。想想看，教授能有今天，相当的比例就是靠考试，他们基本上是这个系统的胜利者。为了巩固权威地位与自我尊严，自然排斥革命性的改变。

当我对整个考试过程表达愤怒时，汤姆·布劳斯坦则提出局部的辩护。他同意要学生交学期报告是不错的方式，也承认传统的法学院考试并不能完全测验出一个好律师所需具备的特质与能力。

“但是，长远来看，”汤姆说：“考试的确侦测出某种情境下你运用心思的方式与技巧。如果当你面临职业上的选择，或者别人要来替你作评估，有这种信息总比没有的好。”

也许吧。即使汤姆所言非虚，我还是怀疑，考试评估出来的单一特质，能否用来决定谁可以获得怎样的工作——谁可以教书，谁可以做书记官，谁可以进入《法律评论》接受进一步的法学训练？当然,此刻深受考试毒害的我,观点并不具客观性。况且,等一切都过去了,我们每个人也都成为律师,整个世界还是相当美好的。想想,就把考试当成是法学院特殊的文化惯例、所有法律新鲜人必经的一段过程吧。

结束这段话题之前,容我再唠叨几句。现在美国各大法学院的入学许可,主要是根据对申请者未来学校表现所作的预期性评估,而学校表现的判准,其实就是考试成绩。要怎么预测呢?将 LSAT 分数与大学成绩综合起来,在统计上是很好的指标。但是,那仅说明了美国法学院倾向录取会考试的学生,并不代表录取者具备成为好律师的潜能。考试能力与执业成就之间的相关性,最多只是假设性的推测,并没有事实根据。除非此等相关性获得比较可靠的证实,考试本身的独断与局限,将再显示法学训练及筛选过程的独断与局限。这对于号称公平和理性的法律专业而言,无疑是一大讽刺。

二、三月
蒙混过关

1976年1月19日

(星期一)

现在的我已经是半个旧生了。迈入第二个学期,原本的惶恐忧惧已不再,取而代之的是意兴阑珊的无聊感觉。从前盲目的战斗活力也已消减,换来的是沉稳的生活规划。新的学期,我不打算花力气为课堂案例做摘要整理,节省下来的时间,不如看看报纸,甚至读本小说。

在哈佛法学院,要能不随波逐流,而又不沦于愤世嫉俗的犬儒作风,实在很困难。经历考试煎熬后已有一段时间,心里仍经常有股冲动,想对整个机制狠狠地骂几句脏话。昨晚,在思索选修科目时,发现自己考虑的重点竟然都是低层次的实际问题:这门课好不好混?红皮书上透露出的真题难不难应付?平时需要花多少工夫准备?

唉!来到法学院之前,还曾经是自命清高的知识分子呢。

* * *

阿奇博尔德·考克斯(Archibald Cox),从前侦办水门案件的检察官,[1]是美国近年来最值得称道的英雄人物。他全身充满北方佬的道德气息,排除万难地要求尼克松交出白宫录音带,一丝不苟的勇者形象让美国人相信政府官员也可以是规规矩矩的正派人物。

就算是换了一个环境,考克斯的威望仍然不减当初。记得刚进法学院的时候,有两个朋友从芝加哥远道来访,一看到贴在办公室门口的考克斯的名牌,立刻安静下来,露出敬畏的表情。考克斯到哈佛法学院教书已经好几年,在学生的眼中,似乎与外界印象大不相同。据说,他上起课来乏善可陈,令人昏昏欲睡;更糟的是,他态度严苛,分数给的超低。但是由于想上考克斯的课,大批法一生仍趋之若鹜。

从1972年起,一年级的课程安排有所变动。其中,对下学期课程的一大改变是,除了合同法、民事诉讼、财产法等必修学分外,学生可以自由挑选一门"相关的"选修科目。选修课偏重政策面,以主题性的思考为重,案例为辅,通常较受学生欢迎。今年开设的选修课程包括:中国法规、合同理论、广播法、法学伦理、环境保护法、比较法(比较其他国家的法律系统)等;另外还有一门叫做"法律与公

---

① 考克斯的职位是"独立检察官",也称"特别检查官",是专职调查美国政府舞弊案的专设职位。"水门事件"中尼克松总统抗拒考克斯的传票,拒不交出与案件有关的录音带,反而压迫司法部长想将考克斯革职。司法部长忿然辞职,代理部长亦不屈服于总统的无理要求,辞职抗议。最后才由第三轮人选出面将考克斯免职。

共政策”的课，向来是由哈佛肯尼迪政治学院（John F. Kennedy School of Government）所开的。

听起来是不错，可是实行起来，这些课像是高阶课程的简易先修班，无聊至极。因此，我宁可选择传统的基本课程“宪政法规”（有将近一半的同学跟我做同样的选择），讲的是美国最高法院对宪法的解释问题。本学期有两班宪法的课，一班是由一名风评不错的新进教授负责，另一班的老师则是阿奇博尔德·考克斯。

关于考克斯打成绩与上课形态的传闻可能是危言耸听；不过选修注册的日子正值12月末，大家被期末考整得人仰马翻，宁可把事情往最坏处想，纷纷投入年轻教授的怀抱。最后，考克斯的学生人数，只占另一班的1/6。院长和注册组决定平衡两班的学生人数，消息传出，引起轩然大波，公开的抗议活动不断。

到了学期初，有70个同学被分到考克斯的班上，很多人都是心不甘情不愿的，其中也包括我。刚开始时，我还抱开放的心态，但是几天下来，发现课程的确枯燥；并且更重要的是，我实在不想再给自己找麻烦，修这么繁重的课。因此，一得知公共政策还有个空缺，二话不说，赶紧换课，重得自由身。

法律与公共政策这门课主要训练高级公务人员所需具备的工具技能：分析性的知识（经济、统计、决策理论）、规划方法、管理技巧等。实行的教学方式，是哈佛商学院发展出来的“问题法”，以案例研究为其中的重点。一件件长篇的案例，描述决策者面临的困难；课堂中，则讨论各种可能的解决之道。和典型的社会科学一样，课程内容包括许多含混之处，与一般法学院课所强调的“一是一，二是二”的原则迥然有别。许多同学非常不以为然。像凯尔，退课前激烈地批评:“全是一团狗屎!”

我倒另有想法。能够从其他硬梆梆的课中解脱出来,轻松一下有什么不好?况且,公共政策的班级较小,只有70人,成员由各组混杂而成。几个月下来,老是跟一百四十个同样的人一起上课,换点新鲜的感觉也不错。任课老师是盖伊·斯坦利博,法学院及政治学院合聘的教授,曾经是卫生、教育与福利部(The Department of Health, Education and Welfare)的高级官员。我对他印象很好。他四十来岁,个子高高的,不爱讲话,行为中规中矩,实事求是,对学生亲切而宽容。在盖伊的课上,没有点名发言的规矩;如果有话要讲,举径直手就是。师生之间的称谓,都是直呼名字。虽然比起一般研讨式的课程,人数还是稍嫌多了一点,但感觉上没什么差别。

同修这门课的凯伦桑德格,在第二个礼拜时告诉我:“你知道这堂课最神奇的地方在哪吗?前几天我突然发现,这是我唯一进教室时不会提心吊胆的课。在这里,真是快活似神仙。”

对于另一门新课财产法,组里同学鲜有如此愉快的反应。财产法处理的是关于所有权的法规,议题包括赠与、遗嘱、信托、分区规划、不动产等,内容繁复奇特。私有财产权是西方社会演进的第一则法规,在不动摇根本体制之下,要对法条做更改并不容易。许多财产法当中的要素从中古时代沿用至今。比如说,不动产方面的规定,还保留了古代庄园领主订下的规则,明显看出封建主义的余毒。对于早已过时的条文,我们却还得照单学习。

不过,有些地方还是挺有趣的。尽管考试的阴霾消耗掉了不少好奇心,当我刚阅读财产法案例思索其中隐含的问题时,仍然觉得兴致勃勃。提到某个人“占有”某项事物的时候,真正的含义究竟是什么？指的是可以使用它吗？还是可以控制它？或者仅仅只是所有者的确认？为什么有些情况的使用与控制被视作合法，有些情况却被认为是盗窃或诈欺？但是就像刑法课一样，我浓厚的兴趣没多久就被教授给打消了。

教财产法的艾萨克·福勒恶名昭彰，很不受学生欢迎。还没上课之前，就听过许多难听的故事。他对同学漠不关心，态度轻慢冷峻。有个三年级的学长宣称，整个学期下来，只写了 12 页的上课笔记。

无论如何，福勒是个怪人。他体型瘦瘦小小，外面总喜欢套一件相同的斜纹软呢夹克；中年模样，始终一副抑郁不乐的样子，仿佛看尽人生百态，觉得没什么事情是有意义的。当然，他也是个知名的法律学者，专攻国际法及联合国事务；但是作为一个传道授业的老师，热情早在几年前就已完全耗尽。每回上课，都只是捧着一叠多年不变的笔记意兴阑珊地照本宣科。与学生问答的环节，粗鲁蛮横的言辞处处可见。如果同学的回答不合他意，就会立刻被打断："不，不，简直荒谬透顶！"福勒的苛刻无礼，打从学期一开始就表露无遗。

"据说，你们上学期学到了不少东西，我倒要来瞧瞧是真是假。"这是他第一堂课的开场白。当天讨论的都是 19 世纪中叶英国的案例。案例书是福勒自己编的，里面省略了许多判决要点，在信息不全的情况下，妄作推论往往会导致互相冲突的结果。为了混淆我们，福勒尽问一些见都没见过的名词以及程序上的规定，企图引诱同学落入无底的矛盾深渊。但是第二组才不吃这一套。在佩里尼的课上，早就见识过相同的伎俩；福勒声名狼藉的花招，我们已有应付之道。每当老师提出问题，一个同学答不出来，没有人会跟进发言，气氛冷淡，议题根本炒不起来。这场一个人对140人的战争似乎将持续很久。

第二天，福勒点到韦德·斯庄克讲解个案。

“我无话可讲，换人说吧。”韦德平静地说。我的心扑通扑通地跳，难道佩里尼“事件”的续集即将上演？古板的福勒愣了一下，似乎没料到学生会有这样的反应。

“你说什么，我没听清楚？”

“我无话可讲。”

“什么？”

“我无话可讲。”韦德再一次坚硬地说，眼睛直视着福勒。

“搞什么玩意儿？我们在玩游戏吗？”福勒瞪了一眼韦德，然后无奈地叫他旁边的同学回答。

事后韦德表示，他对案例其实做好了充分的准备，只是想借此机会表达学生有拒绝回答的权利。有些同学认为，要不是先前闹出佩里尼事件，福勒绝对不会如此善罢甘休。或许这种猜测是对的吧。但是不管如何，韦德的举动改变了同学消极的态度，营造出反抗压制性教学的气氛。结果，福勒的作风温和许多。尽管如此，他的课还是呆板乏味，引不起学生的兴趣。一周后，出席率开始节节下降，情况持续了整个学期。像特瑞，只上过一两堂课，之后就再没出现。威利赫伟特曾经于上课中途夺门而出，嘴边还念念有词：教室太吵了，睡不好觉。坐在身旁的同学，无聊地使劲捣鼓嘴里含着的薄荷喉糖，发出卡达卡达的噪音，他向我解释，非得这样才能赶走睡虫。

我对福勒也没什么好感。希望他上课内容能够扎实一点;哦,不,其实我希望能够换个老师。当然,他也不是一无可取,偶尔也会有些高明的论调。看得出来,福勒是个博学多闻的家伙,时时可以将课堂讨论的问题,联系到文学、经济、历史,甚至人类学上。并且,还颇具幽默感。有时讲到一半,会停下来说句玩笑:"现在我们要进入财产法中的金科玉律——为那些穿金戴玉的人订下的规则。"或许,花点时间来上上课还是值得的吧。

大体而言,我赞同史蒂芬下的评论。第一周下课后,我问起他对福勒的看法。

"其实,可能更糟,"史蒂芬说:"想想看,要是第一个学期就碰到他,我们一定紧张得半死,哪知道该怎么应付。"

* * *

一月末,"模拟法庭"竞赛正式展开。这个一年一度的竞赛,有时简称作"艾梅斯",为了纪念本世纪初哈佛知名的法律学者詹姆斯·巴尔·艾梅斯(James Barr Ames)①。

类似的法庭比赛,在其他学校也很普遍。用意和法律技巧课一样,训练新生熟悉律师的实业技能。在哈佛,所有一年级生都要参加,针对经过初审判决的案例,在"上诉法庭"中进行辩论。如果意犹未尽,到了二三年级,还可以志愿参加进一步的"高阶段竞赛",胜

① 1846~1910年,美国法学教育家。发扬并推广了由朗德尔创制的"案例教学法"。曾担任哈佛法学院院长。

利者不仅会获得无比的荣耀,还有奖金可拿。

一年级的“艾梅斯”比较像是练习赛,谁输谁赢就靠一次辩论决定,没有人太在乎结果。上学期法律技巧课的简易判决动议,其实就是为现在的法庭竞赛做准备。同样地,每两个学生一组,事先要写好答辩状,只是在“艾梅斯”赛当中,关于援引的形式要求比较高。之后,同样有个虚拟的法庭,不过这回法官从 2 名增为 3 名,其中有一个会是法学院的教授。

模拟法庭竞赛和上学期演练之间最大的不同,在于没有人会把案例、法规交到我们手中,一切都得靠自己,就跟律师处理案子的实际情形一样。取得初审判决记录的简易本之后,我们必须仔细分析案情,思索出关键的争议点,并且上图书馆寻觅最能支持已方立场的条文。从接到初审判决书到法庭辩论,仅有 6 个礼拜的时间,工作十分吃紧。每一组同学都会安排指导员,通常由新生顾问委员会的学长、学姐担任。在口头辩论之前,先要准备研读资料的报告书,然后草拟诉讼要旨,最后才完成正式的答辩状。据说,许多同学花在这上头的时间,比其他正式课程还要多,尤其在上课愈来愈无聊的情况下。

对于准备诉讼的案例,其实还有的选择。新生顾问委员会提供了 13 个假想案,涵盖了上学期习得的各个主题。除此之外,还有“补充案例”可以选择,由其他高年级生组成的社团所提供,像是环保法社、公民自由权利研究社等。

我邀请特瑞为参赛伙伴,处理一件诽谤案。这个主题,在泽曼的侵权行为课上并没有提及,但是我们两个都很有兴趣,希望借此机会深入了解。

1月30日，我们到新生委员会的办公室领取判决书。案例相当有趣。“受人尊敬的爱德华·甘特里”是庞德市一间教堂的牧师；先前在邻近城镇的教会服务，但是因为进行反战活动而被解职。如今，一名甘特里旧辖区的教徒鲁夫威尔森，认为由甘特里出任新职有损教堂声誉，于是写信威胁牧师，要他立刻辞职，否则将加油添醋地抖出旧账，让他难堪。甘特里牧师为了防止谣言的恶性散布，决定把威尔森的信件读给庞德市教堂的会众听，并解释自己的观点。结果，还是落得被解职的命运。甘特里心有不甘，向法院控告威尔森的信件内容涉及诽谤谤。初审获胜。

在上诉的过程中，我和特瑞代表的是威尔森这一方。根据一年来所学的辩护原则，威尔森是否粗鄙下流不是重点，再怎么样，他也有权力享受完整且公平的法律辩护。我们采取的立论主轴有两条。第一是构成毁谤罪的要件：毁谤的产生在于用书面或口头的方式，公开发表不实的言论，足以损害当事人的名誉。然而，在甘特里诉威尔森的案件中，是甘特里自己选择将信件公开，因而造成其自身名誉的损伤。第二是宪法的基本精神：从表面上来看，毁谤罪的法律规定限制了人们的谈话内容，似乎与美国宪法第一修正案中对言论自由的保障相冲突。近几年，最高法院尝试调和这两项原则，而根据最新的原则，只要不是恶意扭曲事实，对于公众人物，想怎么批评就怎么批评。我们的策略是，提出理由认定甘特里牧师为公众人物，因此适用于最后一项规定。

星期六早晨，我和特瑞约在图书馆进行检索。前一晚，我就先把吉尔伯特法学摘要以及普罗瑟《侵权法手册》拿出来，吸收整理其中关于诽谤的规则。现在，我想专注于个案本身，找出切中核心的法律观点。在艾梅斯竞赛中的高等法庭上，我们得指出初审法官援用的法条与判例是错误的，并且设想出有利的相仿情境，说服法庭出偏于己方的结论。

一般而言，律师检索的应该都是本州、岛的案例，因为同一个判例，在不同的司法管辖区有不同的结果。但是，模拟法庭的竞赛完全开放，所有相关的判例皆可引用，不管发生在哪一州，都具有同等的效力。汗牛充栋的参考书籍，主要排在哈佛法学院图书馆的顶楼，少部分散排在底下各楼层。

虽然各式各样的案例书多得吓人，但查起来其实没那么恐怖。发行案例报告(case report)①的出版商，设计了一套精细的索码。从学术论文、法规类纂或法学百科全书当中，借由索码，可以找到来自全国各地与此争议点相关的案例。不过在引用时还是得小心，不可误导法庭。假设想援引的案例为“黑诉白”，你要先确保它不曾被法院驳回过，也不曾因为裁决意见推理不清被其他法官严词批判过。为了安全起见，最好查询后来曾经引用“黑诉白”的案例，看看有没有发生过上述情形。如此一来，按理检索变得非常复杂，要读的个案愈滚愈多。最后，对于新手而言，在阅读案例的过程当中，一定会

---

① 也叫“Reporter”。美国官方的判例汇编主要是 U. S. Reports，即 Reports of The U. S. Supreme Court(美国联邦最高法院判例报告)，始于 1817 年。在此之前，1790 年至 1817 年的判例汇编是非官方的。1874 年以前，联邦最高法院判决报告都署起草人名。1874 年以后，即 80 卷以后，不再署起草人名，仅署卷数。除上述官方判例汇编外，还有一些非官方的由出版公司或私人学术团体编纂出版的案例汇编。主要有两种：一种是 West 出版公司出版的 The Supreme Court Reporter(联邦最高法院判决报告)，一种是由 LexisNexis 出版的 United States Supreme Court Reports Lawyers' Edition (美国联邦最高法院判决报告律师版)，简称 Lawyers' Edition(律师版)。

发现原本立论不完善的地方，为了弥补缺失，就得再援引更多的判例来支持己方论点。整个过程，就像分解分子一样，发现里面还有原子，原子里面还有原子核，原子核里面还有质子。

案例检索①可以是无止境的，不过特瑞和我先前就商量好，要在不把自己弄疯的前提下，做好份内工作。星期六结束前，我们觉得已经有了一个好的开始。对于宪法的点，我仔细研读过几份最高法院的判决意见，多少有些心得。至于特瑞，努力不懈地搜寻数据，把分散在图书馆各地的相关案例、法评文章，甚至答辩状的拷贝都找齐了。显然，时常逃课待在图书馆的他，已经炼就了一身探索问题的好本事。

这个礼拜当中，我们各自写好了一份初步的研究报告以及个案分析。星期五，第一次与新生顾问委员会分派的指导员碰面，讨论我们目前的进度。指导员是个女的，名叫玛戈·萨卡莲；她长得很小巧，皮肤黑亮，长得非常漂亮；和特瑞一样，也是从新泽西州来的。“艾梅斯”的来临，可能是这些新生顾问最忙碌的时期。每个指导员差不多负责 6 个小组，处理相同的个案，检视每一份研究报告和答

---

① 美国有 50 个州，州间的法律体系都不尽相同，由此产生的案例也浩如烟海，故法官、律师、学者在援引法律或案例时都伤透了脑筋，直到 1873 年，有个叫弗兰克·谢巴德（Frank Shepard）的人，为美国法学界发明了一种援引（注释）的方法，即著名的谢巴德援引法（Shepard's Citations），这种方法是将所有公开发表的法律数据收集起来并做好索引，这样，法律工作者就能很容易地提取并援引自己想要的法律信息，如：Greer v. Northwestern National Insurance Co. , 109 Wash. 2d 191, 743 P. 2d 1244 (1987)，即指 Greer 诉 Northwestern National Insurance Co. 案在下面两个地方可以找到：Washington Reports 第 109 卷第 2 系列第 109 页；或 West's Pacific Reporter 第 743 卷第 2 系列第 1244 页。

辩草稿，确定符合法律界苛刻的形式要求。

第一次会面，玛戈显得有些急躁与不耐烦。

她劈头第一句话就说："你们遗漏了案件事实。"照理来讲，案情摘要的确应该要做，但我们都省略了。特瑞对此，似乎丝毫不以为意。

"嘿，"他语气轻慢地说："如果我们对事实都不了解，根本就没有资格进入哈佛法学院。"

玛戈对特瑞的反应感到不悦。

"该写的还是要写。两星期之后，要交出答辩状的草稿，到时候别忘了把案件事实补进去。"说完，再对我们的报告评论一番，指出几个缺点，然后就拂袖而去。

她跟特瑞之间，显然彼此看不对眼。在 HLS 的环境下，每个人性格上的怪僻，似乎都放大了。史蒂芬愈来愈容易紧张；我愈来愈聒噪，愈来愈没有安全感；特瑞则是对别人的批评愈来愈敏感。对于独立自主的价值，特瑞格外重视，深怕在人群当中失去了自我，于是尽可能地跟同学保持距离，按照自个儿的方式过活。他最憎恶的事情，恐怕就是被外力宰控。记得侵权行为刚考完试，我们共进午餐，饱受考试惊吓的特瑞信誓旦旦地说，要改变学习态度，不再逃课。但是新学期才第一周，我们正往民事诉讼的课的教室走时，他突然活蹦乱跳起来，嘴里哼着："哦，哦，心头痒痒，坐不住喽！"然后笑一笑，拍拍我的肩，径自改往图书馆去。现在，他逃课的情况，比以前更严重；整天都泡在全世界最大的法学院图书馆，土法炼钢地自修法律。

当玛戈离去时，特瑞对我说："你不觉得那个狂妄自大的女孩有点难缠吗？"

我叫他别担心。还有两个礼拜可以检索案例，撰写答辩状。看来这阵子又有得忙了。

* * *

合同法和民事诉讼法的课程继续展开。随着时间的推进，我对这两门课的态度与上学期截然不同了。尤其是合同法，一件事情的发生，改变了我整个看法。

佩里尼终于点到我陈述个案。

时间是上学期的最后一周。从某个角度上讲，这个麻烦是我自找的。佩里尼每年上课的进度似乎都保持不变；为了在学期结束前，把预计的内容赶完，他的态度显得有些急躁。愚蠢如我，竟然不识相地一上课就提出个问题。

“宪法中的合同条款，”我问：“在昨天的案例中有何效用？”

“在巴尔德诉肯特的案子呢？”佩里尼回答：“这是今天的案例。要不，就由你开始来谈谈吧。”

同学爆笑如雷。我也羞赧地笑了，打开案例书，心里头忐忑不安，毕竟今天连个摘要笔记都没有。为什么从前准备充分的时候，不叫到我？正为期末测验忙得焦头烂额，哪有时间细心研读案例？早上读书小组的课前预习也没去，再加上现阶段讨论的个案都相当困难，我却雀屏中选，真是倒霉啊。如今课程正陷入“对价”的泥沼，概念上的神秘性及混沌程度，足以媲美神学中的“化质说”。[①] 就法

① 罗马天主教认为，弥撒进行时，就有神迹发生，饼与酒会真实地变为基督的身体与血，尽管物品的官感特质——知觉、味道、气味——保持不变。

学而言,要使合同生效,双方的对价必先确认清楚。大体上,合同的本质是交换,是一种买卖关系而非单方的赠送。然而,对价可以是金钱的给付,也可以小到只是口头的承诺。佩里尼早已警告过我们,对价的考量将是"这堂课概念分析的核心,可说是最具挑战性的。"真不知是哪辈子修来的福气啊!

"这个案例发生于1942年加州高等法院。"我畏畏缩缩地开口说话。

"高等法院?"佩里尼大吼一声。

老天爷,怎么一开始就出错。急得满头大汗之际,坐在身旁的唐恩轻声提示我:"是加州最高法院"。难道我讲的不是这个吗?

紧张地纠正错误后,继续陈述案情。该案中一名年老的寡妇将财产交由律师管理。贪心的律师利用经手之便,以低价将老妇的房产租入,再以高价租出,赚取了一笔可观的利润。老妇死后,接管的新律师发现交易的可疑之处,决定控告先前的律师,希望把不平等的租约取消。要让案子得以成立的可行之路只有一条,就是将立论架构设在"对价"理论上,作精妙的推演。

对于案例本身的问题,我的反应还算敏捷;只是当佩里尼要我比较先前的几个案例时,情况就显得不妙了。我坐在位置上,不是眉头深锁,就是"含糊其辞地规避问题"(这是佩里尼的原话)。有时,佩里尼见我支支吾吾答不出来,就改叫其他同学(克雷莉莎、霍斯柴尔德或科尔利等厉害人物)发表意见。不过,我的表现也一定差不到哪里去,毕竟佩里尼整堂课还是以我为中心,转了几个同学之后,会再把问题丢回我身上。

接下来的24个小时,我成了大家品头论足的焦点,就像我从前对待其他同学一样。始终宽宏大量的特瑞安慰我说这个案例是本学期最困难的，虽然明明不是如此。史蒂芬也好心地赞扬了我几句。奥布瑞则认为，如果我事先读过佩里尼的入门教科书，应该可以表现得更好，因为所有遗漏的重点，都能在那找到答案。另外，有些人告诉我，当与佩里尼直接面对面，我还能保持轻松的态度，颇具大将之风。

对于所有关切的同学，我都给予一个标准答案：我已经满足了。当然，自己的表现谈不上优秀，但是我已经学会不再为欠缺完美而捶胸顿足。12 月的我，对 HLS 的功利追求建设出了一套免疫的心理防线，拒绝凡事追求卓越的理想标准；犯错就犯错，用不着觉得羞耻或没有价值。

到了第二个学期，我发现前次被点名的经验有了更显著的功效。我再也不用像从前一样，胆战心惊地走进佩里尼的教室，因为他已经不会再点到我了。轻松自在，仿佛是外来的旁观者。许多同学，依旧全神贯注地应付合同法的功课。"佩里尼事件"的硝烟也逐渐散去。虽然传闻指出，佩里尼仍然对公开受辱的经验难以释怀，许多法学院的出版物也持续有相关的报导与讨论（多半站在为佩里尼辩护的立场），但是在教室里，大家似乎忘得一干二净。佩里尼权威性的风采依旧，大部分同学也甘心受他支配，将他视作是点燃火花的好老师，认为合同法是第二组里最棒的一门课。

可是，我却不以为然。情绪的放松，让我得以用另一种眼光看待佩里尼个人及其上课内容。1 月末时，突然发觉站在身旁的佩里尼，比想象中矮了两三吋；或许，他的身高因为年纪的关系，正在缩水当中吧。恐惧感消失之后，我对他的厌恶更加明显，尤其是他自命不凡的狂妄态度。课堂上正在讨论《统一商业法典》(Uniform Commercial Code，UCC)的第 2 条。如同《标准刑法典》一样，UCC 是由一群学者共同编纂而成的，全国各州皆以此为法，加以采用。第 2 条的规定是关于“买卖”的规定，对传统的合同理论有补充说明的功效。现在当你在美国任何一家商店购买东西的时候，有很多方面都会受到 UCC 的规范。就像刑法课程中对待《标准刑法典》的情形一样，佩里尼也会要求我们将合同法的案例与 UCC 作分析比较。

佩里尼的爱现，在此表露无遗。第 2 条总共涵盖了一百页的复杂法规，但是佩里尼似乎背得滚瓜烂熟，连标点符号都记得一清二楚。为了展现超人的记忆能力，即使只是讲到一个无关紧要的问题，他也煞有其事地指指脑袋，然后神气活现地把问题在法典中的确切位置指出来。“我想，你们可以在法典第 2 条第 617 节项下的第一分点里找到答案。”他永远都是对的，同学个个惊叹不已。上学期时，他也卖弄过类似的技能，每说到某个特殊的观点，总能精确地讲明是出自哪本教科书或哪篇论文。

少部分的同学跟我一样，对佩里尼的作风相当反感。他们认为一切都只是演戏，事先安排好的，只是要吓唬学生。我并未这样怀疑，但是渐渐地仔细观察，发现其实没那么神，佩里尼也会犯错，虽然可能仅在细枝末节的地方。最让我感到不舒服的是，佩里尼仗着知识与权力来要同学。他钻研 UCC 已有二十年之久，而我们都是初次接触，很容易就被牵着走。走进教室，没有选择地观赏华丽的表演，也没有能力真正评断内容的质量。究竟光鲜的外表之下，有多少值得赞佩的地方，谁也不知道。整体而言，我觉得佩里尼是在滥用老师的威权，为自己塑造出不凡的形象。

当心中对佩里尼不再产生尊敬之后，开始怠慢合同法的功课。说起来有些可笑，好像是十几岁的小孩在闹脾气，不过这是我唯一能够表达抗议的方式。星期一早晨，无聊地玩一个游戏，看自己能不能在 3 小时内，读完本周所有合同法的指定教材。

相对地，我的兴趣与时间，转移到了民事诉讼的课上。这个学期以来，尼克·莫里斯不再一副屈尊俯就的模样。经过一学期的训练，同学对名词概念已有相当的了解，莫里斯开始把焦点放在宽广的哲学思索，展现从前彼得学长大力赞扬的特质。

表面上，这个学期的主题在检视《联邦民事诉讼规则》(Federal Rules of Civil Procedure)。法规中显示联邦法院对处理民事案件的诉讼程序：要如何提出诉讼；正反双方该如何取得信息；在初审与上诉的过程中，有哪些细节应该注意，等等。这些规则不仅为联邦法院采用，许多州也以此为模板，因此对法学院一年级生而言，是不可或缺的基本教育，即使乍看之下有些乏味。

然而，这些法规由尼克教起来，却一点也不无聊。上学期末，我们花了好几天，讨论美国最高法院在 1938 年的一个判例："伊利铁路公司诉汤普金斯案"；[①]在智识上，可说是这门课的一大分水岭。最高法院要求所属的联邦法院在审理许多案例时应该援引州法而

---

① *Erie Railroad Company v. Tompkins*。该案中，汤普金斯是宾夕法尼亚州的居民，在伊利铁路公司的铁路上行走时被火车刮伤，于是他向纽约州联邦地区法院起诉，要求铁路公司承担侵权责任。该案引起了在一个跨州案件中，联邦法院应该适用什么法律的问题。该案最后上诉到美国最高法院，最高法院推翻前例并认定，除了由联邦宪法或国会立法调整的事项外，在任何案件中适用的法律应是州的法律。

不是联邦法。因此，对于同一个法律问题，不同州的联邦法庭可能采取不同的规则。

"借着确立法律的多样性，"尼克告诉我们："最高法院宣告出一个观念，那就是没有所谓'自然而中立'的单一法规。从艾瑞的判例中，我们可以了解，法律是一种强制性的规定，随着政治与社会传统而来，并非上天所赋予的。法律可以改变，也可以因地制宜；就像其他的社会产物一样，法律的更动与变异，反映出社会中持续不断的矛盾冲突。"

这套哲学思维，反复出现在课堂的讨论当中。我们从案例的分析学习联邦法规。然而，法规不是死的；尼克再三强调，每个法条在中立的表象之下，都隐含着"持续不断的社会矛盾"。他更进一步指出，我们一方面希望建立普遍而确切的法规，另一方面又希望每件个案都能符合正义的要求，然而这两者之间的关系其实是很紧张的。身为民主社会的决策精英，法官的角色也是冲突的。到底应该迎合大众的意向，还是把重心放在当事人的福利上？应该想办法弥补法律的缺失，还是一成不变地完全遵奉法律机制？尼克也针对法庭的当事人，阐述了不同的义务观念。应该要求他们以揭露事实真相为最高职志，还是纯粹将原告被告当作是对立的敌人，只求胜利不择手段？另外，公平的解决争端，对社会共同体而言有何重要？个人可以将自我的权利推展到什么程度？

凡此种种，皆非三言两语可以解决；整个学期，尼克环绕在这些冲突面，把问题弄得愈来愈复杂。有些同学开始埋怨莫里斯的教学方式，认为深奥难解，抽象而不实际。

"他像是从外星来的，跟讲天书一样。"奈德·科尔利满腹牢骚地说:“我们学的根本不是民事诉讼,而是尼克·莫里斯自个儿的法律理论。将来当我们走进法庭,按照第 12 条 E 款提出动议时,会是怎么样的情形?你觉得法官会管它是什么‘法学非形式主义’的代表吗?”

不过,包括我在内的大部分同学,都感到兴趣盎然。奈德讲的没错,我来到法学院是希望得到一些专业上的训练,但那不是全部,我要的更多,如果老师仅直截了当地着眼在实业技术层面,我会不满足。在奈德心目中的理想课程里面,法学的钻研是为了增进工具性的专业技巧,而法律世界运用的思维方式与文化习性,总被视作是独特而神圣的。下课后,通常都会感觉到一股落差,认为法学概念和其他领域相去甚远。然而,尼克却正在帮助我们消弭那种不必要的界限。

“法律,是一门人文科学。”他语重心长地说:“其宽广的范畴,涉及整个社会与文化的方方面面。因此,举凡语言学、哲学、历史、文学、社会学、经济学,甚至数学,任何一个领域,都可提出问题与挑战。”

虽然,尼克没有办法触及所有的议题,他总本着法学探索是深远无边的态度,来引导生动活泼的讨论。在莫里斯的课堂中,我重新拾回好奇与热情,对周遭世界及人与人行为的基本假设提出疑问与反省。每回走进教室,就兴奋地期待新的观点、新视野;下课后,整个人热呼呼的,既有充实而愉悦的快感,又有欲望不被满足的饥渴。这种现象,在刚进法学院的头六个星期曾经历验过。

1976年2月11日

(星期三)

此刻,“艾梅斯”竞赛、政治热潮及流行性感冒占据了整个法学院的生活。同一个病毒,似乎传染了所有的人。安娜上周病了整整三天,我则一直到星期四才能出门。课堂中,咳嗽和喷嚏声此起彼伏。

麻省的初选活动愈炒愈热。许多候选人,似乎觉得应该跟美国庄严的学术殿堂沾上边,纷纷来到校园。他们到学校倒不是奔着选票来的,因为大部分选票都已尘埃落定,不是像我一样投给尤德尔,就是投给弗莱德·哈里斯。一些候选人大驾光临的主要用意,是向HLS的教授请教;但是更多人,其实只是为了在竞选过程中,把法学院的名字搬出来,用以抬高声势:“当我在哈佛法学院时,曾经提出这个问题……”利用这个机会,我试着去观察每一个候选人。首先是吉米·卡特,佐治亚的花生农,9月份来到学校时还名不见经传,根本没有人知道他是何许人也。他严于律己、一丝不苟的态度,给人留下了深刻的印象;至于政见,则像一条条死板的口号。星期五,斯库普·杰克逊在奥斯丁大楼的群众面前,显露出无知与惹人厌的模样。另外,夏普、毛姆、哈里斯等台面上的人物,也将在月底前陆续前来。

学校课业的压力愈来愈小。从前二三年级学长、学姐拍胸保证可以轻松读个案的日子终于到来。开始有这种感觉,是在圣诞节过后。当然,并非案例变得简单,而是理解力增强,能够一行接着一行,行云流水般地看下去。即使有个"艾梅斯"竞赛卡在那里,比起上学期的痛苦阶段,也多出了许多自由支配的时间。完成答辩状的草稿之后,还有个悠闲的周末可以过。现在,与安娜共处的机会增添不少。前几天,我们甚至在周间跑去看了场电影。稍微调整一下作息,早上可以和安娜一齐起床,在她离开家门工作前,共同喝杯咖啡。

在课程方面,我还是很喜欢"法律与公共政策"这门选修课。头几个礼拜,斯坦利博试图让我们熟悉公共决策者需要具备的一些社会科学技巧。如今,正进行到统计法和贝叶斯定理(Bayes theorem);上周传授的是博弈理论(game theory);再上个礼拜主要是讨论经济学的概念,包括边际理论(marginalism)、帕累托最优(Pareto optimality)、成本效益分析(cost/benefit analysis)等。

有了这些经验,我想给打算进法学院的人一个由衷的建议:先修点经济学的课。这门公共政策,已经是本年度第四个强调经济方面的科目。合同法课中有着重于自由市场理论;侵权行为课里有讲到分配理论(allocation theory);至于财产法,福勒引介了著名的科斯定理(Coase's theorem),用经济学的角度阐述财产权的分配。甚至尼克,有时也会以成本、效益等词汇来谈论法规。以上种种,切切显示出经济学的量化模式可以让法律中许多困难的抉择变得清楚而有意义。

对于完全没有经济学背景的人来说,这部分成为了一份沉重的负担。如果想要使桑德格哭成泪人儿,一串经济理论是最有效的方法。有一组的同学,整年都在进行无言的抗议,因为教合同法的年轻老师动不动就来个硬梆梆的经济分析，这对许多学生而言，有如天书一般难解，令人窒息。

我还没决定，该如何看待这一套系统。大部分经济学讲的东西，都隐含了一些自由竞争体系中冷酷无情的假设；而我常常觉得，经济这门学科就是很技巧地引领大众用生意人的眼光去看世界。要不然，为什么这套思想架构，总是先假设人类行为乃出于自利？

社会学出身的史蒂芬，曾经接触经济好几年，对此系统抱持完全怀疑的态度。他觉得，经济学不过是屡屡假设已知的事情。他用笑话来阐述这个观点：三个人在荒岛中饿得半死，后来终于找到一罐豆子。第一个人身强体壮，表示可以用牙齿咬开罐子。第二个人是工程师，认为拿一块大石头从高处直往下砸，就能砸开罐头。第三人是个经济学家，心中自有计划。"首先，"他一本正经地说："要假设我们有个开罐器。"

或许没错，我就经常觉得老师在告诉我们："要先假设你已经学过经济学。"

* * *

"艾梅斯"威震四方。法一生花更多的时间与精力在这上头，而教授们也睁一只眼闭一只眼地容忍。尼克配合竞赛的进程，减少了指定的功课。佩里尼突然开始以讲演的方式上课，不再点同学起来当箭靶。当递交答辩状的期限逼近时，上课的人数明显下降。原本缺席率就高的财产法，如今有 1/3 的同学不见了。一天，福勒环顾教室一周，很不开心地说："好吧，让我们看看有谁还留在这里。"

从同学们为“艾梅斯”竞赛下的苦功来看，大伙似乎是出于高度的兴趣，而非从前焦虑不安地瞎忙一通。当然，还是存在极端的特例：有人太过用功，连续几天都不上床睡觉；还有些人满不在乎，宣称自己援引的案例，读都没读过。然而，大部分的同学都视“艾梅斯”为受欢迎的挑战。模拟法庭提供了一个有别于期末考的测试机会，能让你亲身经验未来职业的真实面貌。从一开始接案子，到己方论点的逐渐成形，法律有如小说剧情的开展，变得十分吸引人，尤其在课堂教学日复一日、毫无变化的当儿。

“这是法学院生活当中，唯一有意思的事。”对课堂抽象概念愈来愈不耐烦的奥布瑞，对“艾梅斯”下了这样的评论。“一整年的学习过程，只有它可以为将来的执业做准备。”

我多少也染上了“艾梅斯”狂热症。宪法第一修正案所保障的言论自由，在我们这个诽谤的案例，到底能不能适用？越是深入了解，越发现问题没那么简单。几个关键点必须厘清：怎样的公民能称得上是公众人物？为什么对公众人物的批评应该比较不受限制？问题愈钻愈深，兴趣也愈来愈浓厚。当然，我并是对“艾梅斯”的所有方面都热衷。比如说，模拟法庭竞赛的一个目，是让我们熟悉案例援引——法律文件中的简短注释，说明是哪一个法庭做的裁定以及在哪一份案例书可以找到判决报告——的规矩。法官或对方辩护人，通常都会去察看你用来支持己方论点的案件，所以如何援引案例很重要，而这种专业技巧没有经过学习是不可能自动上手的。在“艾梅斯”竞赛当中，答辩状必须符合《哈佛法律评论》发展出来的形式架构，一点也不能马虎。当我开始打草稿时，发现自己埋在图书馆的书架间好几个小时只为了确定一些毫不起眼的细节。例如，如果同一件案例出现在不同的出版物上，该样确定页码。

不过大体而言，我还蛮喜欢模拟法庭的工作。答辩状的撰写，提供了一个难得的机会，练习起草正式的法律文件，熟悉并掌握法律界特殊的无人称的写作方式。几次下来，我觉得已经渐渐适应了。

这段期间，我遭遇的最大困难不在于模拟法庭的要求，而是如何与特瑞共事的私人问题。很明显，特瑞对“艾梅斯”并没有投以太多的热情，据他事后坦陈，原因在于他只对宪法的部分比较感兴趣。无论如何，他变得越来越独断独行，对于外界的要求越来越不在意。负责的部分，总是七零八落的没有条理，许多研究也显得粗心大意、漏洞百出。在讨论摘要的会议中，玛戈针对他撰写主旨的方向提出建议，但他根本不采纳，坚持自己发明的古怪理论。他似乎想用这一套自我编造的全新理论，将过失观念连结到诽谤上，来打赢这场官司。但是，他的思路并不是很清楚，所提出的支持论点也十分薄弱。

一天与玛戈会面后，他还得意洋洋地说：“看吧，那个女娃完全错误。对这案子一点也不了解，重点全然不是那么一回事。”

我问他，是否有任何判例支持他的观点。

他告诉我：“法律百科全书中有好多可以援引的例子。”

“你有读过其中任何一个吗？”我接着问。

“反正那里有好几百个例子。”他重复。

接下来的几个星期，看不出他真正看了多少案例。递交答辩状草稿的期限逼近了，特瑞负责的部分似乎难以完成。我尽量做自己分内的工作，不想花时间去抱怨；毕竟，一份好的友谊，不值得为这种事给破坏掉。递交日前夕,我忙得整晚都没睡。第二天到学校,发现特瑞的部分还落了一大截。他向我保证,接下来的两三天,刚好遇到总统日①的长周末,他会加紧赶工完成,在下星期二与玛戈会面前顺利完成。

安娜和我周末有事离城。星期二早晨一回到学校,就发现特瑞等在我的储物柜前,脸上带着诡异的笑容。

"嘿,"他说:"那个女娃对我愈来愈不耐烦。"

我问他是什么意思。他解释道,由于至今尚未完成答辩状,玛戈十分愤怒,前晚还气冲冲地打电话给他。

"特瑞,别开玩笑了,你得赶快做完啊。"

"老兄,别紧张,我会的。现在不就要去图书馆了吗?写一个早上,中午就交给她。我们会面的时间是两点钟吧?"

"不管怎样,要把它写完。"我再次强调。"我可不想把这件事搞砸了。"看来,现在是该有点担心了。据说,每一年都有些法一生过于轻视"艾梅斯",第二年必须重修整个法律技巧的课程。原本想着,只要不被拖下水,特瑞要怎样就怎样,没什么大不了的;可是现在情势不妙,特瑞的态度愈来愈奇怪,我开始紧张起来。

下午2点,与特瑞一同走向庞德大楼,与玛戈约在三楼的会议室。我问他是否完成了答辩状,特瑞肯定地点点头。然而,当我们进入电梯后,他显得十分焦躁,肩膀不停地扭动。

---

① 联邦节日,美国的10个法定节日之一,定在每年2月的第三个星期一,与阵亡将士纪念日、感恩节等享有同等地位。每年的这一天美国人都会用一些特殊的方式来重温历史、缅怀人们心中备受尊敬的伟大总统,学校和家长也会在这一天对孩子进行爱国主义教育,让他们了解和熟悉美国的历史。

“嘿，你知道吗，”他说：“有件事让我很不舒服。当我到新生顾问委员会的办公室找那个叫什么名字来着的女娃……哦，玛戈，确定她是否收到我交上去的东西。结果，她正在读我的答辩状；一看到我，劈头就骂，说我全部弄错了，要重写一次。”

这不正是我所担心的吗？我赶忙问：“那，你怎么说的？”

“我告诉她，那是不可能发生在我身上的。”特瑞回答。

“老天，”我说：“这个反应恐怕不大礼貌吧。”看着特瑞，他的眼睛闪过一丝锐利的目光，此刻正处于暴怒当中。

“老兄，听着，那不会发生在我身上，对吧？”他激动地问。

我点点头同意，现在还是别火上浇油。两个人无言地走出电梯，在走廊间谁也不开口。到了会议室前，特瑞突然抓着我。

“你先开始，我太激动了。”他说：“我必须先冷静一下，控制住自己。”

我这部分进行得还不错。玛戈提出几点看法，意图让我明白争议点涵盖的方面。虽然不全然赞同，但是大体而言，非常感激她的建议。

轮到特瑞了，很明显两人心结还是很深。玛戈把特瑞的报告还给他。那份报告是用手写的，并不符合打字的规定；每一页的背后，都写满了玛戈的评语。

“很抱歉，如果批评得太过强烈。”她说：“只是，我看的实在火冒三丈。你只引用了两个案例，而且根本没有陈述事实。事实的部分，应该一开始就交代清楚。”她盯着特瑞：“陈述事实的重要性，早就告诉过你们了。”

特瑞再一次反对有必要陈述事实面。

“你上回就这样说了。”玛戈气不过地说：“这一回，你应该试着去做。况且，你要怎样靠仅仅两个案例来说服法庭？”

“我还引用了美国法律评论、普罗瑟的侵权法大全等资料。”特瑞回答。

“那些是入门的参考书，”玛戈说：“不是案例，更谈不上是法律。”

两人的争论愈来愈激烈。特瑞坚称自己的做法是对的，玛戈则渐渐按捺不住，开始冷嘲热讽。他们不时看着我，希望得到旁观者的支持。虽然明知玛戈是对的，为了表示对特瑞的忠诚度，我还是默默不语，保持中立。

最后，玛戈决定把所有的话摊开来讲。

“你的论调，真的是莫名其妙。”她对特瑞说：“把诽谤与过失扯在一块——如果在法庭上提出来，不仅是羞辱你自己，还会让斯科特跟着丢脸。”

特瑞跳了起来。他的眼中闪着刚才长廊间怒气冲天的光，屈身向前有如一只好斗的野兽，紧握拳头，不停地捶击桌面。有一刻，我还真怕他会给玛戈一拳。

“这是你自己订下的规则。”他大声地说：“我才不管有多少人跟妳想法一样，他们都是错的。你也是错的！你不过是滥用指导员的威权，想要要我，弄得我团团转。有本事，你把白纸黑字的案例拿给我看。你找出来啊！你根本不知道自己在说什么，对不对？”

讲完后，用力推开桌子，怒气冲冲地扬长而去。没多久，玛戈开始饮泣。

“我只不过是想帮你们一点忙。”她边哭边说。

我尽力安慰玛戈,并且替特瑞向她道歉。特瑞出其不意的激烈举止,其实也把我吓坏了。可怕的场面,玛戈自然受不了。

一直到第二天,我才再次看到特瑞。

“告诉我你的看法。”他问了一句,但是不等我回答,马上加入自己的意见:“我错了,我不应该松口。如此软弱,好像在道歉一样。”

我不可思议地愣在那里。看了他两眼,骂声粗话,径自走开。

后来,我跟一个医生朋友谈起 HLS 时,他觉得法学院跟医院病房没什么两样。同住在里面的人,很难成为好朋友。外在压力太大,每个人只管救自己,没有余力顾及人与人之间的关系。

他说的没错。从第一次期末考之后,我和史蒂芬的关系就一直没有好转。而“艾梅斯”的合作经验,似乎将成为我跟特瑞间永远的痛。过了几天,大家都冷静下来,特瑞也承认自己做得太过火,但是他不曾向玛戈道歉。为了将粗鲁的行径合理化,他决定更积极地证明那个奇怪的诽谤理论。随著书面完稿与口头辩论的逼近,特瑞愈来愈毛躁,急着从案例书及法律评论当中,找寻支持他论点的文献。结果,什么都没找到。刚开始,我试着劝阻他,希望他改变路线;后来,又努力去了解他论证的合理性。不过,两者都失败了。一直到“艾梅斯”正式来临前这段时间,我不断告诉自己,这里是哈佛法学院,原来就很容易把人弄疯;但是每想到自己为了更公平、客观地看待特瑞所花费的大笔工夫,就不得不承认,我们之间已经产生了一道鸿沟。

1976年2月17日

（星期二）

今天法律与公共政策下课后，遇到史蒂芬。他告诉我公告栏上的一则大消息：明天发成绩单。听了，心里七上八下，浑身不对劲。

自从考完试，几个礼拜下来，我都尽量不去想结果，而明天就是结果公布的日子。和其他同学一样，我忍不住会把这次考试的好坏，看成是未来在法学院整体表现的指标，而学校表现又将透露出毕业后可能的成就。

分数高低最直接的效果，就是决定能否进入《法律评论》的资格。我不得不承认，愈去想荣登《法律评论》的可能性，心里就愈浮躁难安。从学习过程当中可以清楚地看出《哈佛法律评论》的龙头地位，无论是在学术界或实务界，最常引用的就是这本刊物。为了赶上莫里斯的课，我经常跑图书馆查询评论中的文章，渐渐发现自己加入出版行列的兴趣。

倒不是觉得自己的希望浓厚；只要明天得两个B，机会就很渺茫，但我似乎逃脱不了这样的命运。虽然成绩到底怎样分布是学校的高度机密，根据传言，绝大多数的同学都是B。从60年代起，排名制度就不存在了，注册组也配合这个政策，不让学生的成绩外泄。不过，学校会把从前成绩的分布情形给任课老师做参考，尽管教授可以完全不予理会。至于同学，大多猜测成绩是根据固定的曲线分布来评等的。在体育馆曾遇到的一个家伙，就信誓旦旦地表示，只有前10%的同学可以拿A。但是，瓦利·卡尔林则引尼克·莫里斯的话，透露A、B、C的分布，大约是按照20%、60%、20%的比例，其中零星点缀一两个D或F。无论各科的成绩是如何分布，唯一确定的是，很少有人能够一贯保持高分。三年的平均成绩，能够拿到A-以上的，只有区区8%到9%，而那是获得毕业荣誉奖的最低标准。

回想当时七荤八素的考试状态，让我很难准确地评估成果。我想，侵权行为应该好过刑法吧。为了保持心情的平和，我不去担忧C的悲惨下场，也不幻想A的可能性，B或B+就心满意足了。这种成绩，还不至于与毕业荣誉奖绝缘（经过三年的奴役，能够有个奖来回馈，是不错的）；更重要的是，低调一点，无论结果如何都能接受，可以避免希望落空的疯狂。

隔天民事诉讼结束前，尼克·莫里斯给了我们一些劝勉性的谈话：

“我一直不赞成现在的成绩制度。对于第一年的课业，我觉得应该只有过与不过两等。考试分数的高低，没办法准确地评估出你们学业表现的差异。所以，别把下午拿到的成绩单看得太重。你们未来在法律界的发展不会跟今天的成绩有直接的关系。能否教书、能否进大公司，一切都无关。”

坐在旁边的费尔波拉克，靠上前来轻声地说：“听到没有，他说的无关中不包括《法律评论》。”

我点头称是。在场的同学可能也都注意到了。尽管尼克好言相劝，努力驱散我们紧张的情绪，等到下午成绩公布后，很多人还是会觉得未来发展的可能性受到了限制。

注册组发放成绩单的方式，是要求所有法一生在2点以后，到朗德尔大楼的两间教室集合，循序领取。不难想见，一群人挤进两间教室的混乱场面，无怪乎有许多同学抱怨不已。日后，注册组解释，这是成绩单送到学生手中最快的方式。因为一年级生太紧张了，频频到办公室追问成绩，因此为了避免困扰，加紧作业的脚步，全速完成计算与分发的工作；我们的比起二三年级的成绩单，要早好几个礼拜。

我刻意打完球后才到朗德尔大楼，比2点晚了一些，这样就不用忍受人挤人的折磨了。后来听朋友描述头一个小时排大队的盛况，许多人领了成绩单，紧紧地握在胸前，面无表情地走出教室，口中喃喃自语，不敢打开来看。等我到达时，人群已走了一大半。楼下有几个别组的同学，互相询问战果，只听到一个人失望地回答："我不可能进得去《法律评论》了。"

前往楼上散发成绩单的地点时，在楼梯间遇见史蒂芬。他满脸笑容，春风得意，原因不言自明。

"看来不错嘛。"我打了声招呼。

他忍不住笑着说："一科A+，一科A。"

"我的天啊，太猛了！"我跟他握手，表达恭贺之意。

然后叫他等等我，自己赶忙跑上楼去。大教室内空荡荡的，显得十分安静。注册组的小姐，从计算机印出我的成绩。

"挺好的嘛。"边说边把计算机纸递给我。

刑法得了A-，侵权行为则是B+。我第一个反应是，《法律评论》恐怕希望渺茫了，不过倒不至于太难过。悬在心头许久的石头总算落下。

我走下楼，寻觅史蒂芬时，看见桑迪·斯坦站在楼梯口，频频追问同学的成绩。桑迪表现也相当好，一科 A，一科 A-，但是他似乎还不满意。“我这种成绩，不能保证进得了《法律评论》。”他向我解释。现在的他，到处打听心中假想敌的战果；当他询问我时，觉得与有荣焉。几天前，我仍然打不定主意要不要与同学讨论成绩。比较分数的高低，就好像比较收入的多寡一样，颇伤感情。百无禁忌地谈论，只会在同学之间造成没有必要的妒忌或轻蔑。然而，刻意避开不谈，反而会把希望淡化的事情给强化了，有点欲盖弥彰的味道。最后，其实根本连想一想的犹豫都没有，桑迪一问，我就回答了。

在我身后走下楼的是米拉卡臣，从前念哲学的，在课堂上表现不错，显然是桑迪心目中的热门对手。他问了问米拉的状况。

“马马虎虎，”她回答：“不过，进不了《法律评论》。”

在长廊尽头，找到史蒂芬。我们一起往哈克活动中心去，在那里买了一瓶可乐请史蒂芬喝，以资庆祝。这时，奥布瑞端着一杯咖啡迎面走来，见他脸色凝重，一定没什么好消息。

“平庸无奇。”他说。看来是 B 吧。奥布瑞用功了一个学期，从不掩饰自己的雄心壮志：进最好的公司，领最高的薪水，当然还有《法律评论》的荣耀。单从他不掩饰个人目标这点，就足以让我对他寄予无比的同情。再加上，来到哈佛之前，奥布瑞在洛杉矶苦了许多年，如今正盼望品尝一点成功的喜悦，增添自我的信心。

我们三人试着聊点东西，但是成绩的影子阻碍了对话的进行。最后，史蒂芬还是透露了自己的情况，奥布瑞也很有风度地恭贺他。离开之前，我对奥布瑞说，我们两个起码还有“安慰奖”——明年此刻，可以带便当到“盖纳屋”（《法律评论》办公的地点）找史蒂芬，一起吃中饭。

史蒂芬笑了一笑，轻声地说："是啊，我想我会去吧。"

从史蒂芬眼中，看不出半点玩笑。这个学期还有四科考试；传闻中，许多人第一学期拿了两个A之后，就再也没见过A了。此刻的史蒂芬，肩上多了一份压力，更高的目标等在那里。他知道自己要的是什么，也明白应该往哪里去。

陪奥布瑞走到储物柜时，遇见威利赫伟，他很得意自己拿了两个B。

"怎样，对我这个大混仙而言，还不赖吧？"他对我炫耀。奥布瑞听了更显颓丧，两眼无神地望着储物柜发呆。

"我受够了自己的平庸。"他突然冒出这么一句。"平平庸庸，不好不坏，是我一生的写照。真希望自己，要不最好，要不最坏；现在这样，真是他妈的乏味透顶！"

回到图书馆，想随便看点书，但是内心暗潮汹涌，怎样也读不下去。卷入羞耻、羡慕、怜悯、骄傲等复杂矛盾的情绪，无法自拔。一方面，对于史蒂芬的超级表现，生出强烈而丑陋的嫉妒心；另一方面，也为自己不错的成绩沾沾窃喜。根据二三年级学长的说法，我仍然有机会挤入《法律评论》。在走廊间的直觉反应及惋惜之情，其实只是出于不甘落人之后的冲动。

当我坐在桌旁无所适事时，麦克·沃德走上前来。"怎样，一年级的成绩出来了呀？"

我点点头，问他为什么要问。

"看见一大堆臭脸。"他比比图书馆四周。"还有人在哭呢。"

麦克说的一点也不夸张。那天下午以及接下来的好几天，许多同学对于自己的成绩,始终无法释怀。捶胸顿足、泪眼婆娑的景象处处可见。这边几乎所有的人,从前都是稳拿高分的英雄好汉;靠着优异的成绩,我们才能一步一步来到哈佛法学院。以往的成功,塑造出个人的精英形象,从不怀疑自己能力上的限制,视荣耀为理所当然。但是现在,有一半以上的人拿到普普通通的B,这对于大学时代全A的同学而言,有如晴天霹雳般可怕。许多人承受不住打击,显露出极端的异常反应。克雷莉莎拿了两个B+,变得十分歇斯底里,据说整天以泪洗面,还经常扬言,要卷铺盖走人。其他人即使不那么疯狂,也多少摆出一副受侮辱的模样。成绩跟我不相上下的凯尔,情绪激动地向我吐苦水。

"怎么可能呢?"他说:"你看看那些人,全都值得拿A吗?不,当然不是。这其中一定有问题。"

成绩公布的第二天,大家所言所思皆离不开成绩。恰巧安娜跟我一起到学校去;回家后,她向我抱怨,同学没完没了的比较分数、道人长短,简直幼稚可笑,无聊透顶!话是没错,不过对于大部分的同学而言(除了拿两个A的以外),的确需要知道别人的状况,才能安慰自己,B不代表无能。费利斯伟兹曼,三十出头,为人妻为人母,向来以家庭为重,不太在乎学校的风吹草动;即使处于繁忙的法学院当中,也能适度地保持距离,维系平稳的生活步调。但是,当成绩宣布之后,费利斯也无可避免地陷入口水漩涡,与同侪同进同退。

"我从来不做小喇叭。"她告诉我:"八卦绝不是我的本性。可是现在,我真的好想知道别人到底考得怎样。"

情报交换的过程当中很少听到有C的,不过大家都知道,那绝非事情的真相。或许,拿C的同学觉得太丢脸,只有默不作声。另外，根据八卦消息的比较结果显示，得A的比例远高过预期，这让大多数同学更加忐忑不安。部分原因是出于统计取样的偏差。照理来说，在这种“不公平”的考试之下，个人成绩的分配是相当随机的；而到目前为止，只有两科成绩，许多同学都跟我一样，拿了一个A，但这绝对不代表往后长远来看，我们会有一半的成绩是A。

当然，即使把以上因素考虑进去，成绩的分布还是普遍偏高，尤其听多了HLS给分的严苛之后。一天在图书馆，我向麦克·沃德问起这方面的问题。

“人是会说谎的。”麦克告诉我：“在这里，谎言满天飞。有些人，就是无法忍受自己不是最棒的。他们现在对同学说谎，将来对雇主说谎。情形严重到，许多公司在征才的时候，开始会向学校索取成绩单来看。”

谈论成绩的疯狂热潮总算减退。与《法律评论》绝缘的同学，也逐渐从不甘平庸的伤痛恢复过来；但是另一方面，愈来愈少人对法学院的考试方法及给分政策持正面评价。许许多多的结果显示，整个过程实在不合情理。拿特瑞来说，他几乎把宝全部押在刑法上，投掷了大笔的时间与精力；至于侵权行为，则顺其自然，认为反正读也读不通。结果，刑法只拿到B，侵权行为反倒得了个A。这类故事，举不胜举。另外还有一些人，平时在课堂上表现优异，呈现出参透法律问题的真知灼见，可是考试分数却不见得高。奈德·科尔利就是一个很好的例子。我不禁怀疑，法学院匿名阅卷的方式是否恰当，难道强迫教授进行学期评估时，忽略其他因素就是公平吗？

同学之间，甚至根本反对成绩存在的必要。硬要把才华与能力不相上下的人,用“+”或“-”的等第区隔开来,一分高下,实在只是徒增困扰。我个人认为,除了极端的两种情形需要区别出来,其他都是多余的。如果有同学,能够完全理解考试的个案,做出精彩而严谨的分析论证,这表示他具有傲人的天分,值得特别的赞扬与鼓励;另一方面,如果有人不知所云,学习一塌糊涂,也该给他们一点警告。但是剩下绝大多数的同学,从A-到B-,甚至C、D、E,用如此细微的区别,能反映出多少准确度,很难叫人信服。几年前,哈佛法学院对一年级生试用了不同的给分制度,一种是过/不过制,另一种则分成四个简单的等级:高/中/低/不及格,结果后来两者皆被推翻,原因不详。留下来的制度,带给我们许多不必要的苦痛,尤其想到它对现实世界产生的差别效果。

与麦克·沃德谈起成绩时,我问他:真的有正当的理由支持整个政策吗?

“许多人,甚至包括一些教授会告诉你,成绩基本上是为了雇主设立的。”麦克说:“校友捐赠很多钱给法学院,而他们大半是要来这招募人才的老板或股东,希望能有可信的依据来区别应征者的好坏。想想看,才二十分钟的面谈,可以看出什么所以然来?如果公司主要处理的业务是关于不动产,在二人中要选其一,就从财产法的成绩来看,得到B+的入选,得到B-的则铩羽而归。听起来很荒谬,但是我告诉你,最反对过/不过制的就是他们。”

我愣住了。

“那是商业考虑,根本不是教育。”我抗议地说:“跟产品包装有什么不同?”

“有些人就认为没什么不同。”麦克笑了笑,无奈地耸耸肩。

* * *

讲起2月间考试成绩及《法律评论》资格产生的骚动情况，一个有趣的现象值得注意。这件具有划时代意义的事情发生在“盖纳屋”内，《法律评论》刚选出新的主席，由二年级生苏珊·埃斯特里奇担任。89年的历史当中，从来没有女性出任过主席或总编。

今年，对于少数族群及《法律评论》，可说喜事不断。前不久，克里斯托弗·艾德利才被选入《法律评论》，成为40年代末期以来第一个黑人会员。如果把哈佛在法学界的龙头地位考虑进去，这两大改变不仅对学校本身是利好消息，对整个法律世界都有相当程度的影响。

如果是十五二十年前，现在班上的同学有许多铁定是进不来的。然而，经过最近这几年的发展，女性和少数族裔在美国法学院的注册人数大幅增加。与1969年相比，黑人及西班牙后裔的学生总数是从前的三倍；女性同学的涌入，更是社会的奇迹，12年来足足增加了11倍。如今，美国所有法学院的学生总数当中，大约有1/4是女性。在哈佛，10%的学生是黑人，3%是拉美裔，另外有21%的女性。这一年来，我特别观察他们在HLS的学业状况，一般而言普遍良好。

与其他地方相比，哈佛法学院的种族关系似乎融洽许多。校内有几个黑人与拉丁裔的学生组织，但是都没发生过什么冲突。少数族裔的同学，有自己独特的问题要面对，不过在法学院里，他们倒不会刻意与其他人隔离，自组狭隘的小圈子。同学之间，自然而然地混在一块，没有尴尬或排他的情况。或许，进来 HLS 的学生大多个性外向、好群居，很容易就打成一片；或者还有个原因，能够踏进哈佛法学院本身就已经代表了优势，不管从前是否受到压迫或排挤，现在这个时间、地点，很难再以受害者的姿态出现。

以上所言，并非表示从此少数族群的前途一片光明。在复杂的法律世界里，雇用与升迁的渠道仍然是不公平的。种族与性别的差别待遇，时有所闻。大部分的雇主，很希望引进少数族群的律师；可是少数大型事务所，不求改变，上上下下全都是白人。他们不雇用黑人、拉丁裔或亚裔律师（甚至连客户都做种族性的筛选）的理由千奇百怪。今年面试季时，芝加哥的一间大型公司来到学校征才，当一名二年级的黑人学长问起，为什么整个公司都是白人时，出席代表轻描淡写地回答：被竞争对手打败，“没办法，他们也有一定的‘配额’”。听了一连串类似的答辩，这名黑人气不过，一状告到法学院的就业辅导室。学校规定，任何有种族或性别歧视的公司，都不能到校园面试。所有雇主得先把员工及合伙人背景的统计资料送交学校，只要稍有偏差，就被拉入黑名单。

有些黑人学生，也曾经对法学院抱怨，遭受带有偏见的异样眼光。获得入学许可的少数族裔当中，有许多人的在校成绩和 LSAT 分数比其他同学低。尽管 LSAT 其实跟入学之后的表现没什么太大关系，少数族裔在这方面的落后，再加上无法挤进《法律评论》的现实情况，使得有些人产生不正确的刻板印象，认为他们就是没办法超越白人。不过现在时代已变，即使保守如佩里尼之流，也开始肯认少数族裔的能力。“黑人与女性在法学院的表现，已经可以与白人并驾齐驱了。”佩里尼于午餐约会时，对我们说：“从前刚开始积极招募少数族裔的时候，你可以发现考试最低分的都是他们；可是如今，这种现象很少再发生。”

不管他说此话时是否心存善意，佩里尼对黑人、拉丁裔或女性学生的“特殊待遇”，恐怕是最明显的几个教授之一。每当与他们说话时，声调都刻意地放柔和。另外，他似乎很不情愿指定女生回答问题。学期进行到 12 月时，才有第一个女生被点名做案例陈述，这还是发生在法学院女联会提出抗议之后。

女同学发出不满之声，正表示女权主义的精神在 HLS 逐渐发酵。女联会活跃于校园当中，不仅关心女同学被录取的数目，还要求学校多聘用女教授（当时，在 HLS 任教的女性总共 4 位）。整体而言，女同学可能是在争取自我权利上攻击性最强的族群，不过也可能是她们原本就受到了最不平等的待遇。

法律界向来是男性把持的行业。无论是在法庭或律所，传统上由男人主宰的气氛依旧强烈，就好像英国的绅士俱乐部一样。求职市场中，女性在许多职位上还是不讨好。与校方争取性别平等的战争尚未结束之际，女生在同学之间也时而生出不被尊重的感觉。有些男人对待女同学时，忸怩作态，好像刻意在提防什么似的。一天，奈德·科尔利对我们一群人说：“有时，我真的很想脱口而出：‘同意刚才第一排小姑娘的话……’可是我知道，一说出来铁定完蛋。”许多同学点头附和，似乎觉得回到从前古时比较好。凯伦桑德格也曾表示，因为自己是女性，在某个读书会中意见总不受重视，最后愤而退出。还有个宝贝蛋，大言不惭地对我说：“我很高兴，这些女人能够进来此地，而不是统统在家带小孩，这样可以让我们的学位更有价值。”

女性在法律界被排挤的情形，从哈佛法学院一直到 1950 年才招收女生的事实，就能看出端倪。在那之前，所有男性不分种族宗教，早已活跃于校园之间。即使近年来，女性学生数量大增，许多女联会的成员还是相信，录取比例需要进一步改善。东北大学是波士顿地区的另一所学校，他们法学院现在录取的学生当中，差不多有一半是女的；女联会已经要求哈佛校方跟进。目前学校还是采取比较消极保守的政策，审核录取名单时，采取完全不看性别的方式；换句话说，并没有积极地帮助女性改变弱势的地位。所以，女性在录取名单的比例，就跟总申请人数的比例相当。

法律界长久以来的性别偏见，恐怕来自于职业上高度的竞争性。法庭中，胜负立见的作战气氛浓厚，而许多男子以“绅士”自居，总觉得与“小女子”争斗有失君子之风。

就我的观察，有些女同学似乎不喜欢公开的争辩，而这明显违背了法学院的生存之道。课堂中，除了克雷莉莎和米拉卡臣外，二十几个女生很少有人主动发言。并且，如果吉娜所言不虚，女同学被教授点名讲话时，不舒服的感觉比男同学强烈许多。

“我知道这听起来相当奇怪，但是很多女生都会这样跟你说。”吉娜曾经这样说过：“当我被点到名时，第一个想到的就是强暴。在突然之间，好像整个人被剥光了，不能移动，也不能说不。一个男人站在前面，掌控一切状况，叫你做什么就得做什么。也许这些都没什么大不了的，”吉娜继续：“可是对我而言，课堂中呈显的状况，其实代表了一种我多年来极力反对的性别权力关系。”

女同学对法学院的生活及整个法律界的强烈攻击性保持缄默，在目前看来，或许是个不利的特质。这也是为什么《法律评论》中鲜有女性的原因之一。不过，当我愈反省法学界的问题时，愈发现女性不喜攻击的态度，其实应当被视作法律世界的宝贵资产。传统中的法律世界，弥漫了父系社会的文化。许多心理学的文章，描述起法学院严厉的师生关系，都引用弗洛伊德的理论，把它归类于典型的父子情结。一个权威性的长者，在一群年轻人面前展现自己的强悍，以大欺小，雄武地宰控幼者的发展；然而，幼者的成长过程当中，一方面有股模仿长者的冲动，另一方面也持续增长对权威的憎恶。从某个角度而言，钦羡与服从的模式一再重复，法律新兵永远活在前辈的阴影当中。学生为老师检查文章的援引注释；书记人员为法官撰写判决意见；律师事务所的新进人员被资深合伙人奴役处理案例中的琐碎工作。一切行为，都得听从指挥，直到自己熬到教授、法官或是合伙人；到时，再反过来控制新手。

眼看女同学不愿意卷入传统法学院欠缺公平的权力关系中，心里觉得是个可喜的征兆。等这些女同学毕业后成为律师，开始在法律界展露影响力，新的气象会逐渐产生。希望将来她们掌握运用权力的时候能够如吉娜所言，保持敏感的心，对后辈多一份关切。要是真能如此，整个法律世界会变得更可爱，男性威权性格淡化，人与人之间的关系更为公平、合理。

1976 年 3 月 16 日

（星期六）

对于特瑞和我，“艾梅斯”竞赛的热潮终于要画下句点；我们的口头辩论，排在星期四的晚上。一如往常，我以审慎恐惧的心面对问题；特瑞则依然固执地采用那套狗屁不通的理论，阐述诽谤与过失的关联，实在不敢想象届时法官会如何整治他。另一方面，有个复杂的变量产生，影响了我的立论点。上周，美国最高法院发布了一个新的判决，与我们“甘特利诉威尔森”案中所要处理的第一修正案议题息息相关。法庭对“公众人物”重新作了定义；在新的解释之下，传道士似乎不在其列。这对于我们而言，真是晴天霹雳，经过长时间的努力耕耘，得到的竟然是如此难以下咽的苦果。

如果是在真实情况遇到这样的变局，上诉法庭通常会重新排定时间，好让双方都有机会调整策略，适应新的局面。但是，新生顾问委员会可没那么仁慈，一切行程照旧，害得我整个星期三都在跟最高法院的新裁决搏斗。妥善地准备，是当前唯一的目标。我告诉自己，胜败乃兵家常事，毋需在意；然而重要的是，别再像上学期法律技巧课的动议实习一般，支支吾吾，错误百出。这次，我谨慎地把心中想讲的话，整理在一大张纸上。

星期四晚间，我穿了一整套三件式的西装——不用说，是记取了前次的教训——开车到学校。特瑞一改白天满不在乎的轻松态度，此刻已经把要讲的辩论内容，逐字抄写下来。敌对阵营都是别组的同学。与特瑞进行交叉辩论的人，看起来性情温和友善，个子小小的，一副反应敏捷的模样；至于我的对手，似乎很滑头。他先前写的答辩状，受到玛戈的大加赞赏，还特别影印了一份给我们。不过，我小心阅读的结果，发现他经常越过辩护的底线，完全歪曲了事实。看到他的庐山真面目，我觉得我可以彻底侦破其伪装——漂亮的行头、整齐的头发底下，却隐藏着肮脏的指甲。我的反应或许正是上战场之前应有的态度吧。

8 点整,三个法官鱼贯而入。在“艾梅斯”竞赛当中,一切得按照正式的规矩进行。听说,有一组“辩护律师”因为法官入场时没有起立被痛斥了一顿。我们的法官,看起来倒没那么可怕。其中一位是新生顾问委员会的学长,由于他最熟悉案例,可能是最难缠的法官。另一个是波士顿来的律师,从前也在哈佛法学院读书。最后一位,是大牌的克雷伦斯米利法官,现任职于高等法院,并在哈佛兼课,教授高年级的审判实践课程。戴维曾经告诉我,米利是波士顿颇受敬重的法官,如今有幸与他面对面地接触,虽然感受到一股几乎让人窒息的压迫力,却还是相当兴奋。

法庭竞赛由特瑞起头:“容我诉说几言,希望能切中法庭之意。”此刻的他,显得十分紧张。穿着一件暗金色的西装,说话时身体很不自然地移动,一会儿舔舔嘴唇,一会儿又不小心被口水呛到。起初,他总算能说出准备好的东西。在口头辩论当中,第一步通常是陈述案情及相关的议题,让法官重拾对案件的记忆。

然而,特瑞还来不及超脱案件事实,就被法官一连串的问题打断。和其他人一样,没有法官能够了解将诽谤与过失观念联结起来的论点。最后,特瑞还是勉强找到了一个能够支持他的判例,不过那发生在 19 世纪的一个小法庭,法官对于这样的引用显得无法置信。

“辩护人,”学生法官说:“我实在不明白,你为什么要执着于这一点。”爱尔兰裔的米利法官则一脸疲惫地在旁看好戏。他前后摇晃椅子,不时面向我露出诡谲的笑容,仿佛在告诉我,你得跟这个胡言乱语的小子共存亡了。我试着保持镇静,坚定地凝视特瑞。他却渐渐地毛躁起来，按捺不住内心的怒火，紧紧地握着拳头，看起来像个不听使唤的坏小孩。在他还没彻底发怒之前，法官让他归位。

下一个轮到我。走上发言台，开口前习惯性地清清喉咙；紧张归紧张，事先周详的准备让我得以渡过难关。被质询时，信心十足，表现自然得体。我主要的论点，融入了最高法院的新判决，宣称法院对“公众人物”的一般界定是，这个人相当程度地介入小区中的公共事务，而小区人民对此等人物的评论，不该受太大的限制。我想，我的论证应该是强有力的。后来当对手站在发言台上时，法官也多少引用我的论点来加以反问，他似乎有些招架不住。在某一观点上，波士顿来的律师法官甚至毫不客气地指责：“你简直愈说愈离谱了。”

接下来是交叉质询；然后我们四人离开现场，等待法官的最后判决。正式的上诉法庭，经常要等上好几个礼拜；但是在艾梅斯当中，几分钟之后就能知道“竞赛结果”。其中不只宣布哪一方获胜，还会针对四个“律师”的表现，包括书面答辩与口头辩论，一一打分。先前，我和特瑞谈起所谓的“竞赛结果”，一致认为又是个哈佛法学院病态的表征。其实，单单判定胜诉或败诉，竞争性就已经很强了，如今还要硬将四人分个高下，真是无聊透顶。

在走廊间，我们一边畅饮委员会供应的啤酒，一边等候。特瑞对他的遭遇依旧忿忿不平，我则试着安抚他，表示法官的确有点粗鲁。跟我同堂的对手，感慨地说：“不管如何，总算过去了。”这点，我是再同意不过了。

艾梅斯竞赛中案例的设计，通常让正反两方都有可能获胜；但是今年在甘特利的案子中，几乎所有站在威尔森立场的队伍都获胜。我们也不例外。大体而言，特瑞的理论站不住脚，对方是被我的论点所击倒的。法官宣判结果时表示，因为甘特利牧师应该属于"公众人物"，所以初审判决被驳回。我想，我表现得相当好吧。结束后，法官同我们一起回到走廊喝酒聊天。其间，更多的赞扬纷涌而至，不仅来自法官与特瑞，就连对手也对我竖起大拇指。波士顿来的律师，频频问起我暑假的计划，似乎有意给我一份暑期工作。一切都太美好了。我想，他们大概都还没仔细研读上星期最高法院的判决吧。

走出大楼的当儿，特瑞与担任法官的学长似乎又起争执，当初对玛戈讲的话再次出笼。同样的内容已经听过数百回，但是我此刻心情大好，不想被其他事影响，于是悄悄地离去。虽然只是个模拟法庭中虚构的事件，但，老天，胜利的感觉真好。好几年来，不曾享受这种纯粹的喜悦。或许，这也是法学院教育的"功劳"之一，一点小事就乐不可支，活像个小孩似的。原因可能出在急于获得认可的幼稚，也可能因为自己终于在法学院做对了第一件事。

无论如何，昨天早晨起床时，情绪还很高昂，甚至到今天都残留一丝喜悦。现在我知道，什么是执业律师生活的动力了。法庭中直接而明显的胜利，可以满足肮脏的击败对手的快感。

* * *

无止无休的紧张气氛，使 HLS 变成一个十分渴望笑声的地方。3 月中，两个以嘲弄法学院为职的传统活动粉墨登场。

春假前不久的一个星期五，法学院院报的愚人节副刊出刊。上面报道,老师办公室大楼的入口现在已经装上旋转门,以防急需找教授谈话的学生蜂拥而至。同时也提到,《法律评论》在选出女主席之后,将平权法案更迈进一大步,指定一条狗做总编辑(小狗史崔克汪汪地说:"我的品种与中选没有任何关连。")。还有一篇文章报道,由于事实证明,学生应征工作时虚报成绩的情形非常严重,注册组决定今后将成绩单直接寄给各大公司;如果学生想要知道自己成绩,得另外提出申请。当然,这些愚人节文章都是虚构的,于3月19日出版后,并没有人觉得不妥。在HLS,只要能博君一笑,永远是受欢迎的。

差不多在同一时间,法学院的公演即将展开。一年一度的演出,是以音乐剧的方式呈现。如同往年一样,哈佛法学院是不会得到百老汇星探的垂青的。由于既有兴趣又有时间来参与演出的同学太少,大部分的演员其实都是枪手。不过即使如此,一切依旧照常举行。

在严肃如哈佛的学术殿堂中,HLS业余演出的水平,恐怕只有小学程度。比起上回我们在侵权行为课表演给泽曼的讽刺剧,不会高明到哪里去。为什么还要花力气来做这些事呢?我渐渐了解,借着表演的方式,可以清楚地传达出苏格拉底教学法中不容许的感情。披着戏剧的外衣,同学们漫无禁忌地显露各种情绪。这是法学院学生取笑老师的最好机会,无怪乎公演年年举行,从不间断。

不过,有些教授认为今年的表演太过离谱,超越了幽默的底线。老师性取向的话题,也被拿来开玩笑。并且,整出剧的焦点似乎集中在一两个老师上。"佩里尼事件"自然是捉弄的热门对象。其中有一景,"普里宁教授"(Professor Preening;译按:有骄矜自满之意)

听到学生回答“没有准备”，愤而拿起斧头就要砍。

据说佩里尼对从前的“事件”依然相当感冒，因此对表演没办法一笑置之。这倒颇不寻常。在课堂上，佩里尼是很有幽默感的，对于同学的玩笑向来欣然接受。整个学期，他跟桑迪·斯坦都互相嘲讽来嘲讽去的，一点也不伤感情。佩里尼时常用很“毒”的口吻“激励”桑迪，斯坦受宠若惊，也以其人之道还治其人之身，给予毒辣的回应。对于他们两人的“口水战”，班上同学有时会附和桑迪，施以援手，不过佩里尼也丝毫不以为意。一天，他称桑迪的回答是“可预期的混淆视听”，结果引来一阵嘘声，佩里尼笑了笑说：“哦，没想到你还有这么多的支持者。”另一方面，桑迪也不是个容易打发的对手。学期后半时，佩里尼屡屡强调精准性对律师的重要，任何细节都不得马虎。“当然，也不要准备得太过分了。”他说：“走进法庭时，千万别像德军在 1941 年大举进攻波兰的德性一样。”话一毕，教室后头马上传来桑迪的吼叫声：“是 1931 年！”

其他教授上课时也会开玩笑，不过显得收敛许多。记得在刑法课中，一名学生因答不出问题，困窘地向曼抱怨。“我想，这就是苏格拉底教学法的本性吧。”教授回答：“我们站在此地的目的，就是让彼此不舒服。”福勒有时心血来潮，会试着抛开忧郁的面容，胡乱嘲讽一番。“每个人都知道法律上‘怠慢’是什么意思吧。”判决书中出现了这样一个字眼。没两秒钟，他又笑着说：“我看，没有人会知道‘怠慢’是什么意思的。”

至于同学当中，最具有幽默感的恐怕是伊莲·贝罗，一个成天笑嘻嘻的高大女生，总是惹得大家乐不可支。这个学期民事诉讼的教室正在整修，于是换到另一间上课。新教室有原来的两倍大，整个座位安排大乱。尼克发现手边的座位图毫无用处,于是不叫名字,改叫各个座位上的号码。由于教室很大,同学散坐四方,尼克常常点到空号。

“91 号。”一天,尼克点了这个号码。

教室的后端,只见伊莲·贝罗缓缓起身,拎着皮包、书本,移到旁边另一个位置。然后,露出甜甜的笑容,看着讲台上的尼克。

“没有人,”她说:“91 号没有人坐。”

然而,伊莲最大的胜利在与佩里尼的交手。说故事之前,先交代一下伊莲的背景,她从小生长在波士顿北边的意大利区。一天,佩里尼正讨论“迪安奇罗诉帕特尔”案。迪安奇罗,一个意大利裔的门外汉,不请律师,直接向法庭提出自讼,控告帕特尔违约。

当天被点名案例陈述的是安迪凯特。佩里尼丢出第一个问题:“在第一段当中,迪安奇罗宣称的合同是讲些什么东西?”

“四组卫浴设备。”安迪回答。

“那到底有多少件卫浴设备?给我个数字。”

“48 件。”

“让我们来确定一下。”佩里尼说:“现在跳到第三段,迪安奇罗宣称他订了多少件卫浴设备?”

安迪翻翻书,回答:“46 件。”

“46 件,”佩里尼以轻蔑的口吻说:“哼,典型的意大利算术。”

隔天上课前,伊莲突然大喊一声:“佩里尼教授!”然后起身,手捧着一朵红玫瑰,走上前去。在众人面前,把玫瑰插在佩里尼的口袋,并且亲吻他的两颊。

“迪安奇罗要我向你问好。”伊莲一本正经地对佩里尼说。

＊　＊　＊

我在体育馆常遇到一些学长，其中一个从德州来的壮硕男子，聪颖睿智，颇具先见之明。2月初时，就对我下了一段预言：

“看着吧，等上学期成绩出来你就知道了，整个情况将大有不同了。拿两科A的人，神气活现地，好像生出翅膀一样；另外一大票人，从此他妈的什么都不管了。老兄，完全都不同喽。”

接近春假时，预言似乎开始应验。成绩不合己意的同学，对课业显得意兴阑珊。奥布瑞就是其中之一。接获成绩单之后，他整天无精打采，意气消沉。现在就彷佛被关在哈佛法学院的监牢一样，只等着毕业，出去再做更有用的事情。奈德·科尔利的情形也好不到哪里去。普普通通的成绩，彻底摧毁了他的信心。自从2月中以来，课堂上再也听不到他精辟入里的见解。我曾经试着鼓励奈德打破沉默，恢复以往侃侃而谈的气势，如此同学都将受益无穷。

“唉，我还是别浪费大家的时间才好。”他说：“那么多优秀的人才在场，他们一定有更好的话可说。”

成绩发布之后的效果，也不全是阴阴沉沉的。无论是因为自我形象的改善，或是不可一世的美梦被打醒，有些同学变得容易亲近多了。像传闻中成绩一败涂地的哈里·霍斯柴尔德，现在放下姿态，其实蛮讨人喜欢的。另外一群人，不再整天紧张兮兮地绷着一张脸，开始能够轻松面对学校与自我，许多迷人的特性逐渐显露出来。

一向安安静静的同学，原本就引人好奇，不知葫芦里卖的是什么药;如今成绩出来,更会成为关注的焦点。记得迎新周的时候,彼得基欧卡里斯就曾提醒我们一个 HLS 的传统现象:“平常不说话的人,才是挤入《法律评论》的热门人选。”虽然实际状况不全然如此,但是这个刻板的印象却深植人心,大家总是把他们视作假想敌,用尽办法打探出一点讯息。于是,每回教授点到这些不轻易开口的同学时,人人竖耳倾听,互相评判,希望知道是不是又潜伏着一个默默无闻的天才。

很快地,消息传出,一个从密苏里州来的谦谦有礼、不善与人交际的家伙,拿了两科 A+;他的名字叫做瑞克雪林。从此之后,大家对静悄悄的同学更加戒备。每当一伙人聚在一块,猜测最后谁会入选《法律评论》时,经常都会听到:“小心那些静静吃三碗饭的人。告诉你,他们在台面下鸭子划水,等答案揭晓,全部中奖,就像雪林一样。”其实这种顾虑,都是出于神经紧张。在僧多粥少的情况下,人人自危,谁也不例外;几次与那些被归类为“静悄悄”的同学聊天,发现他们同样在揣测其他人的胜算。

《法律评论》的中选与否,已经成为最热门的公开话题。成绩特优的同学,大多相信自己即将成为上帝选出的子民;当然,他们的确希望浓厚。法朗克·布罗斯基,是少数整年都对法律心醉神迷的同学之一。他通常与安静无声的拉利杰纳混在一块,有事没事都在讨论法律问题,从不例外。一天,我站在储物柜旁,听见由男生厕所传来法朗克高亢激昂的声音,语调充满了知识分子特有的狂妄:“现在我认为杰克森法官是对的,他处理的方式完全正确。”

积极争取《法律评论》的法朗克,大概认为自己胜券在握。平心而论,依恃他的才能与兴趣,荣登宝座是应该的。记得在成绩发布前,我们一起谈到考试的事,两个人都同意实在没什么意思。但是,等他知道得了两个A之后,态度起了一百八十度的转变,开始发表高论,认为整个过程代表着某种意义。他的立论点在于,两科分数有密切的相关性。大部分的同学如果一科得A,另一科很可能是A-;如果一科得B,另一科很可能是B+。这种现象,凸显出考试的某种准确度。不过在我而言,此等说法毫无根据。

史蒂芬也是属于高分群的人物,只是他有另一套不同的想法。"如果没有特瑞的例子,我可能还会相信考试成绩的意义。"一天,他在电话中告诉我:"但是看看他,刑法懂得有多少,侵权行为不懂的地方有多少。可是成绩呢?刚好相反,完全反映不出实力来。有时候我觉得,一切都只是运气罢了。"

然而,史蒂芬的怀疑态度事实上并不持久。他后来经常跟我谈起要不要"接受《法律评论》的邀请"问题,仿佛入选已经成为定局似的。我有时会技巧性地提醒他,现在考虑这些还太早,他也同意;不过话题仍然不停围着这个转。

"是,是,没错,"他会说:"好成绩的感觉是很棒。如今心情可以放松了,怎么样都不会太差。但是,你知道吗?想到《法律评论》就害怕,一星期要工作四五六十个小时。我真不知道自己愿不愿意接受。"

根据对史蒂芬的了解,我知道他其实已经决定好了。接下来的一些行为,也多少证明了他内在的企图心。3月初,他表示读书会应该回复正常运作。前一阵子,为了"艾梅斯"竞赛,很少有小组聚在一块讨论功课,我们也不例外。但是现在,史蒂芬有了新的计划,另一套纲要整理的工作,目标是尼克的民事诉讼。支持群体合作的理由，依旧天花乱坠。什么课程太理论、太特别，坊间参考书无法因应挑战之类的论调层出不穷。虽然有道理，但现在才3月，距离5月末的考试还有一大段距离，我不想这么早就一头栽进去。好不容易把生活调整得恰到好处，连续几个周末都不去碰法律，怎么能够如此轻易就放弃这份自由？可是，特瑞、奥布瑞和新伙伴史丹克莱勒（安安静静、英俊潇洒的加州男子，由奥布瑞引进，代替离去的凯尔）一致同意，我也不好坚持，只有勉强答应，不过加了但书，4月之前，我保留不工作的权利。

史蒂芬不是唯一紧张考试的人，许多同学都表示，要利用春假期间用功读书，准备期末测验。撇开2/3等于宣告出局的败将，剩下的同学当中，有些人希望把握住最后的机会，努力冲刺，一举攻抵圣地。即使有些成绩不理想的同学，也认为自己并非全然无望，所以决定加倍用功，希望能够弥补上学期的落后。

至于我，一再告诉自己保持冷静，别去想《法律评论》的事，太不值得了。然而，就在我劝服自己成绩不算什么的当儿，佩里尼的课堂发生一件事，明明白白地显现，成绩好坏对未来的深远影响。

学期初时，佩里尼告诉大家，他会如往年一样，聘请几个组里的同学担任暑期研究助理。许多人都兴致勃勃，因为对法一生而言，暑假要找到与法律相关的工读机会并不容易，而且作为学生，金钱上的资助是需要的。等到成绩发布之后，佩里尼又宣布，有兴趣申请的人得附上个人简历。

“简历上，”他说：“要包括所有相关的信息。”为了确定申请同学会注明秋季的两科成绩，他语带玄机地表示：“我非常骄傲，聘请的暑期助理当中，大部分都能进得去《法律评论》，命中率十分惊人。”

佩里尼总是在课堂上公开谈论工作的事情，让同学之间又多了一场激烈的争夺战。有一次，我听到两个人可怜兮兮地互吐苦水，认为自己提出申请全然是浪费时间，因为上次考试只得了两个B。经过筛选之后，最后入围名单的有8人，佩里尼把他们的名字清楚地贴在座位图上。当同学看到长久以来深得佩里尼欣赏的科尔利竟然不在名单之列，大家马上对圈选的标准心知肚明：谁最高分，谁就入围。春假前两个礼拜，佩里尼还为8个入围者做了个职前考核，在课堂上考问他们个案的问题。不过做归做，最后获选的3名，就是三个成绩最高的同学。

这段插曲，在很多面都显得低俗不堪。再一次地，他把教室当成满足个人目的的工具；公器私用，实在要不得。透过筛选过程的公开展示，他为自己及替他工作的人，添加了原来不存在的光环。更糟的是，他以威权传递成绩至上的可怕讯息，并再度利用同学最脆弱、最敏感之处——对自我地位的不安全感，以及对金钱的需求——将我们玩弄于股掌之间。这是一场经过深思熟虑的丑陋表演；如果说，我原本对佩里尼还存有一丝微弱的敬意，现在也已消失殆尽。除了憎恶，没有别的。因为他的存在，我连带对哈佛法学院的评价愈来愈低。

1976年3月29日

春假终于来临。老天，有多少次我觉得不可能支撑到此刻。

过去两个礼拜，经过几个零零星星的好天气，春神懒洋洋地到来。阴霾一扫而空，大自然中充满解放的自由气息。

最让人高兴的是，我可以一整个星期远离“伟大的哈佛”——哈佛，哈佛，真无法形容我是多么厌恶听到这个名字。学校内覆盖着一层不实的假象，充斥其中的是将此地神化的虚幻信仰以及一大群盲目的信徒。这一切，代表的是上流社会狭隘的沙文主义。我听说过一个故事，有位秘书才上班一天就被开除了，原因是她不知道怎么拼校长的名字。

在这种大环境下，法学院也难逃谄上傲下的恶习。潜移默化的教育让大家不知反省地崇拜 HLS。几年前的院长教导每个进来的新生，称自己的学校是“独一无二真正的法学院”。这种象牙塔内自吹自擂的态度持续到现在，许多教授依然时时刻刻传递类似的信息。福勒目前正在谈有关抵押借贷的法律问题，他对学生说：“不用担心，等你们进入实务界，遇到此等问题时，将会所向披靡——除非，对手是哈佛法学院毕业的，要不然至少也是耶鲁的。”

在 HLS 对哈佛的迷恋甚至离谱到只要是哈佛法学家制定的法律，都是比较好的。佩里尼就不只一次强调，他所信服的法官裁决意见，全部出于哈佛毕业生之手。一般而言，最受大伙崇拜的是已经过世的大法官费利克斯·法兰克弗特（Felix Frankfurter），几乎可说是哈佛法学院之神。当法兰克弗特被选入美国联邦最高法院时，正任职于 HLS，我猜有大半教授将他视作幻想中至高荣耀的化身。再加上，许多教授要不是他的学生，要不做过他的书记人员（其中包括福勒），自然对他大力推崇。平心而论，法兰克弗特的确身居法学巨人的地位，但是也用不着把他的裁决意见当做圣经般不可侵犯，即使过时的法理风格,也不加批判地在课堂上采用。

处于第一年的困境当中,对 HLS 产生崇高的迷思,其实是很容易了解的。你对自己说,这里一定很特别,否则,老天爷,这么辛苦所为何来?我们有很多人,把进入哈佛法学院视为唯一值得自傲的努力成果;能够顺利来到此地,或多或少都觉得是种幸运。看啊,我是多么聪明!为了维持完美的形象,达到卓越的目标,大家废寝忘食地工作。一切一切,就是要证明我们是有价值的,我们是最好的。

当然,所有 HLS 中盲目的崇拜都是很可笑的,都是值得批评的;能够持续下去,只不过是因为哈佛自己的人不断创造出另一批狂热的信徒。凡此种种,应该是虚幻而禁不起考验的;但是,一再经营出的神话气息,还是深深地吸引住实务界与政治人物的目光,甚至还有一波波假日朝圣的观光团。(最后一项,或许与法律全然无关。前不久,当我站在法学院前,有三个年轻女子从巴士下来,恳求我透露电影"爱的故事"中男主角住的宿舍是哪一栋)在讲究形式、阶级的法律世界里,很难不去找出一个所谓的最高学府,而左想右想,通常不是哈佛就是耶鲁。

这种思维的结果,造成 HLS 里面的人总认为哈佛学位的取得,代表着光明坦荡的前途。曼常常说,他看待我们就像是未来的法官或法学教授。盖伊·斯坦利博的态度更是夸张。课上现在正进行"政治分析"的议题,对政治生态及政治角色的扮演进行解读。斯坦利博经常用挑战性的口吻对我们说:"该死,你们难道不明白我开这门课的原因吗?再过二十年,你们将成为国会议员、市长或是联邦政府的高级官员,面对这些状况,该如何反应?该怎么说才恰当?"

我很高兴盖伊提出这样的问题;但是一想到整个环境,沾沾自喜地认为是训练权力精英的所在,就觉得全身不舒服。这种奇特的骄傲,将不自觉地满足于现状,不求改进;并且隐隐约约告诉进来的学生,不用想太多,法律世界的好饭碗绝对有你一份。如此一来,训练出一批批盲目的信徒,拥护既得利益成为主流,不再反省个人的终极价值,只要案子重要,不管是希特勒、阿提拉可汗(Attila the Hun;译按:公元五世纪入侵欧洲的匈奴王)或是任何人,都能成为交易的客户。

后悔进入哈佛法学院了吗?我想不是的(虽然在陷阱重重的春季考试还没到来前,下什么判断都不准)。对法学院的观察,并不全然那样黑暗。3/4 年下来,我发现 HLS 所能提供的资源,无论在质或量上面,都是无可匹敌的,单单这点就值得一留。只是最近的几个月当中,我试着用比较实际的态度面对此地,以免被眼花撩乱的丰富资源所迷惑;并且时时提醒自己,不要感染上 HLS 的狂妄自大。在这种期许之下,周遭环境发生的怪象,就更容易让我心生恐惧与憔悴;如果有外在事物能时刻在旁提醒,哈佛和法学院都不是宇宙的中心,我将感激不尽。上星期接获一封信,就颇具这样的效果。信件是一个诗人朋友寄来的,他任教于南方的一所大学,长春藤对他而言永远只是个遥远的幻影。接到信时发现,已经延迟了许久,因为信封上写的住址是:哈佛法学院,哈佛大学,新海文,康涅狄格州(译按:耶鲁大学所在地)。

四、五月
落幕前的考试

1976 年 4 月 6 日

（星期一）

假期结束，回到学校。此刻，我似乎能体会航天员遨游苍穹之后归返地球的感受。现实世界的束缚，即将紧紧地捆绑住自己。想到期末测验带来的压力，胃肠不禁起了一阵痉挛。

春假最后，安娜和我一同到观光海岬鳕鱼角（Cape Cod）游玩，庆祝结婚五周年纪念。我们住在一家 18 世纪手工建造的乡间旅社，气氛浪漫迷人。我们携手漫步沙滩，享受美丽风光；星期天，还像孩子似的，愉快地玩起风筝。我知道，在 6 月 1 日最后一科考试之前，不可能再有机会如此悠闲度日了。

当然，我并不想让考试的阴影时时笼罩我。毕竟，距离 4 月 6 号第一科考试的日子还有五个多礼拜。但是，从艾梅斯竞赛到接下来的 3 月，我已经荒废课业好一段时间了，现在得开始付出代价。

举例来说，财产法中讲到的“地产”观念，牵扯到一堆从中古时代遗留下来的法规，我从来就没搞清楚过。无条件继承(fee simple)、指定继承(fee tail)、剩余遗产(remainders)、终生财产(life estates)等千奇百怪的名词，没一项了解。原本希望随着课堂进展，能够自然而然地吸收消化，但是事情明显没想象中那么简单。4月，这些概念在我眼里，跟天书一样，陌生的程度只有大学第一年遇到的物理公式可以媲美。

除了往常的指定读物，许多额外的功课陆续出现。斯坦利博交下一份“在家测验”，考的是头几个星期学的分析技巧，只有及格与不及格两等。一个周末就这样泡汤了。佩里尼则安排一场模拟测验，主要是练习第一个学期教授的内容，并为范围更广的正式考试做准备。模拟测验是非强制性的，不过我想，需要借此机会复习一下从前的功课。假期回来之后，发现要把合同法、民事诉讼这两科一学年的课自头至尾整理明白，实在是件难事。听到同学们谈论一些已经学过的概念，像准管辖权(quasi in rem jurisdiction)、口头证据规则(the parol evidence rule)、禁止反言原则(promissory estoppel)等，竟然丝毫不复记忆。

所以，突然之间，我又回复第一学期忙碌的作息，一天只睡5个小时，没有周休地埋头苦读；差别恐怕只是，少了一份刚进学校的热情与兴奋。从4月的第二个礼拜起，斯坦利博的法律与公共政策，由哈佛商学院的艾瑞克瓦尼格接替。瓦尼格讲授政府机关的管理技巧，把商学院一整学期的课浓缩成五个星期来上。然而，指定读物并没有删减多少，才不过第三节课，我就落后了将近三百页。每天都跟时间赛跑，焦虑地频频看表，无一刻松缓。

最大的负担则来自读书会规定的民事纲要整理。与从前一样，史蒂芬又设定了严苛的标准；不过这回很难与他争辩，因为大纲的重要性人所皆知。春假前一个星期，尼克·莫里斯与我们讨论期末考试的形式，并希望在出题之前，听听同学的意见。尼克表示，他打算彻底扬弃以“自寻争议点”为主的传统考试。“经验告诉我，同学除了酌引法规外，别无新意。”他也认同学生对从前考题的批评，这种理论性强的科目，并不适合以法规为核心。尼克今年的计划是，只有一题测验法规常识，其余皆是开放性的申论题。

当尼克还在讲述问答题的细节时，我就听到史蒂芬在后头兴奋地呼喊我的名字。他张开双臂，脸上堆满笑容，模样跟当初接获好成绩时如出一辙。“我们赚到了，”他叫道：“我们赚到了。”史蒂芬指的是，读书会着手进行的纲要整理，拿来应付尼克描述的考题，恰到好处。考试时间8个小时，足够把答案从大纲中翻找出来，逐字照抄。

原来计划中并没料到测验会是如此，如今瞎猫碰到死耗子，中了一特奖。4月时，消息传遍全组，人人都知道我们精心准备了一份“完美的”摘要。在得不到的眼红心态下，我们成为众矢之的。这个学期以来，大部分的读书小组即不再运作，许多人见到还有同学集体合作准备功课，纷纷不平衡地为自己叫屈；即使少数仍定期聚会的小组，此刻也很难如法炮制，赶上超前一个月的我们。

一些场合中，明显感受到其他同学的敌意，觉得我们占了不合理的便宜。

“机器运转如何啊？”杰克威斯总是这样问起我们的读书会。两科A的杰克，也是《法律评论》的热门人选。4月中以来，他变得神经兮兮,紧张得连饭都吃不好。他对于我们那个要命的纲要,一直无法释怀。我想,谣言四起的结果,已经把这玩意儿传诵为民事诉讼中的罗塞达石板(Rosetta stone;译按:1799 年在尼罗河口罗塞达附近发现的一块石碑,有助于对古代埃及文字的了解)。杰克似乎认定我们小组每个人都会得 A,严重影响到成绩曲线的分配。

特瑞也感受到杰克虎视眈眈的压力。

“嘿,”我向特瑞建议:“干脆把整理出来的大纲,影印给所有想要的同学吧。”

特瑞不赞同,这违背了他自力更生的哲学。来到哈佛法学院以后,他几乎没有从别人那得到任何好处,现在也没不需要善心大发,慷慨送礼。其实,我也不确定自己愿意如此。辛辛苦苦花费大笔工夫在摘要上头,如今却要白白地送给全组的同学,值得吗?

至于史蒂芬,专心一意地准备考试,根本意识不到外界带有敌意的眼光。春假时,他回到从前念研究所待的地方圣路易市。因为有心在此找份暑期工作,所以四处走动,探测市场。当他把个人简历拿给几间律师事务所看之后,发现法一生工读机会渺茫的传闻,一点也不适用于他的情况。

“让我告诉你一个不争的事实。”手里拿着五份录取函的他说道:“成绩不只会说话,而是会尖叫。”

任何人遇到这种情形,都会被考试成绩的魔力吸引住;更别说是孤单寂寞的史蒂芬了。他拼死拼活也要保住现有的优势。假期当中,一遇空当就温习功课;返回学校后,更是日以继夜地苦读。不断吸收消化,去粗取精,才没多久,佩里尼编的整本教科书就已经看得滚瓜烂熟了。现在的史蒂芬,午餐都草草了事;甚至连课堂与课堂之间的休息时刻也不放过，一个人找个角落独自啃书。

在一步一步往上爬的过程当中，史蒂芬渐渐掉入哈佛法学院成功的陷阱。他不再提及毕业后教书的事情，反而愈来愈常谈论律师执业的工作。或许，这的确才是他真正的兴趣。但是，当他比较两种行业时，开口闭口都是钱的因素，甚至考虑一辈子都待在大法团，那个 10 月份时还斩钉截铁保证不去的“邪恶地方”。

“真没想到，他会变成这个样子。”特瑞对我说：“我见过很多世面，接触形形色色的人物，很清楚是怎么一回事。可是，史蒂芬真没想到，这么快就沉沦了。天啊，他已经完全变为另外一个人了。”

也许，我该同史蒂芬谈谈；我实在不忍见他在诱惑之中失去了自我。不过，对他的反应，到底有多少是来自于内心的忌妒？在还没完全有把握之前，我选择保持沉默；只是在这种情况下，我跟他之间的友谊，逐渐转变为一种同情。

在忙碌的生活当中，史蒂芬还是会抽空打电话来，尤其是在精神沮丧的时候。现在的他，被外在压力折磨得喘不过气，对自己想要的东西认识不清，陷入难以脱解的矛盾。大部分时间，都是听史蒂芬自言自语地唱独角戏，语调总在恐惧、彷徨及拒绝承认之间打转。

“我正继续努力。”星期天，他来电告诉我：“民事诉讼的纲要整理得差不多了，开始准备合同法。我想，应该没什么问题才对，那家伙难不倒我。财产法比较让人担心；处于悬崖峭壁边缘，非常危险。”和我一样，史蒂芬对地产概念似懂非懂。只是他比我紧张多了，前几天恐慌地表示，这科铁定会被 down 掉。一旦产生了害怕的感觉，他就更一股脑地不分昼夜埋首苦读。

“你会安全过关的。”电话中我告诉他。

“是啊,等我把参考书读过、摘要整理好,差不多可以拿个B。但接下来呢?谁知道啊。”

我不置可否地应了两声,然后问他周末过得如何。

他的回答是:马马虎虎。星期五晚上参加了一个宴会,场中遇到桑迪·斯坦,两人一直谈论谁能挤进《法律评论》的话题。史蒂芬已经把所有同学都分好类了。最前面一级是“稳中”的同学,躺着比也能入选。不知什么原因,他并没把自己包括在内;他本人是属于第二级的“大有希望”的。最差的是不够认真的“出局”型,安迪凯特就是其中之一,因为他正在谈恋爱。

“我想,最后能够进《法律评论》的,都是货真价实的精英。”史蒂芬说:“多好的奖励啊!一个星期50小时的地狱生活。”

我随口附和一声。

“据说,如果你放弃不干,事务所对你就没什么兴趣了。我不懂为什么,反正成绩就在那里,难道还不够吗?”他继续说:“唉,这些考试没什么大不了的。不像第一个学期,那真不是人过的。现在我镇定多了,一点都不紧张。”挂下电话前,还一再强调:“真的不紧张。”

* * *

4月末,注册组准备好表格及手册,让一二年级的同学开始选择下年度的课程。在考试来临前的煎熬恐惧当中,很高兴知道有人真的相信我们能顺利进入第二年。

和许多同学一样,我非常期待变为高年级生。最起码,多了不少自由运用的时间。我们的程度不再只是与法律独特的语言和逻辑辛苦搏斗；功课的分量及困难程度，都会锐减。在HLS，就算自愿，学校也不让二三年级的学生修像第一年那么繁重的课程。

对高年级的同学而言，空出来的时间大多花在课外活动上，其中包括参加很多学生组织，专门处理HLS课堂之外的法律相关问题。由学生自编的法律刊物有三本，分别着重于公民自由、国际法及立法权三个专业领域。另外，像“立法研究局”等研究性强的社团，秉持先哲先贤的开拓精神，运用所学所能，响应弱势者的要求，发掘当代的法律问题，寻求弥补之道。甚至还有一些组织，像“法律援助社”，直接为穷人提供法律服务。

学期末，愈来愈多法一生跃跃欲试地想赶快加入学生社团。伴随高年级而来的自由，不仅如此。教室中的气氛变得轻松详和，有些课甚至不再使用引人诟病的苏格拉底教学法。老师在前头讲解课程，告一段落后让同学自由发问。即使继续援用苏格拉底法的课堂，同学的反应也不那么认真，爱答不答，悉听尊便。12月的时候，吉娜报告她旁听“商事交易”高阶课程的情形。教授采取“连坐”的方式整学生，差点下不了台。指定的倒霉鬼无法作答，改叫旁边的同学；再不行，就叫更旁边的同学，以此类推。结果，一整排9个同学统统响应：“没有准备”、“ 没有准备”、“ 别叫我”、“ 也不要叫我”、“ 抱歉喽”、“ 下回吧”。我们听了吉娜的描述都开心得不得了，真希望这种日子赶快来临。

二三年级最大的改变是选课弹性大了。150门课任君挑选，没有什么是非修不可的。每个学生根据自己的情况做选择。第二年，教授会建议一系列的“基础课”——宪法、会计、公司法、税收法等；

但是,选不选完全由你。有些人认为教授如此建议,是要引导学生走入商业法的领域。不过,即使激进派的尼克·莫里斯也同意"基础课"对每一个领域都很重要。就算身为一个刑事检察官,如果不明了公司法,如何处理各式各样的欺诈与侵吞案?话虽如此,莫里斯对课程内容本身,倒显得兴致了了。

"选修公司法是应该的。"4 月中的午餐约会里,他向我们读书小组解释:"因为那玩意儿太无聊了,没有考试的压迫,你绝对不会拿来自修。"

尼克对公司法的消极态度,可能正好代表了二三年级普遍的状况。对法一生而言,一切都是新鲜且充满希望的;但是高年级生的主见逐渐形成,不认为学校课业有太大的价值,剩下的两年不过是非得忍受的一段经历。许多授课老师也意兴阑珊,不怎么关心教室内发生的事情。

以上问题,不仅发生在哈佛的法学院。贺博特帕克及托马斯·海因里希两位教授,应卡内基委员会之邀,撰写有关法学教育的研究报告,指出全美各地高年级课程都有严重的缺失,并且以此为主要理由,力主将法学院的训练缩减为 2 年。

身为法一生,自然没有资格评论二三年级面对的问题。不过,几个月在走廊间耳濡目染高年级生的抱怨,倒可以综合一下他们共同的困扰。首先,课程主题不具吸引力。许多科目,像商策计划、劳资仲裁、海事法等,都太拘泥于细枝末节的技术层面。其次,许多雇主纷纷上门,把同学的心从教室挖走。与实际业务相较,课堂中传授的内容抽象、呆板、不够活泼。有些新设计的临床课程,借由实务经验,直接教导高年级生如何与客户应对、上法庭辩护,这种方式远比传统的课堂教学受欢迎得多。

但是就我的观察,最大的问题其实是最显而易见的。为了顺利升上二三年级,同学在第一年已经受尽不必要的羞辱与折磨。在学校里,不被平等看待,像是无知无能的菜鸟,每天都要承担老师的威吓;个人的价值信念抛在脑后,自我尊严荡然无存。当你屡屡被外力踹倒在地,你会学习不再站起的本能。哈佛法一的历练,让许多同学知道,明哲保身乃生存之道,无声无息爬完全程才是最聪明的选择。

在走廊间,望着二三年级的学长、学姐,个个像是斗败的公鸡,垂头丧气。悲伤无奈的态势,处处可见:彼得基欧卡里斯,被《法律评论》伤得一蹶不振;问起选课情况,很多学长、学姐的反应都是,HLS 没有值得的课可选;更甚者,今年三年级的毕业晚会,选出一个“保安元帅”,任务是年年提醒同学,记取在校时受到的贬损待遇,别一时冲动,捐钱给哈佛法学院。

当然,这些失意的学长、学姐日后还是会从挫败中站起来,重拾信心。戴维告诉我,绝大多数的同学毕业后,走进实务界,都能再度肯认自己的才干,回复还没进 HLS 前的焕发风采。

可是,我实在怀疑,学校种下的恶果究竟可以卸却多少。需要这么长的时间才清醒过来,会不会太迟了?

“看着桑尼当初一同奋斗的伙伴,就教人难过。”一个法三朋友的妻子对安娜说:“他们原本人都很好,但是现在个个变得愤世嫉俗。嘴里一边嘲讽地谩骂,手里一边做着自己不愿的事。记得一年级时,他们每个人都信誓旦旦地保证不进大律所,可是如今都去应征那样的工作,只因为要顺应潮流。然后呢,大部分的人还没进去,就斩钉截铁地表示,日后一定后悔。这真是标准的异化现象。”

至于我,看清了 HLS 与炎凉世态,知道立誓保持自我、不重蹈前人覆辙其实一点意义也没有。唯一能做的,仅是尽力而已。我小心翼翼地选择下年度的课程,尽管学长、学姐一再表示是多此一举。二三年级的选课状况,是法一生 12 月间注册选修科目的扩大版:几个人数爆满的科目、候补名单最后硬生生地把学生挤出课堂。根据传言,有个二年级生,去年连续被好几堂课剔除在外,一气之下,离开 HLS 休学一年。

尽管如此,我还是坚持谨慎的作风,一一询问教授,听取前人的意见。最后选择的课除了“基础课”外,还包括法学史、证据法、法律哲学、反托拉斯及劳工法。安排课程时,我遵循两个基本原则:第一,绝对不选将教室当成是“星室法院”(the Star Chamber;译按:1487 年根据亨利七世制定的法规所组织起来的民事法庭,以专断、酷刑著称,于 1640 年废止)的教授。我才不管那个教授是否是汉谟拉比(Hammurabi;译按:古代巴比伦第一王朝的第六代王,以制定法典为名)以降最伟大的法学专家,只要他对学生的态度严厉苛刻,我一概不选。第二,尽可能挑选小班的课。高年级的进阶课程,有的大到 250 个学生。在那种环境里,老师不可能跟学生有密切的接触。

也许,我的计划无法实现。不过,如果现在就放弃,未免太早了。我的想法是,即使传闻属实,我还有整整两年可以学习如何面对无聊及无望。

* * *

4月的最后一周,尼克·莫里斯宣布了一件事情,几乎把整年累积下来的美好名声一笔勾销。他的用心其实是好的。只是每当事情不对劲,就急着调整作风的态度,这回似乎弄巧成拙了。

在课程接近尾声之际,我的确感念尼克宽大的胸襟。他关心学生的福利,远远超过其他HLS的教授。不论课前课后,大方地挪出时间,回答学生的问题;几次的模拟测验可以看出他希望减低我们焦虑,提供支持与帮助的诚恳及用心。并且,隔三岔五对HLS的评分系统提出批评,我清楚地感受到尼克努力减缓同学追求分数的压力。课堂中,他传授民事诉讼及一般法律概念的方式是以智性上的启蒙与发展为基调,逐步引领学生进入深奥的法学殿堂。

和第二组的许多同学一样,我相当欣赏莫里斯。不过,更多的同学虽然喜欢上他的课,对尼克本身却有另一种评价。有人觉得他太虚伪,甚至指责他"口是心非"。经常性的谈论成绩,在他们眼中成为刻意制造压力的假慈悲,因为尼克自己正是靠着优异成绩,才挣得今天学术界的地位。至于授课的方式,即使态度亲切的尼克从不为难同学,还是有人批评他独断独行,不够体贴,只会打击学生的信心。

没错,尼克也有应该亲善而未亲善的时候。他经常贬抑好学生的表现,企图传递出其不过尔尔的讯息。有时候,我会觉得尼克其实在与我们竞争,希望试着证明他是法兰克弗特以来HLS最优秀的学生。然而对我而言,老师与学生之间的较量,不过是苏格拉底教育体系下的必然现象。5 月间,参加了一个关于法学教育的公开讨论会,其中有名年轻的教授,不客气地指称苏格拉底主义为“确保战胜学生的教育方法”。我想,这种正面交锋的快感,或许是吸引法学院毕业生回来担任教授的一大因素。

单单把尼克挑出来批评,恐怕跟我被佩里尼点名开讲个案后所起的心理变化有异曲同工之妙。只有在逃脱恐惧、解除心防的情况下,我才感受到自己对佩里尼的憎恶;同样的,只有面对最不叫学生害怕的尼克,许多人才敢把心中的愤怒表达出来。这个愤怒,来自于法学院长期以来加诸学生身上的侵犯——课堂内老师与学生的对立、教室外互不往来的疏离以及被检验评等之后不被尊重的感觉。对佩里尼或福勒心怀恨意是危险的,因为他们很可能会反击报复;但是尼克则不同,信奉自由主义的他,容忍度高出许多。就和我现在时常不顾合同法的指定读物一样,同学对尼克交代的功课总是敷衍应付,只要时间不够,最可能被牺牲的就是这一科。准备不周时,如果被点到也不用担心,反正嘻皮笑脸说声不想回答就没事了。冲着尼克的耐心与包容,同学可以肆无忌惮地大发牢骚,这对其他课而言根本是天方夜谭。面对学生们无情地攻击、挑战,尼克依然诚恳地聆听,并做善意的响应。这种态度,引出一段增添学生苦难的宣誓,时间发生在 4 月的最后一个星期五。

“有件事要跟大家讨论一下,”他边走上讲台边说:“有些读书小组,为了考试制作规模庞大的重点提纲与课程大要,使很多人心生恐慌,认为再怎么努力,也难与团队合作的成果相抗衡。所以,如果没有异议,我打算稍稍更改考试计划,让群体与个人之间的竞争公平些。”

尼克的用意在舒减紧张的气氛，可是就如往常一样，他的努力又得到了反效果。问题出在：4月末同学已经进入高度的备战状态，一切准备就绪，牵一发即动全身。虽然我们都有过考试经验，但是这学期的分量比以往重，要应付四科而不是两科。每个人的读书计划都挤得满满的，很难再做调整。第一科考试排在5月14日，课程结束后没几天就要赴战场。不像上学期，在1月的考试前，有个圣诞假期做缓冲，可以离开学校稍微轻松一下，不用整天看到一群紧张兮兮的面孔。据报道，宿舍里的同学，现在已急得像热锅上的蚂蚁，整天忙进忙出。其实，这股袭人的热潮，每个同学多少都感受得到。吉娜表示，老是听到走廊间焦虑的谈话，都快把她逼疯了；她决定，考试一完，立刻走人，一秒也不多留。

高压之下，第二组的凝聚力开始瓦解。一年下来，同学之间总是互相扶持，彼此鼓励。没错，我们有时会妒忌别人的表现，但是大体而言，第二组还是相当团结。这也难怪，上学期最后一堂课时，曼会特别提到我们为保护同学颜面所做的努力。我想，成绩的公布扮演了最强的分化角色。现在人与人之间有了高下之分，猜忌心普遍存在，《法律评论》的竞争亦趋于白热化。未来的十天，可耻的行径将会陆续出笼。

尼克的声明有推波助澜之效。他讲述的更动内容，的确符合平衡群体与个人的本意。考试题目的范围将缩小，理论上应该可以让没有读书会做后盾的个人容易准备些。但是，对于目前已经忙乱得鸡飞狗跳的同学而言，反而更钻牛角尖，搞不清楚状况。很多人以为，尼克挑出我们这种读书小组来谈，其实是默许、甚至鼓励同学寻求集体合作。考试计划的变动，更是肯认了小组分工完成摘要整理的伟大功效。

因此，恐慌马上散播开来。以往认为集体努力没什么意思的人，不再感到自信；24 小时内，许多沉寂已久的读书会纷纷复苏，有些人则忧心重重，不知道该参加哪个小组。现在，每个同学都开始整理民事诉讼的摘要。风气一开，群起效尤，连其他科目也不放过，尤其是大家都搞不清楚什么是地产概念的财产法。

最活跃的新读书会是由凯尔·席克所主持的。5 月的第一个周末，凯尔集合了庞大的 16 人小组，二话不说，立刻着手进行财产法和民事诉讼的纲要整理。有些人觉得遭到背叛——因为事后听说，凯尔就是那个跑去向尼克抗议读书会制作重点摘要的人。

考期愈近，就愈常听人提起凯尔想进《法律评论》的强烈野心。他相信，《法律评论》成员的资历，对他成为法律教授的职业规划而言，是不可或缺的一部分。我想，促使凯尔去找尼克的原因，乃出自于和威斯相同的忧虑——害怕别人在纲要上得到的帮助，让自己胜算尽失。考试结束前，据说凯尔同时也向其他教授提出类似的怨言。毋庸置疑，对凯尔的不满会传进老师耳里。一年来，他花长时间与教授们接触，建立良好的关系。不仅经常询问课业上的问题，还邀请老师到他家参加派对。甚至为了安抚佩里尼受到的伤害，等佩里尼用好几堂课讲述完一系列的"合同条件"（非常复杂的议题，讨论究竟在怎样的情况下才算违约）后，凯尔大胆地写了一封长信，恭贺并赞美他对班上同学的贡献。

我知道，凯尔并不喜欢尼克·莫里斯。他时常向我抱怨尼克自以为了不起的态度；但是周末时，他还是找尼克一起打垒球，并且有事没事就到他办公室讨论功课。尼克相当信赖凯尔；不过为防万一,听说凯尔提出抗议时还特别伙同了费利斯伟兹曼。费利斯一向很少说话,与凯尔出现在办公室时,一脸疲惫,令人同情。她与尼克一样,都有家庭和小孩需要照顾。费利斯告诉老师,读书小组的准备方式吓坏了她,不过也没办法跟进,因为找不出能够配合其他同学的恰当时间。尼克听了,颇能了解;毕竟费利斯透露出的困境是发自内心的。于是,尼克做出了他认为适当的决定。我想,费利斯应该很感激吧;当然,凯尔也是。

结果事后,凯尔积极筹组读书会,以从前哈佛旧识为核心,审慎挑选参加的成员。吉娜告诉我,凯尔甚至打长途电话到佛蒙特州,力邀她的加入;不过,可怜的费利斯从来也不在名单之列。

星期五听尼克宣布改变考试计划时,一颗心立刻往下沉。倒不是感叹白花工夫准备,毕竟摘要的整理仍然是很有价值的。总之,这绝不是心中的第一个念头。我从来不知道,做个摘要整理会引起如此轩然大波。先前只发现,许多同学愈来愈紧张,还有像威斯等一两个人,对我们产生了敌意;一直到尼克表示意见时,才惊觉读书小组的所作所为,竟然造成班上同学强烈的不安。为此,羞愧与罪恶感萌生。

史蒂芬则从另一个角度看待尼克的声明,把变更考试方式当做一种新的挑战。下课前,他悄悄地走到我背后。

“没关系,”他说:“没关系,现在我们要更加把劲。只是这回要对症下药,死命地奋力冲刺,才不枉费先前的辛苦。”

午餐时,我试着劝史蒂芬冷静下来。奥布瑞、斯坦和特瑞也都在场。我们四人苦口婆心想让不明究理的史蒂芬知道,就是我们做的大纲摘要，以及“死命地奋力冲刺”，才落得这份田地。

史蒂芬半信半疑地鼓起双颊，甩甩头。

“班上的同学会怕我们？”他说：“真不敢相信。”

“不只害怕，而且怨恨。”奥布瑞补上一句。对此，他跟史蒂芬一样无动于衷，认为摘要的整理是自个儿的事，与他人无涉。我们既不想伤害任何人，也不求奖赏报酬，何罪之有？特瑞则因为让大家陷入惊慌恐惧之中，觉得有些不好意思；至于我，对于整件事情的发展，愈来愈沮丧。星期五离开学校时，内心的反应开始复杂起来。尼克造成的紧张气氛，让我产生想要做更多事的新压力；原先不好意思的感觉消失，转变为一种愤怒，气愤那个去向莫里斯告状的人。从某个角度而言，这份纲要的意义非凡。一开始，辛苦主要是为了读书会的朋友，但渐渐地，随着心血的付出，一股个人成就的价值孕育而生。内心迅速窜起的怒意，似乎很难控制下来。史蒂芬也颇受困扰，纠葛不清的矛盾冲突，叫他左右为难。虽然有时会弄得大家人仰马翻，史蒂芬基本上是个心肠挺软的好好先生；如今得知自己成为众人苦难的根源，自然觉得不舒服。

“都是因为我的成绩。”星期五离开学校前，史蒂芬解释其中的道理。想想也对，为什么其他同学那么在意我们读书小组的所作所为？“唉，真希望不曾拿到那些该死的好成绩。”

星期一之前，史蒂芬的想法得到进一步的应验。在宿舍里，周末时的气氛异常诡谲。没有编拟大纲或参加读书会的同学，个个愁容满面，觉得自己死定了。身处一片惊惶失措的情境，又孤立无援，要放轻松也难。星期天在校园中，史蒂芬先后遇到约翰尤蓝、麦尔孔布肯两人；根据史蒂芬的描述，他们几乎用哀求的口吻希望加入我们的读书会。星期一课前的聚会时,史蒂芬提议让约翰及麦尔孔来参加。

特瑞马上附议。他认为小组增加新成员乃情势所趋,可以平缓他们焦躁的心灵,何乐而不为?奥布瑞和我也不反对。现在只剩下当初接替凯尔空位的史丹了。他考虑了一下,决定加个但书。

“我要求一些补偿。”他说。

史丹的意思是,新成员必须付出代价,才能取得我们辛苦制作的纲要。史蒂芬也表示赞同。我们3月间分配工作的时候,省略了案例书的最后几章,因为那段内容即将更新,当时觉得不需要整理。但是后来,史蒂芬日夜不休准备考试之际,始终对此耿耿于怀,深怕因小失大,所以提议由约翰与麦尔孔来完成。对他们两人而言,应该是相当宽容了。显然,史蒂芬找到一个调和内心矛盾的方法:让他们加入,但必须付出劳力,进行补偿。大伙完全同意。

星期一到学校,发现班上的同学似乎愈来愈疯狂。周末整夜没睡地在书堆打转,温习功课、背诵数据、撰写大纲。每个人忙得要死,根本没空与其他同学打打招呼、讲讲话,仿佛是群受惊的猫咪。

我其实也镇静不到哪里去。4月以来,虽自觉稳健许多,辛勤不倦地用功读书,已经很对得起良心了。但是,尼克的声明及跟随而来的压力,马上将我卷入旋涡,失败的恐惧占满了身上的细胞。另一方面,求好心切的渴望也纠集于五脏内腑之间,无法平息。这个周末,我又开始抽烟。一天半夜醒来,发觉自己一身冷汗。

今天来到学校,迅速感染上同学们的恐慌,内心的不安愈来愈严重,已经频临失控的危险。当史蒂芬转述约翰尤蓝的话,说他实在没时间整理纲要时,我回答:“不要他了,天下哪有白吃的午餐。

你听到史丹说的,补偿是必须的。”

史蒂芬有点错愕地点点头。第二天早晨,他宣布奈德·科尔利将顶替约翰的缺,成为读书小组的一分子。现在奈德与麦尔孔正加紧赶工,希望如期完成交代下来的作业。事实上,接下来的几天,他们为了满足读书会的要求,简直就像辍学一样,成天在家拼命地工作。

另一方面,史蒂芬现在隔三岔五找人闲聊,也许是想要多知道其他人的感受,以免再像从前一样,对酝酿出尼克声明的集体情绪浑然不知。星期二下午,他探听杰克威斯的意见,发现杰克所关心的只是我们制作的纲要。

“他想跟我们交换。”星期三,史蒂芬告诉我:“他们那个小组,把财产法的摘要整理出来了。我大略看了一下,相当不错,你觉得怎样?”

看得出来,史蒂芬有点心动。多一份数据,的确比较保险。并且,还有另一个因素值得考虑。特瑞整学期都没上财产法的课。他认为福勒根本在浪费大家的时间,所以决定自力救济,可是拖了好久,却无长进。至于坊间的吉尔伯特法学摘要,对复杂的地产概念帮助不大,如果有一份完整的纲要整理,或许价值匪浅。

“大纲给了他们以后呢?”我问:“如果他们影印给全组的同学怎么办?”

“是有这个可能。”史蒂芬回答。

“免谈,”我斩钉截铁地说:“我们做得那么辛苦。”

“那特瑞怎么办?”

“他自己要赌博,怨不得人。”

“你说得没错。”史蒂芬迟疑片刻，然后笑着说：“霍斯柴尔德跟威斯是同一个读书会的。你能想象，我们的摘要落入霍斯柴尔德之手吗？”

现在愈来愈多人为了整理摘要而逃课。每次经过朗德尔大楼的影印中心时，总能见到几个第二组的同学在排队，手里拿着一叠纸，用不信任的眼光互相对视——而这些都是我原本觉得亲近的同学。现在不同的读书小组，就好像校园内的敌对阵营。

星期四课后傍晚时分，史蒂芬、特瑞和我在庞德大楼教室内，谈到目前愈演愈烈的怪异气氛。

“老兄，”特瑞说：“我在想，或许应该大方一点，谁要大纲就给谁吧。”

“只要付出代价，就可以了吗？”史蒂芬问。

“不要再谈什么补不补偿了。”特瑞说：“想想看，我们为什么要下这些苦功？为了复习，对不对？真正学习到东西，才是最重要的。”他看看我，问道：“难道不是吗？”

“我不知道。”此刻的我，还处于极度的紧张状态。这个星期实在太难挨了。

“拜托，免费奉送是你从前提出的建议。”

“可是，看看现在这个状况，”我说：“凯尔几乎想打倒每一个人。因为他，班上有一半的人认为我们是疯子。”

“嘿！你管凯尔干嘛？”特瑞继续：“能帮助一些人，不是很好吗？”

我想了一会儿。突然之间，一个星期以来内心难以驾驭的狂热冲动迸发出来。

“我要占优势，”我说：“我要得到竞争上的优势。别人死活我才不管，反正我要比他们强。”

丑陋的言辞，让史蒂芬和特瑞盯着我看好一阵子。然后，三人静悄悄地分手，各自打道回府。

真不敢相信，我会说出那些可怕的话语。不断地告诉自己，我只是在开玩笑，只是为了吓唬吓唬特瑞和史蒂芬。然而内心深处十分清楚，那其实是累积一年的压力终于爆发了。长久以来，自己与帮助同学的两难局面造就了校园内的紧张关系；内心的矛盾最后转化成一种病态——没有人，包括我自己，会因为任何事抛下光明的前景，放弃成功的希望。我只是不知道自己病得有多重，贪婪性格变得有多强。从我对史蒂芬及特瑞的讲话当中，看到的不是温良恭俭让的君子之争，不是单纯追寻成就的进取心。可怖的言辞，到底为的是什么？只为了争取 B 和 B + 之间的差别吗？到学校应该是来接受教育的，一种互助互信的良心事业。

当晚坐在书桌前，仔细反省自我。这是个动荡不平、有起有落的一年。某些时候，我会失去控制，做出后悔的事情；但是大体而言，还能秉持仁慈之心，保存自我的尊严。不过，情绪似乎紧绷到了极限。如今站在贪婪的悬崖的边缘，如果不加以节制，下午发生的可怕事情必然重演，而付出的代价将是长时间以来建立的善良自我。

这里是个很难生存的地方，要能全身而退并不容易。我鼓励自己：不好的事随时会发生，别太在意。一切尽心尽力即可。用功读书，学习法律，不要自怨自艾，不要心存恐惧。更重要的是，千万别失去自己良好的品格。

狂乱的气氛当中，读书会之间的争战持续进行。人们像防小偷一样，把摘要放在不透明的棕色纸袋，神秘兮兮地私下传递。杰克威斯依旧四处道人长短。一天下午，我们小组成员聚会讨论佩里尼的真题；没多久，竟然发现无人能作答。史蒂芬一整天都在担心，我们的合同法将全部被 down 掉。根据吉娜的报告，凯尔的读书会出现不愉快的骚动，因为没有人懂得凯尔对“禁止反言”（collateral estoppel）的批注，而那是考试的一大重点。凯伦桑德格事后跑来哭诉，希望当初参加的是我们这个读书会。另外，还有个骇人听闻的谣言，指称某个小组偷到了一份考题。我们读书会内部也涟漪泛起，史蒂芬相信奥布瑞和史丹两人，暗地里与凯尔的读书小组私通款曲，进行秘密交易，又不把得来的信息与其他成员分享。同时，读书小组不断扩张，史蒂芬总是找到理由引进新成员。学期最后，小组人数膨胀至十一二人。

一天在图书馆，史蒂芬告诉我：“约翰尤蓝又改变主意了。”

“好吧，”我说：“把大纲给他就是了。”

“要怎样的代价呢？”史蒂芬问。

“无所谓，”我回答：“有人想要就给他吧。特瑞是对的。”

星期四讲出不该说的话之后，我不想再让自己落入恐惧的泥沼。有时会觉得，向下沉沦的力量真的很恐怖，非得奋力抗拒不可。一天，发现自己在体育馆内来回踱步，口中喃喃自语：“没关系，没关系。”或许是借此提醒自己，某些个人的价值，远比考试更重要、更能持久。在陷落的悬崖边缘要站稳脚步，千万别放弃。此刻的我，知道对抗的目标在哪里。

自我敌人，我们终于面对面地碰头了。

1976年5月13日

（星期四）

今天是佩里尼合同法的最后一堂课。这个星期，他屡屡摆出凶恶的脸，既抱怨出席人数太少，又狠狠地修理被点到名的同学，似乎不愿在离去前留下“软柿子”的印象，也同时透露出考试不容易打发的讯息。

但是，今天他倒挺开心的，因为我们准备了些礼物。先奉上一幅合同法著名学者的肖像，再由全体同学献唱一曲：

要约、承兑、对价
象征性理论、自由市场假设
米尔斯诉威曼、克拉克纳诉葛林
我们不知不觉沉醉其中

接下来，他神采奕奕地讲解预计的功课——在另有他约的情况下，如何出售自我权利——做个总结，然后进入一段温馨的时刻。他为过去的无礼向桑迪·斯坦道歉；要我们不必太担心考试，并且说，如果实在因为害怕应付不来，可以私底下去找他。称赞第二组同学之余，也表达对“佩里尼事件”公开化的遗憾，以及个人承受的伤害。“要向不知情的人解释自己的行为,”他说:“真的很困难。”最后,以近于肉麻的口吻感性地诉说,我们就像他的家人,他的朋友。

“我看他有神经病。”吉娜事后表示:“虐待了我一年,然后冒出一句:我们是朋友。我才没有这样的朋友呢。”

韦德则将佩里尼的话与尼克松的告别演说相提并论,弦外之音昭然若揭。

我不知道,自己为什么对佩里尼激烈的行径耿耿于怀。或许是他的残酷无情,完全遮掩掉循循善诱的教书技巧。当他离开教室时,全体同学纷纷起立鼓掌,而我却无法随之起舞。

1976 年 5 月 14 日

(星期五)

今天是上课的最后一天。从此以后,我再也不会以法一生的身份走进教室了。

福勒在课堂最后,以难得的温柔语调,针对考试提出一些建言:“你们想得太多了。其实到底在考什么,我也不清楚,恐怕只是如何善用时间的技巧吧。你们的问题是,每个人都想拿第一,但那根本是不可能的。没有人是第一的。考最好的同学,只是分数上的第一,不是真正的第一。”

一个半小时之后,轮到尼克。他告诉我们,多年来教学的方式,是希望显露出法律本质上迷人的地方。不要只沉浸于技术面,狭隘的空间会让自己觉得愚蠢无知。升上高年级后,他仍然愿意提供任何智识上的帮助,无论是做研究或撰写论文。

“你们有无可限量的天赋。”尼克边走边说:“我要感谢大家,让我度过了最美好的一年。”走着走着,最后步出教室门口,同学则起身报以热烈的掌声。

结束了,第一年的相聚画下了句点。考试是属于个人的事务,只有书本、自己以及自己写的答案。我亲了亲凯伦,给吉娜一个拥抱,然后与特瑞、史蒂芬、奥布瑞等好友握握手。我回忆起头几个礼拜新奇的境遇,以及对周遭同学的钦羡,接着再想到近来发生的种种,不禁感慨万千。哈佛法学院,哦!难以形容的哈佛法学院。

回到家中,我觉得有些麻木,有些伤感。

* * *

春季的期末考,是法一生所要面对的另一件传统挑战。无论在哈佛或其他学校,几年前的情况比现在更难应付。当时学生得面对五科考试,每科都是一学年的课,在这之前对自己学习的成效完全没有概念。许多科目采取闭卷考,也就是说,学生不能携带任何资料进考场;没有书本的帮助,所有相关法条都得硬生生地背下。可想而知,从前法一生的疯狂程度与我们相比,只有过之而无不及。一些当时身处哈佛或其他法学院的朋友,总有说不完的故事,最常听的不是企图自杀,就是受不了像是疯人院的宿舍,搬到附近旅馆去住。

对我们而言,因为有几科是一学期的课,再加上期末测验一律实行开卷的方式,压力稍稍减缓。当然,这不代表我们可以轻松应付,随便打发过去。春季考试的经验,好像是刚跑完一场马拉松之后,还没来得及喘气,就又得立刻再多跑一圈。17 天之内,总共要考 4 科,上千页的读物需要消化整理。相较之下,上学期的考试只有侵权行为及刑法两科,而且有整整将近 1 个月的时间可以准备,实在是小巫见大巫。更糟的是,这回我没办法把知识做精巧的汇总。房屋是建好了,不过匆匆忙忙,有好几处的接缝都不密合,支柱摇摇摆摆,一点也不稳固。昏头转向,只知道一股脑地读摘要、看考古题、参加读书会。大部分的时间,就是不假思索地拼命填鸭。日复一日,工作十六七个小时,半小时的晚餐,六个钟头的睡眠。

第一科考的是法律与公共政策,排在课程结束后的第四天。前晚,吉娜打电话来,语气满是害怕与埋怨,她的严重焦虑曾经一度感染到我。挂下话筒后,我不断安抚自己:没关系,没关系。还好,睡得蛮安稳的。其实不仅这晚,接下来每一科的考试前夕,我都不再有失眠之苦。看来,经过一整年的磨炼,已经学会如何面对心中的恐惧。

公共政策的考试为时 8 个钟头,内容马马虎虎,并不太难。斯坦利博事先就发下一篇关于公共医疗服务的个案研究,现在两个考题之一就是以此为本,问我们如何在既定组织之内,采取适当的策略步骤,来推动小区的医疗中心。小心翼翼地撰写答案,第一次发现自己在法学院的考试当中也能够细密推演、言之有物。原本对期末测验是一种消极的赌博态度:运气不好,就 down 掉;

运气好,就过关。现在则多了一个可能性:写出引以为豪的答案。

一周后,我几乎抱着兴高采烈的心情,到学校参加财产法的考试。说不定,今天我又能写出有价值的东西。结果不然。4个小时的测验当中,我胡言乱语,不知所云,紧张得肾上腺素急速上升。考试完,产生了不小的争议。几年以前,福勒在《法律评论》发表过一篇文章,对伊利诺伊州某城镇的法令施行分区提案做评估分析;如今,考题赫然出现类似的情况,要求同学对密执安州某城镇的法令施行分区提案做评估分析。由于是开卷考,任何资料都可以携入考场。有些同学恰巧准备了这篇文章,写起来自然得心应手。凯尔不甘,立刻前往福勒的办公室抗议。结果,福勒全然不予理会,叫他离去。

许多同学面临的另一个灾难,是试题最后关于地产的概念。四题中,特瑞只回答了两题。先前已于宪法考试失意的史蒂芬,这部分的表现也不理想。

"先让你知道,"他告诉我:"史蒂芬里托维兹铁定进不去《法律评论》了。"

两天后,尼克的考试登场,跟课堂中预告的形式相同。每个人手边,都有各自的摘要整理和密密麻麻的小抄。边作答,边参酌我们精心制作的大纲。我想,心血还是没有白费吧。

接下来是阵亡将士纪念日的长周末。然后就只剩最后一科,6月1号的合同法。

1976 年 6 月 1 日

（星期二）

一切就看佩里尼了，分娩前的最后阵痛。

这个周末，我无法定下心读书。佩里尼授课的方式，总是先讲一条法规，然后举出百万个例外情形，这要花多大的努力才记得住，更别说在经历了三周的煎熬之后。疲惫不堪的我翻出参考书来读，每次都只能支撑三四十分钟。没关系，反正佩里尼在心目中不被尊敬，他的评等对我而言不痛不痒。

早晨赴考场之前，看见凯尔蹑手蹑脚地走在走廊上。一反平常精神抖擞的模样，像只受伤的小动物，蜷缩着身体，非得靠着墙才能支撑得住。我想，他大概有股成败在此一举的悲愤之感。我试图讲点好听的话鼓励他，制造些愉快的气氛。见他眼睛还紧紧盯着课程纲要不放，恶作剧的孩童心态大起，拼命用言语吵他。并且，丝毫不觉得羞耻。

接着走进教室。为了应付 4 小时的考试，我的装备齐全：耳塞、白纸、四支铅笔、四支原子笔、三卷凉糖、两包香烟、一瓶可乐、一杯冰咖啡、两条巧克力、一台削铅笔机、一条给打字机用的延长线。当我把所有器具搬出来后，神态自如地四处张望。考场大约有 40 个同学，等会儿噼里啪啦打字声四起时，免不了又有一阵笑声。

9 点钟整，监试员发下试卷。想也知道，佩里尼给我们的是全哈佛法学院最困难的考题。单单题目，就有 9 页长，而且还是单一行间的印刷；比起尼克隔行打字的 3 页试题，简直要命。据说同一门科目，别组是 4 题、8 小时，我们却是 5 题、4 小时。

拼命赶写答案，没有时间故作姿态地沉思。11 点 15 分，我第一次抬起头看钟，想到再过 2 小时就结束了，不禁心花怒放。最后一道题，是散乱无章的术语组合。佩里尼要我们从中找出可能的合同模式，描述它的效力，以及诠释上的两难。老天！佩里尼，你真是无聊透顶。

1 点钟准时交卷。我在教室前来回鼓噪，情绪激动地大声叫嚷。然后跑到外边，新生委员会在那供应免费的啤酒，我毫不迟疑地连续灌下四大杯。奥布瑞看起来，也是满脸通红。

“呵呵，”他说：“现在距离法学博士的身份，只差六千美元。”他指的是学费。

我和特瑞、吉娜、麦克·沃德等人共进午餐。然后，将储物柜里的东西清干净，打个电话给安娜，等着她来接我。

打完电话，在楼梯口遇到费利斯伟兹曼。此刻碰面，有点伤感情。一整年的稳健冷静，却在最后晚节不保，失去了控制。这个月下来，费利斯彷佛历经沧桑；对她而言，一切变化太快，根本来不及应对。被凯尔拉去抗议、面对班上阴沈沮丧的气氛、精疲力竭地准备考试，太多太多冲击，无法消受。

她担心考得太差，家人、朋友会瞧不起她。

“上学期的考试，还差强人意，而如今却彻底搞砸了……”她满脸郁闷地说：“这里真是悲伤之地啊。”

我极力劝慰，要她不断对自己说：没关系，没关系。

几分钟后,安娜抵达。

“一切都结束了!”进车时,我兴奋地狂叫。

花了个把钟头,试图说服自己一切真的都结束了。或许,还要过几天才会相信吧。朋友的经验谈,在耳边像是遥远的传说;可是现在,我也度过了。法学院的第一年。一切都结束了,真的结束了。

前哈佛法学院院长罗斯科·庞德,于1889年成为法一生时,需要修习的科目有侵权行为、刑法、财产法、合同法、不成文法的诉讼形式以及19世纪的民事诉讼法规。他靠案例分析来学习法律;课堂上,教授使用的是苏格拉底教学法。在某一方面,庞德的日子比1978年毕业班的同学要容易许多。因为,他仅需一年的法学教育就有资格参加律师考试,而且春季时,还少了一门选修课。

不过,庞德院长的第一年与我的第一年,相似之处显而易见。经过了将近一个世纪,美国律师的知识起点是相同的,整个传统继续维持下来。对于我而言,经历到的事情都很极端:要是不好,就烂到谷底;要是很好,就几乎达到理想境界。研究的对象,总能激发我无比的活力与兴趣,智识上的启蒙与增展不在话下。哈佛法学院最宝贵的资产——学生、老师以及卓越的传统——引领我走向耳目一新的喜悦与丰收的满足。在许多方面,这是“二十年级生”所能得到的最好的教育。如果要我重头来过,我还是会选择相同的路,即使把所有事情都考虑进去。

然而,以上所言,并无粉饰太平之意。事实上,我相信在很多方面,哈佛法学院把优厚的财富资源白白地浪费掉。从庞德院长以降的百年课程,就应该做大幅度的修正。5月初,参加一个关于法学教育的公开讨论会。即使面临沉重的考试压力,到场的175名学生当中，大部分都是法一生。无论从人数或讲话上的语调来看，同学对一年级的教育普遍不满。在台上，几个教一年级课程的老师纷纷起来发表高见。其中包括佩里尼，还有一些自由派的年轻教授。看着底下学生挤得满满的，佩里尼向坐在旁边的老同事问道："我们在这儿像是受尊敬的基督徒，还是马戏团的狮子？"

不管如何，我感觉到和佩里尼有同样教育理念的老师，不可豁免地都将面临学生大规模的挑战。新一代的法学院教授就要诞生。当晚参加讨论会的同学当中，有许多毕业后将出任教职。不同的经验、不同的想法，或许会像尼克·莫里斯，大肆批判旧有的方式，彻底改变制度。时势所趋，即连佩里尼也不能装聋作哑。

"改变是必然的。"佩里尼承认："未来，我恐怕再也不能宣称，哈佛法学院是全世界最伟大、最神圣的学术殿堂。"

一年级课程安排的更新，有其方向性。如果看看其他比较前进的学校，可以嗅出大致的端倪：小班制，师生互动频繁；对学生表现的评鉴方式多元而弹性；入选《法律评论》的标准，不以成绩为主。其实，现在的哈佛法学院，已经与五六年前大不相同。通过大学朋友转述，1970 年进入法学院时，根本不可能有学生会对老师说："没有准备，请点别人"；也没有像尼克·莫里斯那样的教授，以人文主义出发，强调法律深层的哲学面向；并且，一年级的课都是两学期的，考试全部集中在第二学期末。个案教学法，原本除了案例分析，别无辅助；近年来，开始指定阅读学术文章，让同学学习法律的过程，不限于拼图式的组合，还能将新观念引进既有情境，做深入的比较评估。

不用说，这些变革应该会持续下去。就我法一的亲身体验，另外还有两点值得一提。5月的公开讨论会当中,老师大多赞同苏格拉底法带动的上课活力。对于方法本身,我倒不反对;只是苏格拉底主义给老师一种特殊的权威优势,随时可能侵犯学生精神上的尊严与安全,如果落入“恶人”之手,将成为制造恐怖的工具。我从来不认为,在害怕中学习是良好的教育方式,但是这一年当中,走进教室的第一个感觉经常是恐惧。长久以来,教授们假借学术自由之名,对同学不当的举止睁一只眼闭一只眼,严重毁损到学生的权益。他们应该形成一股自律的压力,要求教授遵循基本的规范,在课堂里不能随心所欲地整肃、威吓同学。拒绝改变,代表的是一种积习已久的道德破产。我了解,很难把即将享有社会优势的哈佛学生,看成是备受蹂躏的弱势者;并且,我也知道,教室内的恐怖主义,在法学教育已经至少持续了一个世纪。然而,不能忽略掉的最大风险是:当学生第一次碰触法律时,所面对的是高压的恐怖气氛,心里充满了无助的恐惧,无形之中种下了根深蒂固的印象,认为不加节制的残酷无情是“理所应当”的,然后把这种态度延伸到将来的律师执业上头。

批判强势的苏格拉底主义,其实源自于上学期跟吉娜的谈话,我们所关切的是整个法学教育的问题。法律本身,不容许模棱两可的不确定性。在实行对抗制的法庭中,原告与被告壁垒分明,最后一定有输赢。不管正义是否得以伸张,不管处理的案件多么混沌难解,判决是确定的,宣示的法规是清楚的。法律与审判结果即使有所争议,为了确保社会稳定地运作发展,无止境的利益冲突能有个解决,大家都得遵守奉行。

然而,要求确定性的态度,却不当地弥漫于整个法律世界。许多教育机构，凡事追求明确的定义，企图从随机事件中找寻清清楚楚的规则：录取学生的过程，用统计公式做筛选的标准；教室内，老师享有无上的权力；校园里阶级分明，除了位高权重的教授外，成绩好的学生被选入《法律评论》，自成特殊王国；遵奉精英主义的观念，依照某种绝对标准，分上下排高低。凡此种种，皆出于对含糊与游移不定的抗拒；但是，这种维系法庭文化所需的态度，却一再被误用。没有法律能够真地消弭人类行为根本的不确定性，可是法学院却不曾努力探索社会选择的独断面。传递给我们的讯息，总是理性至上，一切机制及决定的背后，都有正当的理由与合理的论证。课堂中，引导学生逃避、忽略甚至摧毁无法量化、不够精准、充满感情的因素，但是这些在我看来，其实是人性里面不可或缺的一大部分。法学教育的功效，在塑造一个我不想变成的模样，提供大好良机，让我与潜在的自我敌人正面交会。

莫里斯、泽曼等人的课，强调法律本身的冲突与不确定性，对我而言是种进步。但是，学生仍然无法直接窥探法律世界的运作情况，凭借的只是编辑过的第二手或第三手的案例报告。要学习律师的思维方式，不能只靠抽象的智识训练。如果我是宇宙之王——或是哈佛法学院的院长——我会引进案例之外的补充教材，像电影、戏剧、小说故事等，甚至仿造高年级的诊所式课程，实际与客户接触；其目的在：从人类互动的真实情境下，学习法律规范如何在现实社会中运行。

这种改革，与其他已经浮出台面的变迁趋势一样，对大家都有益。更具人性化的教学，相较于恐怖主义倾向的制式教育，显得健康可爱多了；这不仅影响到法学院的学生，还关系到整个社会，因为这些学生毕业后，将成为社会正义的主要护法。

收场

1976 年 8 月 21 日

上个月中时，成绩揭晓。虽然暑假气氛平静，离开学校的风风雨雨已远，接到信封的当下，熟悉的机能反应立刻作用。手指颤抖，心脏急速地上下跳动。拜托，拜托，千万不要有 C；隐约之中，却还抱存高人一等的渴望。

我的分数与上学期相同，一半 A，一半 B。公共政策得了 A，财产法则是 B+；莫里斯给我 A-，而佩里尼的课是 B。不错的成绩，大概排在班上前 1/4。我觉得已经够运气了；不过，人心不足，还希望更好。

几天内，分散各地的吉娜、史蒂芬、凯伦·桑德格等人，纷纷打来放假后的第一通电话。聊天气氛愉快，不过终究会提到成绩这档事。第二组入选《法律评论》的名单已经泄露出来：布罗斯基、珍娜及桑迪·斯坦三人。其中两个不大说话的同学，完全出乎我意料之外。史蒂芬名落孙山（如他先前评估，宪法考砸了；但是还好，他似乎已经恢复幽默感了）。没有凯尔和威斯，没有霍斯柴尔德和雪林，当然我也榜上无名。尽管许多人比我更接近入选边缘，受骗的感觉还是挥之不去。不愿意面对现实的忌妒心态,让我一整天都魂不守舍。

我的敌人,那个贪婪的小恶魔,不停地在铁笼内发出扰人的噪音。看起来,大概得跟他奋战一辈子了。

认清事实后,我必须承认,过去一年有不少困境是自找的。这段时日,看了许多自我的丑陋面相,也了解到它是如何根深蒂固地缠绕着我。或许,这也是种教育吧。并不是说,哈佛法学院对我的影响,也同样会发生在其他人的身上。我相信,总有人在进去几天之后,便能以足够的智慧洞察秋毫,聪明地将自己置身于外。

不过话又说回来,这些先知先觉者根本一开始就不会选择这条路。一窝蜂想挤进哈佛法学院大门的人,通常就是像我们这样一心一意追求不凡,总希望高人一等的社会精英。有趣的是,我常觉得法学院其实专门吸引最不适合念法律的人。不分男女,我们原本就比较喜好秩序,才会想要进来学习法规。头一年当中,在不熟悉专业语句、不明白自我学习状况之下,面对老师每天丢出来的哑谜,同学只有不知所以地拼命绕圈子。身处一切讲究卓越的哈佛,内心逃脱不了登峰造极的诱惑,即使被重重困难弄得伤痕累累也再所不惜。

所以我们变得非常脆弱,而此地并没有提供如何保护自己的帮助。这一年来,有些人过得比我成功,有些人比我更惨。但是不管如何,从暑假的聊天当中发现,每个人对过去都难以忘怀,话题转来转去,还是回到第一年的生活,想要搞清楚到底在我们身上发生了什么事情。有些是叫人高兴的,有些是令人害怕的。神奇的是,我所有法学院的朋友,在暑假中都至少做过一次佩里尼的恶梦。并且，当我们回忆起去年秋天自我的模样，都觉得不可思议，惊讶中还带有两分骄傲。

几个星期后，秋天又将来临。哈佛法学院的大门将迎接另一批新手。一如我们，身上挂着过去辉煌的学业成就，像是一排排闪亮的军事勋章。伴随着探究法律的饥渴、异禀的天赋、旺盛的精力、远大的志向、傲人的智慧以及迷人的气质；当然，还有未曾谋面的他们的“自我敌人”。

“看到他们时，一定很不习惯。”谈到未来的一年时，吉娜向我表示：“到时候，法一生的头衔就要落在他们身上了。”

后记

“毋庸置疑，十年后的今天，我会想写另一本书，强调不同的事件，表达不同的关心。”

——《哈佛新鲜人》，前言

每段情节，甚至每个文字，至今还清楚地刻印在脑海。即便个人经验如何地不同寻常，当初撰写此书时，起码是秉持着真诚的态度，平实地记载了我的兴奋与苦恼。翻开 *One L*，一页页地细读，强烈的情绪再度翻搅心头：忧惧焦愁，惊惶失措；热切的求知欲，将自己烧得炙痛难耐。或许，就像是古人说的蜡炬成灰泪始干吧。老天，怎么会这样呢？

难道我真是疯了吗？法学院几年的生活，让我不得不承认自己性格上独特的弱点。即使与同构型较高的法学院学生相比，内心不可抗拒的冲动也超出平均标准，而我对失败的恐惧，更是深测难解。在灼热的氛围中，无法抑制的自我弱点燃放剧毒的烟雾，摇摆的情势岌岌可危。终日与被淘汰的噩梦搏斗，所作所为只求生存，实在谈不上是什么神奇的冒险故事。

即使撇开个别特性不谈，法学院第一年的生活，对大多数人都不是好过的。其实现在状况与从前不同,许多书中提及的问题已经逐步改善,最引人诟病的苏格拉底教学法,严格执行的老师愈来愈少。在哈佛,如今有两组实验班,由几个教授合开基础课程,把核心概念放在不同的领域架构来谈,比如说:功利主义的成本效益分析,在侵权行为、合同法、刑法上有怎样不同的运用?其限制各是如何?然而这些令人喝彩的改变,并没有深入基本面。几次回到哈佛,发现法一生的眼神仍然透露高度的焦虑,所言所思依旧被学校教育钳制得死死的。

无论我的观察是否正确,时间并没有冲淡记忆,也并没有改变现状多少。从前经验反映出来的问题,至今仍在。如果问我的意见,结论大同小异:班级太大,教育方式太严厉;一年级惨烈的竞争情况无法控制;升上高年级后,课程乏善可陈,学生漠不关心。就我而言,法学院的三年制过于冗长,其实两年就已足够把现有的课程内容消化吸收。当然,还有更重要的一点,法学教育的强制性超乎寻常。

事实上,从某些方面来讲,我现在对法学教育的态度,比1978年离开哈佛时更不乐观。虽说对超过十载的陈年往事提出批判或有欠公道,但是这些年的经验让我更意识到问题所在,也因此更加不满法学院引领学生进入法律专业的方式。我批评的重点不在法学院没有传授律师所需具备的复杂技巧(虽然那也是事实),而在它狭隘肤浅的视野。进一步解释之前,我必须先描述执业十年以来的观察心得。

法律这行业,在美国可说是进入了全盛时期。律师的财富与社会地位不断攀升;最受欢迎的电视影集,是以律师事务所的生活为本。随着隐私概念的转变,以及教堂、学校等机构的权威性降低,法庭辩论所关涉的事务往往代表个人价值观念最深层的冲突:堕胎权、达成种族与性别平等的进路、继母的所有权、对致命传染疾病的医疗等。像不断侵蚀陆地的海洋一样,法律将原本隶属个人良知的事情纳入己域。由于法律似乎有效地提供了许多答案,越来越多法律人在非专业领域扮演起领导者的角色。举例来说,法学学位已渐渐取代雪茄,成为好莱坞的时尚。

尽管如此,在许多层面,法律还是被视为问题重重的行业。法律的崇高地位,并没有带动律师的名声。一般人,对律师深恶痛绝;令人吃惊的是,律师通常也不喜欢自己。

自"水门事件"以来,国人发现这些作奸犯科、湮灭证据、提供不实证词的社会精英,个个接受过完整的法学教育。这样,如何能对法律这行业产生信任与尊重呢?盖利普的民调显示,法律从业者在民众心目中的印象几乎到最差,跟二手车推销员是同一等级。前几天与一群男性朋友聚会,脑筋急转弯的笑话纷纷出笼,用以嘲弄律师的道德品格:

——你怎么知道什么时候律师在撒谎?

当他嘴巴张开的时候。

——当你发现一个律师被水泥埋到脖子,代表了什么?

水泥土用完了。

——你怎么知道从混乱、黑暗当中创造世界的上帝是个律师?

因为他先制造了黑暗与混乱。

从某个角度来看，这种敌意乃出于高度期望的落差。因为法律本身处理的是原则问题，律师被认为应该是特别遵守原则的人。由于每天处理的都是是非对错、合法不合法的问题，律师自然被假设为能够区分好坏、从善如流的人。对许多人而言，说律师也是脆弱的凡夫俗子并不是合理的辩护，因为律师本来就应该有抵抗诱惑的节操。再者，大众心目中的法学教育及法律实务，是训练出能够在模糊界限中游走自如的人才，所以律师的形象往往是好玩文字游戏的诡辩家，知道如何在不犯规的情况下增添筹码。

部分怀疑，的确是从误解产生出来的；但是，如果宣称公众对律师的不信赖完全无中生有，却也不符实际。法学院毕业后，我到芝加哥担任检察官长达8年，专门处理贪污舞弊的案子。最常见的是贿赂——各式各样不法的利益交换；然而，无论是行贿或收贿，法界人士往往居中扮演关键性的角色。律师给税务人员红包、法官向律师敲诈、律师贩卖毒品给客户、律师谎报所得税等等。记得，一名律师为了在预审的听证上得到好处，私底下付给法官300美元。甚至还有过起诉伊利诺伊州检察长的案件，众多罪名中包括所得申报漏列5000美元的收入；而这5000美元，是一名律师的政治献金，感念检察长每年拨给他价值10万美元的公共法律业务。并且，从侦办案件的经验当中，感受到一股混乱的坏风气（这还是比较客气的说法）；张牙舞爪的律师，有时比沼泽里的鳄鱼还要可怕。

以上可说是从公诉人的角度看法律。进入事务所执业之后，最令人感到振奋的是，发觉同行中有许多正直勤勉、兢兢业业的好律师。不管别人怎么形容律师业的黑暗狡诈，我还是要苦口婆心地澄清一个事实：我认识的人当中，多才多艺、机智幽默的律师，要比其他行业多出许多。我欣赏律师,也以身为律师为荣。

可是,律师这行业也的确出现了无以计数的羞耻行径。任何一个律师如果怀疑此言,问问自己:前一次竞争火爆的案子当中,对方律师在你心目中的评价如何?同行间的不信任其来有自。大部分律师坦言,自己曾被对手抓到不道德的小动作,甚至偶尔还有不合法的举止。

律师与律师之间的不信赖,是我所谓"法律界的通病"的一部分。许多律师对执业显现倦怠的态度,描述自己像是金笼中的囚犯:高薪、权重却不快乐。1987 年,我出版了一本小说,叫做《无罪推定》(*Presumed Innocent*),它的畅销让许多人好奇,我是否会因此放弃律师这条路。决定继续执业后,最令人讶异的是,许多同行露出不可置信的眼神,斩钉截铁地表示:如果有同样的机会,他们一定毫不考虑,说走就走。

当然,部分原因可能出于罗曼蒂克的幻想或邻家草地比较绿的心态。但是不可讳言,律师生活真的很辛苦。钻螺丝钉的细微工程既琐碎又无趣,再加上阴郁低迷的气氛,着实叫人望而生畏。一边站着的是操守不明、咄咄逼人的对手,另一边面对的是一心盼求好结果的客户。夹在中间的还有经济压力、无休无止的竞争、紧迫的时限、冷酷执拗的法官、无暇回答的电话留言、不得清闲的周末夜晚以及西斯弗式的挣扎(译按:西西弗斯乃希腊神话中的科林斯国王,因为贪婪被罚在阴间推巨石上山;但是巨石登顶后又会滚落,于是劳苦的工作永无止境)。

不过对我而言,刺激而富挑战性的律师工作,并不全然如此讨人嫌腻。有些任务的达成,必须凭借深度的智识素养、迅速掌握事实的能力、处理人事的各类技巧——机灵敏锐、当机立断、循循善诱以及能把个人性格充分发挥的本事。虽然每件案例、每个客户都有其独特面,但也有它普遍的类同性,随着经验的累积,你将因为清楚看到自己的进步而感到骄傲。实际业务碰到的法律问题虽然繁杂难解,但是其困难程度及牵扯的层面,不会比我法一时对点个汉堡算不算一种合同的思索来得严重。更重要的是,当你为需要帮助的人尽心尽力提供服务时,一种深切的满足感将油然而生。

那,到底问题出在哪里?如果你追问闷闷不乐的律师,得到的回答或许是一连串的疑问:忙了半天,究竟有什么价值?我的贡献在哪里?芝加哥一位知名的律师曾经向我表示,比起高利润的商业诉讼,检察官的工作显得有意义多了。这位商业律师感触良多地发出怨言:说真的,我才不管是你辩护的财阀获胜还是我代理的富豪打赢官司。两者没有差别。

这的确是辛酸所在。律师仅能敬业地将分内工作做好,对道德进程毫无置喙的余地。目标是由客户而不是律师设定的;律师的义务只是在合乎法律及专业伦理的标准下,帮助客户达成目标。称不称职,由辩护的专业技巧来决定,是否完成了社会期望下的道德目标并不重要。

我选择检察官的工作,很大原因就是想避免上述的困境。美国政府是我的客户,大部分的情况都是站在正义的一方。即便如此,刚出道时也同样遇到类似的道德难局——在看过描述移民血泪史的电影之后,如何能理直气壮地起诉非法移民的案件?为了消弭心中疑惑,我努力往长远的道德目标设想,告诉自己:公设辩护人的最大功效,就在维系稳定的民主体系。但是,有多少输掉的案子是因为我论辩能力的不足,或陪审团不能充分了解事情的状况？有多少判决是明显的错误？自从最高法院推翻长达40年的判例法,并重新解释邮件欺诈的联邦法规之后,有多少汲汲经营的工作变得一文不值？我参与的诉讼过程当中,不管目标是多么崇高伟大,有多大的程度会受到人为因素的影响？经过几年的努力,我的信心开始动摇了,尤其当我发现要个别罪犯供出集体共犯时,无论如何诱导哄骗,完整的事实真相就是没办法呈现。我不是法官,我不是证人,我只是个检察官。除了尽心尽力,我不能改变什么。是否合乎实质正义,是否有利于社会改造,都是未定之数。一旦有了这种体认,情况就不比私人的辩护律师好到哪里去。

对法律这一行而言,在专业上做得好跟在道德上做得对是两个不同的概念;如果读过 *One L*,会发现两者的冲突根源于法学教育。记得我曾说过,法学院学生经常觉得痛苦的一个因素是,学校教育一点一滴把他们改造成另外一个人。本应深藏于内心的价值与信念,赤裸裸地暴露在外,接受严厉的挑战。学生学习到的是,任何论证都有其反,而一切律则也都具有伸缩的弹性。在第一年强制性的高压气氛下,同学沉浸感染的是所谓专业适应的文化。教授一遍又一遍地告诉你,没有东西是绝对的,考试中答案正不正确无关紧要,重要的是推理的过程,能不能为结论提供强有力的论证。理性是人类最宝贵的特殊机能。法学院训练下的律师,总觉得执着于层面宽广的价值世界无利可图。理想主义者,逐渐磨损为技术工;原本一心为社会做点善事的人,如今也只期盼把分内业务做好而已。

价值的失落,是律师不快乐的来源。将自己切断于九重天外的理想世界,心存善念的律师对所作所为轻蔑鄙夷,因为它们不见得是对的事情；然而另一方面，满脑只想在专业领域中飞黄腾达的律师，很容易相信只要是为客户的利益，行为可以不受约束，所以即使违背法律的事情也做的出来。

究竟何去何从呢？如何从烂泥当中挣脱出来呢？言及至此，直说也无妨。

十年的经验告诉我：要能帮助律师脱离苦海，只有靠自我救赎的过程。“做得好”及“做得对”中间的调和，其实是对法律体系的信心问题。无论是秉持激烈的改革态度，还是对援引的法律信心满满，或是完全投注于确保客户利益的专业伦理，只要他们能够在某个层面相信自己参与的过程，有助于正义及理性的结果，哪怕效力再小再少，都会得到一种满足的喜悦。虽然听起来有点儿肉麻，不过事实的确是如此，大部分的律师在本质上都为提升正义有所贡献，单单这点就足堪告慰了。

就某方面来说，以上所言，确实称不上什么论证，但却是从经验而来的情感忠告。检察官生涯的头几年，见到刑事法庭中扭曲事实的各种花招，心里真的很沮丧。我多么肯定被告犯下了滔天大罪，可是就难以证明。倒不是说，大部分的案子都无罪开释，毕竟政府赢多输少；只是，单单过程本身的折磨就让人心力交瘁了。被告与其共犯，屡屡提供伪证；证据法则的限制，有时愚蠢至极；法官似乎总跟政府立场不一，满怀宽容地对待被告；刑事法庭的伦理规范，似乎对无所不用其极、下三滥的辩方律师特别有利。但是经过了二三十次的审判过程，就像寻求信仰的圣徒撒罗（Saul）一样，我还是找到了精神上的归宿。我渐渐了解，自己和法官、辩方律师等共同组成一个互动的体系,体系当中隐含了一种道德观:在还没有确定可信赖事实与无罪假定不可能合理兼容之前,我们没有权力剥夺任何人的自由。我甚至明白了,无论受害者的牺牲有多大,当嫌犯站在法庭面对审判时,已经开始接受羞辱与焦虑的折磨,同情心的兴起在加诸有形惩罚的过程当中,自有其可贵的价值,甚至有疗伤止痛的功效。就在此刻,不可思议的事情发生了:我可以想见自己成为辩方律师的模样与立场。

视野的变更,并不会让我成为目前刑事体系的积极拥护者。不过,从前是检察官,现在是辩护律师,角色的对调让我更清楚自己在做些什么。当你毫不保留地为另一个人的利益与目标设想奋斗,其实呈现出一种纯真的高贵。法律事业最高层次的欣慰,不仅是地位、财富以及智识上的挑战,更重要的是,在别人需要帮助时,直接伸出援手所产生的快乐。他们需要我!他们需要我!声嘶力竭的求救,是迫使律师勇往直前的一大动力。

对一个律师而言,专业上最根本的任务,就是对求救声做出妥善的响应,撇开自我的利益,全心全意做好代言人的角色。类似的价值在其他行业里也会出现,比如说:房地产经纪人、出版界的代理人等;但是,律师还附带对正义体系产生贡献。内心冲突挣扎的来源,即在于一方面得以客户的权益为最高原则,另一方面又必须在提升客户权益的同时设下限制,避免造成不理性、不公平的结果。所以,律师既是客户的代言人,又是整个社会与法律体系的代表,解释并坚守系统下的规范。能够欣赏手边业务的律师,必须学习如何了解并接受这些相互冲突的动力。然而,该如何学习呢?在这个阶段,没有为执业律师提供的社会服务,同僚之间也因为背景的差异,无法有效地掌握全盘状况。

当然，目前的法学院的帮助也极为有限。学生被引导学习专业文化，但是没有接触到投身律师行业的问题。理由很简单，因为法学院的目的不在于此，作为一个学院，它并不是律师的职业训练所。除了少数非正式的“临床”课程会直接传授执业技巧，学校不曾教导学生，律师执业到底是怎么一回事？意义在哪里？

种种道理，实在不应该像我一样，整整花上 15 年的时间才明了。当我申请法学院的时候，还是斯坦福大学英文系的讲师，基于同事的礼数，斯坦福法学院入学许可的负责人同意与我谈谈。他向我解释，为什么法学院这么看重 LSAT 分数和在校成绩。原因出在，他们对面试一点兴趣也没有，申请者是否参加过幼童军、取得博士学位、身兼财富五百公司的总裁等，都无关紧要。

“我们希望收进来 150 个最好的法学研究者；等把他们训练完以后，再找另外 150 个。”

法学院是训练法律学者的地方。尽管口号漫天响，然而法学院并不是教导学生思律师之所思，而是思教授之所思。课堂上，法官的裁决，远比律师实际的处理方式来得重要。研读的重要案例，焦点放在裁量意见，绝非律师的答辩状或口头辩论。看待法律，鲜从实务的眼光探究可能的补救措施。相反，执业律师关切的不是法律理性的发展及其贯穿南北、横扫东西的威力；真正在意的乃是客户的需要，以及如何运用、塑造法律来达成客户的目标。

大部分的法学院教授并不执业；有些从来没有实务经验，有些甚至连想都没想过。他们的重点放在学术界：法律的变革、《法律评论》的文章、法律难题的复杂分析等。法学院建构出与现实脱节的世外桃源。对学生而言,进入《法律评论》是项光荣的成就,跻身教授行列是价值崇高的雄心壮志。至于无心或无能力往此发展者,则被教授视为二流人才,应该丢入实业界做牛做马。几十年来,虽说实习制度已经取消,大部分的新晋律师还是得在工作上接受基本的训练——撰写答辩状、寻觅资料、法庭技巧、文件整理、谈判交涉、应付客户,以及厘清事实。

这并非全然是件坏事。要学习法律技巧,最有效的方法就是实际操练;要求哈佛法学院的教授,教授他们自己也不清楚的实务技能,确实没什么意义。但是,如果法律学究们利用法学院的舞台,极力标榜自我的价值,有形或无形地贬损实务界,不仅对学生无益,对整个法律界都是伤害。简言之,对于实务需求的不闻不问,让学生走出校园后,处于非常脆弱的地位,最坏的情况很可能就会发生,因为他们不明白整件事情的另外一些方面。虽然学会了如何建构论证的能力,却不曾明了运用这些技巧的目的在哪里。没有机会思索审视甚至认同赞赏律师这行业的意义。可悲的结果是,充满智慧的教授,放弃了塑造专业理想的大好良机,毕业生无法对法律实务界牵扯的复杂价值体系,进行精致而有深度的反省。

* * *

一般教授对这种现象的反应是:我有更重要的事要做。“执业”和“实务技巧”这类字眼,在法学教授的心目中,似乎隐含反理性主义的倾向,将会打击法学教育的理论基础,将法学院变成拥有高度权力的职业学校。我并不主张“红卫兵式”的革命,把理论家打入冷宫,专门处理文件书记的工作;但是我相信,把更多的“临床式”训练放入课程当中是必要的,因为许多实务界的议题最好在实际情境里进行了解分析。不过,我也不赞成把抽象、理论的方面从法学院抽离出来。我依然相信,让执业律师接触实务经验无法学到的宽广思维是很有价值的;借此可以探知法律发展的历史、思索政策的合理性,甚至对文化最基本的假设进行反省。或许正如许多教授所说,现今的教育方式,对实务的操作也有帮助。一个完整的理论架构,将帮助学生在执业时提出有力的论证。无论是真是假,这类精神上的启发总是好事一桩:对浸淫于法律的人有进一步的了解。

然而,这种广义的理智训练,不只该用于法学上,也应及于实务上,而后者则更值得成为法学院的课程重心。现在有什么课程是在教授古往今来的法律史、与其相关的社会学理论?难道我们的法理学,不应该多阐述在对抗制的诉讼系统下如何追求真与善?难道教授不应该多花点心思检验既正当又有效的论证形式,就如同文学教授不断分析诗歌散文的传统?医学院开设有大众健康的课程,但是鲜少法学院会出现具有类似实用价值的课程。对于现行的法律服务,没有大规模的完整研究,对于其他替代方案也不见热切的讨论。特别叫人沮丧的是,当某些法律教授进行所谓法学改造运动之际,一方面批判其他学者贫乏的研究成果,另一方面又屈从传统,忽略对法律实务的实地调查。他们把法律视为文化的工艺产品,深深地反映出文化的脉动;可是却又很少将这种心得运用于对实务的研究上。举例来说:在这计算机与复印机发达的时代,文字成本大幅下降,美国法律界的推理质量是否受到影响?答辩状与判决书的水平是否提升?联邦高等法院判决报告出版的速度比 10 年前快了二到三倍,这对实务界的意义在哪里?有些法律的专业领域成长迅速,连专家学者都跟不上脚步,这到底是怎么一回事?

最值得现今法学院注意的是关于“职业道德”的课程——教导学生如何在维护当事人权益及伸张法律正义两项责任义务之间取得平衡点。1973 年 2 月,水门事件炒得正热,美国律师协会(the American Law Association)突然发表声明,宣称律师在职业操守上的教育不足,因此建言美国法学院“应该以教导学生法律专业的责任与义务为己任”。结果,2 到 3 小时的“职业道德”课程成为目前各法学院的标准科目;有些州,像被称为“水门事件之温床”的加利福尼亚州,甚至将其定为律师资格考的一部分。但是长久以来法学院课程不重视专业伦理规范的事实,乃根本的症结所在,非大刀阔斧地改变,不能医治积重已久的病症。

以专业实务为核心的教育方式,才能更有效地传授上述概念。关切执业律师日常生活面对的事务,将提供道德教育的实际情境,并从中凸显出其重要性。实业生活有许多问题值得深入探索,应该被视作一年级的重要科目,而不是遇到事情之后,才随便安插在毕业前容易打混摸鱼的课程当中。到底什么才是初学者应该马上思索的问题——司法管辖权的法律条文(我从前民事诉讼第一个礼拜学习的东西),或者是当律师面对一个亟须拯救自我事业、自由与生活的客户,打算出庭作伪证时所应遵从的道德律则?律师一方面需要保守客户最深层的秘密,不折不扣维护其利益,另一方面又需要随时接受法庭权威的指示,即使会损害到客户的立场——对于这样的行业,该如何给予适当的解释?

从上述例子来看,专业伦理不仅是一组指导原则,更是一系列对律师本身的定义。专业上的自我认识,就从这些原则表现出来了。再者,如果经过进一步的审视,将会揭露一个法学院很少承认的重点:道德规范与其他规范一样,不是何时何地皆可适用的,经常精微难测、模糊不清,并且有时还会彼此冲突。不把现实世界搬进来,很难摸索出一套中庸之道。一个不争的事实是:对大部分的律师而言,实际业务遇到的道德问题——如何摆脱阴影、权衡职业道德的轻重,进而取得最适的平衡点——其比重在执业生涯中不比上法庭来得轻。如果学生时代就能认清这点,并在内心先有准备,等将来真正遇上时,不致惊慌失措,意气消沉的可能性自然降低。或许很多人都要为造就律师贿赂法官的环境负责,但是我们自始至终,焦点都放在行贿的律师和受贿的法官。另外,还有一点值得思索:我们究竟比较希望准律师在校园中的三年,学会如何与教授一较长短,还是多花一些时间沉浸于职业道德的复杂问题上?

我提供的改革方案,主要强调关切实务的重要,但并非主张把法学教育转变成像是培训皮鞋修理的高职学校。即使如此,我也明了某些合理的批评(我将任何拒绝承认法学院有培育律师功能的论调视为不合理,因为它大大地违背了法学院的自我认定以及入学者广泛的期盼)。在与我交谈过的教授当中,有的宣称法学院近来已经朝我主张的方向大步前进。许多学校的高年级课程,已改采以问题为核心的教学方式,实际的个案研究已取代原有的书面案例,学生会被要求想象执业律师的可能反应。也有些学校,临床课程不再局限于法庭技巧的传授,还包括谈判、估价、节税等主题。以上所言都是事实,不过这些改革虽然可喜可贺,却仍然不脱原有窠臼,只添加了几个新课程点缀点缀;空间增大了,主要的架构及环境还是没有改变。

另外有些批评者会说:我只强调成就一个律师的过程,然而在这个过程中,却容易忽略法律本身违反实质正义的可能性,对此避而不谈。我们指派法律顾问为穷苦的被告辩护,并且告诉自己,一视同仁地对待是公平的;但是我们并没有去挑战对穷人不利的诉讼程序。不可否认,我在相当程度上主张法学院应该显示对现有法律体系的信心,不过这仅是假设的事实,而非证据,自然有其争论的空间。从另一方面来看,再没有人比明了自己有义务为弱势者确保权益的律师更能指出法规的不公平之处,并努力争取立足点的平等。

最后,我相信一定也有人会说:借着承认法律专业的价值,律师的种种恶行找到了借口。在我大力鼓吹的法学教育下,学生将被塑造成合乎专业伦理,但却积极为垃圾污染、强暴犯、就业歧视政策说辞的代言人;一切辩护,都可用竭尽专业本分的理由搪塞,拿高薪的同时还得到教授的祝福。

毋庸置疑,现在的我比学生时代更相信:所有人,包括下三滥的杂碎,都值得获得一个完整公平的辩护。另一方面,这行业最美的喜悦,在于将正义带给应得之人。上述两个层面的基本假设是相同的:法律系统不会真的无视于其间重大的缺失;偶发的错误,终会被正义信奉者凸显出来。为侵略者辩护的人,最好有输的心理准备——而且是在公平的情况下被击败——这种正义的胜利值得庆贺,因为它成就了法律最明确的目的。

如果律师把自己视为当事人的枪手,一个最大的问题是,很容易把法律代言人的角色忘却;事实上,律师对法律体系的忠诚度应该高于他的客户。某些情况下,律师必须提醒客户现有法律系统的限制，强调即便热切地想要打赢官司，基本规范还是要遵守。这正是法学教育应该着重的职业义务。

学术单位，尤其是与法学教育同等老旧的机构，一般都存在冥顽不灵的特点。我不相信有什么万灵丹，也不认为抄快捷方式是个好做法；本书中所提的建言，无论是个别来看，或者视作一个整体，都不是一蹴而就的。即使所有课程改革的建议明天就实现了，律师既不会个个跳槽至华尔街高唱“钱来也”，也不会马上变成圣人，完全无视外在的诱惑。法律这一行充满了受苦的灵魂，时时在与自我的野心及渴望斗争。然而，法学院是我们共同分享的园地；分隔成敌对阵营前，这里的经验是共通的。在此地，应该灌输的观念是共力的正义体系、复杂但富有价值感的视野，以及对这困难重重、庄严古老的行业有引以为傲的自由。如果执业律师无法从经验中自修“做得好”与“做得对”之间的平衡，法学院的教育应该可以发挥更大的功能。

最后，既然这本书是以自传形式撰写，我想，应该可以用一个私人的小记作结。十年来，我无论走到哪里，如果有机会与 *One L* 的读者面对面交谈时，最常遇到的情况，就是人们以极端怀疑的口吻问：那个可怜的女人还跟你在一起吗？我的回答是：没错，而且还多了三个小孩。12 年前，当这本书完成时，理所当然地献给安娜，感谢她的智慧、坚忍与鼓励。不管书里其他是否有价值，这份感谢仍然是纯真不变的。

新版后记

当然，对于任何一个写作者来说，这都是一件荣幸的事——他在大半辈子前写的某本书仍然能吸引读者。对于这个漂亮的新版本出版这件事，的确够荣幸的。《哈佛新鲜人》这本书自 1977 年 9 月首次出版后就加印不断，但让我特别高兴的是，本次再版是由几家出版社联合推出的，包括最初平装版本的出版商企鹅出版集团，还有首次出版本书精装版本的 G. P. Putnam's Sons 出版社。

1975 年春天的某天，吃过中饭，我当时的文学代理人伊丽莎白 · 麦基(Elizabeth McKee)将我之前写给她的一封信给奈德看了，信上说的是我放弃法学院学术生涯的事。信里，我作为一个旁观者，评论道，法学院学生的日常生活写出来都是小说。当时，《平步青云》(*The Paper Chase*)已经出版，这本小说很出名，但是情节却未必经得起推敲。彼时，还有教授们写的诸多书，通篇都是大道理。没有一本书是脚踏实地地展现出某个人初学法律时日复一日的真实生活的。如果我在仔细思索自己是否要上法学院时能读到这么一本书，将会感激不尽的。我之前对伊丽莎白已经说了很多了。

奈德被我这封信的力量击中，当场就拍了板，同时加了个条件，即只写法学院一年级。因为基于他自己那个当律师的儿子的经历，这是迄今为止法律教育阶段最生龙活虎的时期(我得提一下,如果有人感兴趣的话,奈德·蔡斯还有一个儿子,叫塞维,当时是"星期六夜现场"节目的领衔演员。正是他在三年后在哈佛校园里,在数千热切拥趸面前宣告了这本书的出版。但是,就像他们说的,那是另外一段故事)。

签合同时我拿到了1000美元,当将定稿交出时又拿到了3000美元。但是,奈德的强迫工作方式,将我拿到稿费的喜悦差不多都抵消掉了。一年半后我交出第一稿,奈德好像已经忘了所有的事情一般。"我只需要你提醒我一件事",他边读我的稿件边对我说。"我当初是为啥要买这么一本书?"

作为回答,我对美国大众未来对法律的兴趣的爆发作了一番预测。我是基于统计数字做出这番预测的:1970年至1974年间,法学院的入学申请激增了4倍。我宣称,这大部分是源于水门事件,还有那些令人崇拜的人物形象,譬如山姆·厄文,手持一份袖珍宪法的样子;还有特别检察官阿奇博尔德·考克斯以及艾略特·理查德森,他们都寻求将正义加诸在时任美国总统的尼克松的忠实拥趸身上(他们之中有很多人也是律师)。在这个过程中,全民皆知这一真言,即:"无人凌驾于法律之上。"

我都不知道自己在说些什么,但是奈德被说服了,出版得以进行下去了。而Putnman's出版社的高层没能被说服。而为了维护他们当初的判断,他们并未预订《哈佛新鲜人》的影印本,甚至是在它引发了诸多热烈的评论并且看起来应该能卖的情况下,他们仍未预订。《哈佛新鲜人》起步时蹒跚不稳,但是之后我却讽刺般地看到了它的长寿,特别是因为有了企鹅出版集团总裁凯瑟琳·考特

(Kathryn Court)的加入,她与我一道分享了良好的销售业绩。1978年时,她还是一位年轻的编辑,她抓住机会,出版了《哈佛新鲜人》的平装版。

另一方面,要去解释《哈佛新鲜人》的长销,这是一个我经常在思索、但是觉得也许得交由他人来回答的问题。一个关键因素,我猜想,是它是一个不害臊的神经病的告解。不管是在当时,还是到现在,对法学院的大部分学生来说,都不似我这般,觉得是严酷的受罪。在斯坦福大学创意写作中心待了5年——著名的斯黛那计划任2年助教,接着在英语学院任了3年讲师——之后转向法律,又坐回教室最前面那些位子,我使自己的人生走向痛苦的谷底。对于法律,我有着热情的、浓厚的兴趣,但是随之而来的似乎是付出代价,因为我觉得我已经将我从小以来的理想——成为一名作家——置于危险的边缘。之前,我已经侥幸出版了几本小说。更重要的是,我更愿意作为一位作家而成功。还有,我当时还享受着一个顺风顺水的作者可以享受到的欢乐。

客观地说,我所受到的折磨正如艾里克·埃里克森(Erik Erikson)所创造的这个词的意思——"身份危机"。而法律最终帮助我确定了我对自己的认知。它许可我进入了一个受人尊敬的职业,也是我非常看重的职业——比起艺术职业,它有着清晰的职业轨迹,而艺术行业常常是万般皆炮灰,唯一枝独秀。而这有可能就是我的命运。在法律领域,你只需要在你的年纪里足够出色就可以获得足够的报酬和承认。

但是我连那个层次都没能达到。这结果是,我开始对我生命中几乎所有的东西都开始质疑,并且往往是伴随着巨大的痛苦。这对于二十几岁的人来说，并不是什么不同寻常之事，而我怀疑正是因为我对于始进入法律领域就陷入大量艰苦的工作、而整个人还没有分裂这种状态的坦诚是帮助这本书长销的一个因素。就像我经常说的笑话，《哈佛新鲜人》向一代代的法学院同学们一再保证，至少有一个人在经历整个过程时，比他们要感觉发疯多了。

暂且将为什么它有吸引力的问题放在一边，我到现在仍能时不时就收到《哈佛新鲜人》的读者的来信。写信的人为它所带来的抚慰或者指导而感激。有人说，我的刺激经历将他们拉进了法学院，另一些人告诉我说，我所受的折磨令他们另寻栖处。大部分人都对他们选择了现在的路而表示了感谢，而这几乎应该是完全归功于他们自己的。

《哈佛新鲜人》对我的重要性是怎么说也不为过的。我经常说，我文学生涯的大突破要归功于去了法学院，这并不是单纯的玩笑话。我要说的是，我不仅仅是最终选择了做一个作家——我从小就梦寐以求的事情——而且，我在写作的过程中更加认识了自己。这本小说是我在哈佛大学法学院的第一年每周写几次日志的集合的产物。对我来说，写这个不仅只是出于经济上的考虑。它还是一种宣泄。每一行字直到现在，仍写在我的心里。还没念出来之前，我就知道每一个字。每当一页一页地翻过，情感就在我的体内翻江倒海：恐慌、抓心挠肺的焦虑、强烈的渴望被理解，还有无处不在的燥热，就好像学习的炽热的步伐已经让我枯竭了。

我以前一直就是个码字儿的，而且看样子永远也不会放弃这项事业。记日记是我的避难所。我写呀写，就像一个写作者会做得那样，这个身份对我来说，才是真正的自我，之中掺杂了我作为一个可能的未来律师的新身份,这也是过去我曾经希望自己能成为的那种人。

尽管《哈佛新鲜人》相对来说取得了一些成功,但是我并没有回头继续全职作家的事业。这或许是因为我从那个世界转型出来的过程是如此的痛苦。还有重要的一点是,当我决定去读法学院时,我已经很清楚地表明了我自己。当时,我对于法律本身已及成为一名律师的激情是难以磨灭的,这种激情驱使着我不断地进行法律操练。

哈佛毕业后,我很幸运地直接进入了芝加哥检察院。我做联邦检察官做了8年,这是一份令人激奋,并且要求很高的工作。但是我仍然会悄然想起从前我坐在学校班车上怀揣着成为一个小说家的梦想、在我的孩子们的小学作业本上的空白页上写写划划的那段时光。那太难忘了。我不再做政府公务员后,用了3个月的时间远离法律,完成了那本我以前就搁在公文包里却怎么也完不成的小说。很快它便获得了空前的成功:《无罪的罪人》(*Presumed Innocent*)成了世上首屈一指的畅销书,后来拍成了电影,捧红了哈里森·福特。它被赋予开创了律师小说时代的先河,这类小说后来不断有跻身于畅销书行列的佳作。

然而,我这第一本小说(出版的)的成功并未让我完全放弃法律行业,特别是,我之前刚刚做了一家芝加哥律所的合伙人,现在这家律所以 SNR Denton 的名字为人所知。尽管在1990年代初我花在法律执业上的时间慢慢地越来越少,但是我仍然在 SNR。早期,我代理了许多民事案件,因为我非常急切地想了解这一块业务,同时为一些白领犯罪案件做辩护。到1990年,我的第二本小说,《举证责任》(*The Burden of Proof*)出版之时,我开始做一些公益性的刑事案件的工作,比如说曾为一位无罪的犯人进行辩护,他以一项他并未实施的谋杀罪而定罪,已经服刑 12 年,大部分时间是在死囚牢中度过的。我在死刑方面做的这些工作使得我在 2000 年入选由伊利诺伊州长选出的为伊利诺伊州死刑改革进行建言的 14 人专家组。这个专家组的建言由于一个年轻的伊利诺伊州参议员的努力而得到批准,成为法律。这个年轻人叫奥巴马,我和他一起工作。实际上,这些年来,我几乎在所有的公益性机构都工作过,这包括我们的联邦参议员要求对联邦法官和检察官的选举进行建言的功过选举委员会。2004 年,我成为了最新成立的伊利诺伊州经理道德委员会的首席委员。这是一个优秀的团体,而在我的家乡,它从事的工作也是非常艰巨的,委员会负责管理的是全州经理层雇员的道义性强制执行系统。

在这些年中,我仍然一直在写。这些作品中包括了 9 本畅销小说,和一本关于死刑的非小说著作,并且持续在业余时间为几个主要报纸撰写评论,偶尔在杂志上发表文章。很难想象还会有更加丰富、令人满意的职业生涯了。另外,感谢上苍,我还养育了三个出色的孩子,他们一直以来都是我生活的核心。除了我的婚姻并未能坚持到最后,我一直并且从哪个方面来讲,都是个幸运的人,一个持续从学习法律中受益的人。

由于写了《哈佛新鲜人》,我常常被问及自 35 年前入学哈佛到现在,法学院究竟变了多少。我有两句话要说:变化很大,但仍然不够。

我曾眼见我的大女儿在 2002 ~2003 年期间在芝加哥大学法学

院是怎样捱过第一年的,我觉得她比我当年要好得多了。分数上的竞争仍然是很激烈的,但是这可能在某些程度上要归结于经济的滑坡和法学毕业生就业的压力;但是我从没见过她害怕去上课,或者害怕某位同学。总而言之,对她来说,紧张是紧张,但是不至于逼得人灵魂出窍。这有一部分原因是她所处的环境没有我当时那么严峻。我相信现今大多数的法学院都是这样的,家长式的严厉的教育方式受到诸多批评。

同样的,哈佛也成为一个更加友善、更加和平的地方,特别是在埃琳娜·卡根任校长期间,有了巨大的变化。她强调,学生应是大学首要关心的对象,而非教师。太久以来,哈佛法学院学生的经历一直还是像我在的那时一样,那感觉就像你在玩一局游戏,侏儒在对抗知识上的巨人,他们随时准备横扫任何来者,而你永远也通不了关。

我毕业后,哈佛法学院也经历了一段不太轻松的时期。教职人员分为两派,一派进行批判法学研究,他们对于法律和法律条文采用了一种解构的研究方式,而他们的反对者自然而然地称为"保守主义者",这个称谓在麻萨诸塞州的剑桥区可从来不是一个表示亲昵的词。两派争斗不断。

最终,不仅仅是耶鲁,斯坦福法学院在胜率方面也开始取代哈佛。不但如此,在一些全国性的排名中,耶鲁已经牢牢地占据榜首几十年。而纽约大学、哥伦比亚大学,还有芝加哥大学看起来也要与哈佛一较高低。

因此,埃琳娜·卡根是在一个实际上每个人都需要改变的时候出任哈佛校长的。法学院要继续保持它的领先地位,而这对于每一个在校或者已经从哈佛毕业的人来说，都无比重要。接下来的是课程改革。

现在，一年级学生以80人为一组划分，这是我当时上学时的一半规模。法学院会提供资金，支持以组为单位进行社会实践活动，以培养组员间的互相协作的氛围，让组员间彼此感受到除了在课堂上的对手关系之外更多的东西。尽管必修课仍包括合同法、侵权法、刑法、财产法和民事诉讼法不变，学生现在还被要求上一门制定法和法规的课，使得学生们了解到，不单单是法官，立法和执法部门也是法律的重要组成部分，在当代，律师业务有很大一部分是与它们打交道的。另外，对一年级新生，还开了三个选修的国际比较法的班。还加开有一个40人的法律写作班，并且在1月春假时，开有选修的“理论与实践”课。这门课是迷你诊所式课堂，向一年级学生介绍一些有价值的问题，诸如真正的律师是如何处理问题的？哈佛法学院混乱和孤独的生活感受已经被这些变化大大地减低了。

而且，走进法学课堂，所见景象也已有不同，就像很多其他的地方一样。学生中有1/3都是“有色学生”——亚洲、非洲、西班牙以及印度－巴基斯坦裔的学生——而且，学生的男女性别也差不多是一半一半。学校不再将公共服务法区别对待，在我的那个时代它还是的。每个学生都须做满40个小时的公益性法律工作后才能毕业。

最后，为减轻竞争中对于分数过分贪婪的追求——我那个时代这是法学院的标志，在之后的这些年里也时不时地会卷土重来——学校还作了一项严肃的尝试，即将以前用字母打分的传统取消，而代之以一个新的评分系统。在这个系统中，给大致10%的人“低分通过”,30%的人“高分通过”,而其余的大部分人给与简单的“通过”。

这些都是有益的变化,并且也是对多年前在《哈佛新鲜人》一书中以及许多其他地方提出的批评的建设性的回应。并不是所有的法学院在改革一年级课程上都走得和哈佛一样远。但是,总体来说,这些改变标志了一种更加友好的、宽容性的法学教育。仍有大量的学生是怀着自卑的巨大恐惧捱过第一年的,但这多数是由他们自身不可避免的不安全感而产生的,而不是因为一个不出声地让他们心理越来越差的教育系统。

然而,已经完成的总是远远不够的,这一点即使对于一个计划周详的改革,也总是对的。让我难过的是,许多法学教育给人的感觉仍然是阴沉沉的,在走朗戴尔院长的老路——大班授课、分数由一次简单的考试来决定——且这仍然在大多数的美国法学院实行。这些不单对于教育环境产生不利影响,也加重了学生的焦虑情绪。更加严重的是,这种教育模式很有可能造成一种文化上的冷漠和竞争的模式,而非互助合作。

更糟糕的是,朗戴尔模式得以继续实行,是由于一个可恶的原因:钱。在一些大学里,法学院成了创利中心,非常少的教职人员对一个极大的学生群体进行授课,这些学生都是花了很高昂的学费的。不说别的,法学院这样经营的话,就更像是一个不赢不亏的单位,意味着他们并没有像许多其他学院诸如人文学院或者社科学院那样为大学带来捐款的吸引力。

规模的问题的意思是,那些教80到150人的课堂的教授根本没有时间在每个期末去评卷子,也没时间进行一对一的指导。对于期末成绩如此的看重,导致考试季不可避免地被称为各地法学院最疯狂的时段。在法学院任教的有很多是有教育理想者,但是他们却不得不整日与一个基本理念与他们相抵触的系统斗争。这个系统最不好的一面,是鼓励学生们认为在法学院学习的那些年都只是一块入职的敲门砖,而并非在他们多年的训练中形成自己的价值体系的一种教育。

另外,因为大班教学是通常采用的方式,所以苏格拉底式的问答制仍然盛行,这使得学生时不时地会受到尴尬的遭遇。一位哈佛大学教授几年前曾私下里向我承认,当一个学生的回答是"没经过准备的",那么教授就会让这个偷懒的人从同学中挑出一个来点名,这个别无选择之举,把学生从懒惰之人变成了众矢之的。

但是总体上说,对我的时代那种激烈的苏格拉底问询制教学的维护——即它意在使得学生们坚强起来以应对将来执业的艰苦——被认为是存在着诸多缺陷的。法学院教职人员中的大部分并不是不知道招到学校中的那些人的天性——有事业心、爱好竞争、有进攻性的高智商——他们也不是不知道差不多所有的学生仍处在成长过程中的柔弱时期这一事实。教授们享受着他们的课程对学生们将产生一生的影响力的荣誉感,但这也是由于他们的学生们的性格尚未定型这一事实。教职人员应对此始终记于心中,而这些年,他们大部分也做到了这点。

以上这些并不是否认要像对待成人那样对待学生,但是为了法庭或执业斗争的原因让他们坚强起来却难以使得侮辱人格的课堂讯问辞其咎。比起 1975 年来,现在的美国法学院这样的事情少多了。法庭及合同谈判的课程已有数年不对一年级学生开放了,而且无论如何这些活动也只会待学生们对于执业资格有了更多的坚实的认识后才会开展。

但是我同样认为课程改革对于大部分的法学院来说走得尚不够远,尽管我钦佩哈佛做出的改革。我很早就呼吁将正确看待成为律师之路作为一年级基本课程的一部分。我是出于复杂的原因说这个话的,都是出于我对于法律执业的评价做出的。

尽管我现在是一个小说家,但是之前曾连续执业过数十年,因此我喜欢做律师,这似乎不言而喻。我发现执业中的大部分工作都像是凭着一股子劲儿。有许多任务需要完成,这需要智力上的复杂精细,能够迅速地抓住事实,以及多项个人技巧——油滑、辨别力、说服能力以及施加个人影响力的能力。每个案件和每个客户在某种程度上来说都是独一无二的,但是他们又是相似的,你甚至会预先就确定在认识到自己的技能增加后会有何种自豪感。那些人事架构,还有法律问题的复杂性让我就像那个曾经思索预订一个汉堡时合同是否成立的一年级学生那样彻底地陷入其中,不可自拔。尽管这么说也许会嘲弄当下美国的大趋势,但是我仍然相信,一个执业律师能够做许多善事,不仅仅是代表那些极少能获得像宽裕的人们同样高质量的辩护的贫穷的客户,还有代表那些亟需律师帮助的付费的客户。

最后,我热爱法律环境。35 年前,让我进入法学院的驱动力之一是我发现不仅我在学校里的最亲密的好友中有许多都成了律师,而且我在海湾区结识的新朋友也是一样。我一直喜欢身处律师之中,并且我到现在还是很喜欢我的同事们。不夸张地说,我执业后结识了比我认为会比从事任何其他执业所能结识到的更多的“人物”，一些有着非凡深度和能力的人。

但是不管我在我的兼职执业过程中获得了怎样的快乐，并不是所有人都跟我一样。有很多律师不喜欢他们在做着的事情，他们自己看自己就像是被关在了金笼子里：高收入、高社会地位、不开心。不在少数的律师告诉我，如果他们有像我这样的作为小说家的成功，他们会立马关张。

这中间有浪漫的、一山更比一山高的成分，但是其实律师生涯是艰苦的。琐碎、细节性的工作可能会细到令人沮丧或者平淡到令人麻木；而且周遭环境常常是沉闷的，特别是在这个律所大排名的时代，每家律所都在不知疲倦地竞争以最大化每个合伙人的利润，这对保证最宝贵的律师不会跳槽是必须的。日复一日，执业成了反调乏味的苦差。一头站着对手，谈不上什么道德不道德，还有着无尽的热情；另一头是客户，急切地等待着胜诉结果。在它们之间充斥着的，是经济压力和无休止的竞争、一轮轮的最后期限、顽固不化的法官、无人回复的短信、像子弹般密集而来的大量的 email、失去夜晚和周末的人生，以及西西弗般徒劳地试图迎头赶上。最糟的是，如果你把一个不开心的律师逼急了，他会这么说：这到最后值些什么？我做的这些有什么意义？芝加哥一个最成功的律所的一位出色的合伙人曾私下里对我说，“他代表的那个巨头胜诉还是我代表的这个胜诉又与我何干呢？”

当然，这是嘲讽。一个律师可能会将他的或者她的工作做得很好，但是却无法搞定日常的涉及道德的小事。结果已由客户设定好了，向这些目标推进是律师的责任，但须在法律和职业道德的范围之内。做一个称职的职业人是他或者她的份内事，要做得好，但不去想是否做得对。

这一“做得好”和“做得对”的两分法使得法律职业人十分困扰，这对于读过《法律新鲜人》的读者来说也一定不陌生，应为它的触角已经深入到了法律教育中去了。正如我曾经提到过的，法学院最令人痛苦的一点是，学生们经常会经历这样的感受，即他们好像从自己里被带走了一般。曾经深深植入的价值观或者信仰受到了挑战，并且被呈于大庭广众。学生们学习到，对于每一个论点，都会存在着一个反论点。法律的可塑性被灌输给学生。还有，第一年中所贯穿的超强动力及有时是强迫性的气氛强调了一种要我讲叫做“职业能力”的文化。重要的是，教授们跟你说了一遍又一遍，并不是要你准备好考试中的正确答案，而是你令人信服地推理，并且在没有公认的解决方法时发现有对抗力的论点。理性能力是人类值得赞誉的品质。但是法学院训练出来的律师总体上都有这样的感觉，对于一个更大的价值世界的追求并不怎么受人鼓舞。因为理想主义者成了技术论者。要“做得对”的人现在成了只求“做得好”的人。

那么，在这混乱之中，出路是什么呢？在这条路上走了三十多年，我有很多心得：我们作为律师的人生最好的自我救赎方法还是依靠我们身在其中的这个系统。“做得好”和“做得对”这一辩证的统一体在法律过程中有些处于信仰的边缘。在我眼中，律师从自己的职业中获得最大满足的时候是他在一定程度上相信法律系统的目标是达到公平、理性的结果，无论有时离这一目标偏离了多远。这听起来或许陈腐甚至不可能，大多数的律师从根本上是在追求公正的，而他们的职业存在感也因与这一目标相关而增强了。

在某种程度上来讲,这一点也不是什么争辩,而仅仅是一个人出于曾经作为检察官而现在作为辩方律师的经历的热忱建议。我曾经每天站在法院上时都极其自豪,那时我刚成为律师,即将向法官宣布我的名字,并且说:我在此代表美国——这是一个我当时相信几乎永远正确的客户,它可以随心所欲地对破坏它的法律的人施加惩罚。最终我意识到辩方律师也是一个高贵的角色,尽管看到这一点花了我一些时间。在错综复杂的法律人事关系网中,律师是客户的朋友。律师的执业工作是最能令人满足的一种,这不仅仅在于社会地位、智力上的挑战以及时时的巨额报偿,而是因为我们能够向那些急需帮助的人直接施以援手,这使得我们所有的人都能感到一种很深刻的满足感。对于刑事辩护律师,有一个经典问题:“你怎么能替那些混蛋们辩护呢?”对此经久不衰的回答是:“因为他们需要我。”这是律师们工作的核心要义,当他们站起来主张那些绝望的人的权利,告诉社会:“我的当事人或许罪有应得,但是你首先得证明他确实有罪。请永远记住,他也是一个人,这意味着他至少应受到最低限度的体面的对待,因为这样做不仅是在救赎他也同样是在救赎你自己。”

对律师来说,他的职业任务必须是将其客户的利益系于己身。也许这一角色是有价值的,但是它并不是独一无二的——不动产经纪人、文学代理人,还有许多其他的职业也是如此。但是法律工作的同时还附随着对于司法系统的奉献。这一职业对于客户利益须无畏地伸张,同时须建立并把握一个界限,使辩护不会沦为非理性和非公平的,这两者之间的纠缠是律师职业最根源的张力。因此,律师的工作一方面是在全世界面前激情澎湃地代表自己的客户,而另一方面,则是做一个有智慧的辩护人,对于客户并且对于社会解释并支持他们的要求或者法律体系对他们所做出的限制。每一个享受法律职业的律师都是学会了识别并且包容这些相互冲突的要素的,他们每天都在致力于解决它们。

而现在,这种学习都是即时的,边工作边学习。法学院对于在学校中教导职业价值观仍然并不上心,并且也并不努力将学校建成一种关于法律职业的文化中心,在那里我们可以被点滴地灌输在成为律师的过程中保持本真的观念。对学生们对职业能力的价值核心虽有一定的引导,但是对于对他们将来的职业的认同并没有人教导多少。可以肯定的是,现在比我读大一的时候情况要好多了。我那时候,学术纯粹主义者对于诊所式教学尚有颇多怀疑,这些纯粹主义者认为法学院应该是选拔出以后的法律骨干学者的地方;学校对那些不适合成为学者的人不感兴趣,他们可以去当律师,没人会管。今天,诊所式训练实际上成了每所法学院课程设置所接受和要求的,并且,它在众多的课程中,为仍然非常重要的理论教学提供了一个适用的环境,本来也应该如此。哈佛也有一些非核心课程,是透视职业以及法律服务提供过程中的问题的。

但是,真相是,一个职业的法学院教职人员,特别是教师们,充其量对执业的兴趣也仅有很有限的一点,他们更多地是对此持回避态度。医生是由执业医生带出来的。而律师则是由那些不愿意去做他们的学生将从事几十年的职业的人训练出来的。

律师是什么?本应有班级仔细地审视职业行为规则并且探索这些规则之间复杂的原理以及对于经典难题的各种解答,这些解答实际上只能存其一,比方说这样的问题,当一个律师的客户想在证人席上说谎时，律师应该怎么做？这个班级还应该包括进发现事实及真相的法律理念，并且了解法律职业的历史与律师们在今天的角色，在今天、在这个国家中，任何领域内的领导人的顾问都是律师。

水门事件中人们发现当初围绕在尼克松总统身边的阶下囚们很多都是律师，举国震惊。自此之后，所谓的“职业责任”训练成为了法学院升学毕业与律师职业资格的必须。但这一门课程开在三年级，通常只是在毕业前突击内容的一部分，比学生们不得不去临时抱佛脚的课程好不到哪里去。将关于成为律师的过程的课程与核心课程一道开展将帮助学生意识到，法律不仅仅是一种智力的论述，而是一个活生生的体系，每一天、每一位执业的律师都在重新塑造它。它将会这一职业的价值观置于课程的核心。

我相信会有人说我这是试图通过发扬法律职业的内在的更大价值来冒险为律师们所做的罪恶之事辩护。还会有人说，我所鼓吹的这种法律教育是将学生教成既忠于职业但又狂热于为泄露的垃圾倾倒场、强奸犯、歧视员工的老板及兴高采烈的暴徒们辩护的人。理解这一职业的价值并不意味着成为一个毫无批评意见的拉拉队长，且这本身也不是目的。实际上，我设想的这门课的最基本的问题之一即是，如果高水平的辩护仅仅是面向富裕阶层的，那么这一职业是否足够服务于其自身的价值。我觉得法学院回避这些问题是错误的。

像法律教育和法律本身这样的古老建制，有其自身经久存在的特点。我并不相信什么灵丹妙药，当然我在这里大胆提出的建议，不管是单独提出的还是与其他建议一道，也都没有指望它们成为灵丹妙药。如果我建议的每一项课程改革都从明天开始实施，我知道律师们也不会立即改变,他们不会将脸扭向天堂,从此拒绝一切诱惑。法律是一项艰苦的营生,其中满是奋斗的灵魂,我们的渴望和野心将永远地驱使我们。但是法学院仍是这一职业的一大片共有的天地。在我们开始相互争吵的生涯之前,能够且应该被一致灌输的是一种共同的事业的概念、对于什么是真正值得的的观念,简单点说,即对于职业的雄心及能够对于这份困难又脆弱的职业抒发自豪的自由。

《哈佛新鲜人》对于法律文化做出的实在的贡献之一是其中的术语。在我的书一开始出现的“1 L”①是指在哈佛一年级新生在他们的名字旁边发现的电脑代码。这一术语在哈佛已经被完全接受作为一年级的缩略语,但是也仅仅是在哈佛而已。这本书的成功也归功于用“1 L”来代替了对全国新入学的法学院学生的冗繁的“法学院新生”称谓。

尽管过了这么多年,尽管有很多行之有效并且值得称赞的改革,在法学院的第一年的核心感受在许多方面上并没有发生改变。这其中的原因有一些是因为基础课程未变且教学方法在很大程度上也没有变化。还有一些是因为考试和评分的标准。大部分是缘于来学习法律的人的人格类型——能言善辩、有决断,且经常是爱竞争的——每个人本身就不可避免地会令他人感到紧张,特别又身处在一个全新的环境里,每个人都会身不由己地时时有不确定感。一年级的学生们总是会感觉到他们进入了一个新世界。结果是,尽管肯定还会有各式各样的经历,大多数律师都会将一年级看做是形

① 即本书英文书名,编者注。

成自己人格并且形成对职业的认同感的关键性时期，一个充满激烈情感的一年。接下来发生了一些重要的事，而我相信只是事实本身而不是其他的任何事使得《哈佛新鲜人》能够持续动销。

斯科特·杜罗
埃文斯顿 伊利诺伊
2010 年

图书在版编目(CIP)数据

哈佛新鲜人:我在法学院的故事/(美)杜罗(Turow,S.)著;傅士哲译.—北京:法律出版社,2011.8(2013.2重印)

书名原文:One L:The Turbulent True Story of a First Year at Harvard Law School

ISBN 978-7-5118-2019-8

Ⅰ.①哈… Ⅱ.①杜…②傅… Ⅲ.①日记体小说—美国—现代 Ⅳ.①I712.45

中国版本图书馆CIP数据核字(2011)第159296号

哈佛新鲜人 ——我在法学院的故事	[美]斯科特·杜罗 著 傅士哲 译	责任编辑 贾 菲 董 飞 装帧设计 乔智炜

开本 A5

印张 9.25　**字数** 220千

版本 2012年2月第1版

印次 2013年2月第2次印刷

出版 法律出版社

编辑统筹 学术·对外出版分社

总发行 中国法律图书有限公司

经销 新华书店

印刷 固安华明印刷厂

责任印制 吕亚莉

法律出版社/北京市丰台区莲花池西里7号(100073)

电子邮件/info@lawpress.com.cn

销售热线/010-63939792/9779

网址/www.lawpress.com.cn

咨询电话/010-63939796

中国法律图书有限公司/北京市丰台区莲花池西里7号(100073)

全国各地中法图分、子公司电话:

第一法律书店/010-63939781/9782

西安分公司/029-85388843

重庆公司/023-65382816/2908

上海公司/021-62071010/1636

北京分公司/010-62534456

深圳公司/0755-83072995

书号:ISBN 978-7-5118-2019-8

定价:28.00元

(如有缺页或倒装,中国法律图书有限公司负责退换)